U0864256

大 地 文 学

（卷二十二）

中国国土资源报社
中国国土资源作家协会 编

海洋出版社

2014年6月·北京

图书在版编目(CIP)数据

大地文学. 第22卷 / 中国国土资源报社, 中国国土资源作家协会编. -- 北京 : 海洋出版社, 2014.6

ISBN 978-7-5027-8884-1

Ⅰ. ①大… Ⅱ. ①中… ②中… Ⅲ. ①中国文学 - 当代文学 - 作品综合集 Ⅳ. ①I217.1

中国版本图书馆 CIP 数据核字(2014)第113864号

责任编辑：鹿　源
责任印刷：赵麟苏
海洋出版社 出版发行
http://www.oceanpress.com.cn
北京市海淀区大慧寺路8号　邮编：100081
北京睿特印刷厂大兴一分厂印刷　新华书店北京发行所经销
2014年6月第1版　2014年6月第1次印刷
开本：787mm×1092mm　1/16　印张：10
字数：230千字　定价：25.00元
发行部：62132549　邮购部：68038093　总编室：62114335
海洋版图书印、装错误可随时退换

大地文学(卷二十二)编委会

总 策 划：陈国栋

主　　编：李约汉

执行主编：徐　峙

副 主 编：刘扬正

编　　辑：周　洵　叶东明　王　希　王诒卿

刘将成　陈琼枝

目录

头题阅读

诗行大地

深度纪实

小说麦田

随笔天下

剧本看台

评论言说

投稿信箱:dadiwenxue@126.com　　联系电话:010-66557885

头题阅读

安庆 本名司玉亮，中国作协会员，河南文学院签约作家。小说多次被《小说选刊》、《小说月报》、《中华文学选刊》等转载，短篇小说两次入选年度小说排行榜，收入多种选本。

一路花生

一

李月季挑着花生担子走出瓦塘南街，天上的一层厚云破开了。李月季仰着头，穿过云层的阳光扎着眼睛，他把头低下去，抓紧了扁担向老塘的路上走。

这副担子李月季已经挑了三年，三年的光阴李月季被叫成了李花生。时光改变的不只是一个人的称呼，还有一个人的骨骼，一个人的性格，一个人的嗓子和沉默。十里八村对他的花生都有些依赖了，看见他或者他的担子走过来，老远的，村里的老人孩子都会喊，李花生，把你的担子挑过来呀。然后，就听见咯咯嘣嘣一阵响，脚边落下一片花生的壳，再被一阵风吹乱或者吹到一个角落。乡村的风俗就是这样，你在乡村做生意不能怕尝，哪怕尝过了把生意抬高了几分都无所谓，要的是一种气场一种人缘一种随和，除非你是卖铁器卖猪娃卖生食的，只能听听当当啷啷的响声看一看货色。李月季呢，也是大方惯了的一个人，走到聚人的地方，手一拽蒙花生的布，掀开了，白中透着金黄的炒花生亮在眼前，一个紧挨一个拥挤在柳筐里，勾引着大家的胃口。大手小手往花生里伸，或大指头小指头去筐里捏，一边说着尝尝、尝尝，一边夸着今天的成色。尝过就不好意思不买了，一块、两块、三毛、五毛地买上了。李月季忙乎着挪动小秤盘儿，那些块儿八毛的钱在他眼前晃一下塞进兜里，有时候不用挪窝半挑子花生就下去了。到了李月季变成李花生的这一年，李月季几乎不用秤了，秤盘儿差不多成了摆设，随便一抓，都不差上下。也没有人计较，计较什么呢？李花生的爽快大家是知道的，尤其遇到哪个村有红白喜事或者逢庙会上唱戏，一捧一把的，谈笑间两筐炒花生处理完了。

人们常常和李月季说他的父亲，说这花生的味道还是你父亲的手艺，还是那种纯香味儿，又脆又香;你得的是传家宝,你年轻,有灵性,炒花生也嫩了些,你父亲差不多50岁才开始卖花生吧,再往前是不允许的。

往往这个时候,李月季托着扁担,任凭谁家的小孩儿去他的担子里抓一把。他站着,少年的光阴像云一样流过:吧嗒吧嗒地往家跑,这是他的记忆,院子里站着大哥、二哥、三哥,还有姐姐;姐姐和哥哥都在等他,他最小,他吧嗒吧嗒地回来,家里的碗筷响起来,他不回来,一家人都在等全家的这个小儿。在他十二三岁的时候,他看见了大哥、二哥、三哥的胡子,天真地说,你们等等我嘛,你们怎么能长胡子呢?他摸大哥的胡子,胡子扎了他的小手,他赶忙缩回。大哥伸手也摸他的下巴,扭着他的头笑,意思是你胡子的小嫩芽儿都在这儿藏着,有一天也会拱出来。大哥不会说话,在他最初知道大哥不会说话的。那天他去问妈,你怎么不让大哥说话呢?你打他了是不是?妈摇头。他的个子蹿过了二哥,他又问妈,妈,你怎么不让二哥长个儿呀?妈又摇头。对,还有三哥,在他上初二的那一年三哥已经去一个裁缝铺里啪嗒啪嗒学裁缝了。

李月季的父亲叫李富贵,要说李家的花生成为一个品牌,是李富贵的功劳。在他的记忆里,父亲每天就是炒花生,卖花生。村里人也都记得李富贵每天早早地挑着花生担子,脚步啪嗒啪嗒地走出瓦塘南街,在十里八村的街巷里摇晃着,花生噢——瓦塘南街的炒花生噢——来点我老李的花生噢——李富贵除了吆喝他的炒花生是不大说话的，花生担子不出村不开口,好像一出村花生担子就被风吹得轻起来,他心里也只剩下了花生。

李富贵走得最远的地方是老屯镇。那个地方似乎走顺了，也是方圆最热闹发达的集镇。那天,李富贵赶了一个大集,从老屯镇回来他筐里装了两头雪白雪白的猪娃,毛直得一根根竖着,在猪娃身上长成密密麻麻的小森林。月季的母亲问他怎么一下子买了两头,李富贵擦把汗,说买一头我怎么挑?小猪娃在筐里叽叽哇哇地叫,小眼睛瞪着瞅着李家人,后来小猪娃在李家慢慢地长成了大猪;大猪卖了,李富贵会再挑回来两头小猪娃。李月季每天看父亲装筐,手一举放到肩上,又一举挪到另一个肩头,真是熟能生巧,一个挑子像把戏一样。李富贵走到人多的地方,就把扁担搁在身后的一个墙头,或者找一个墙上有橛子的地方把扁担的一头挂上去,扁担摇颤几下稳下来,他专心致志地等顾客。后来李月季的动作和父亲如出一辙,只是个子比李富贵明显高出了一截,一米七五左右。这要感谢母亲,是母亲的遗传,在他们弟兄4个中只有二哥不折不扣地继承了父亲的身高。身高成为一家人心中的障碍,这是后话。

李月季每天晚上看父亲和母亲忙碌着,在厨房的一个大地锅里炒花生,远远听着像一层细雨哗哗地打在帆布上。红彤彤的火把锅屁股烧得通红,父亲的两手在锅里忙碌,香味溢到院子里又飘过大街。瓦塘南街的人闻着香味,说这李富贵炒花生炒出诀窍来了,香得抓胃!父亲每天起得很早,在挑花生担子出去前似乎有很多要干的事,打扫院子,看看猪圈,给牲口添草,看东边的天际慢慢地泛出了橙色,吱呀一声把门推开,挑起担子走了。

父亲没有回家是一个雪天。雪先从远处扯起一张大幔,再慢慢压下来,把满地盖上一层厚厚的白。那天黄昏,母亲带着三个儿子在柳塘村外找到了李富贵,李富贵像一只狗一样蜷在雪窝里,拳头揣着肚子,差不多快奄奄一息了。后来,就一直躺在床上,花生挑子冷落地搁在角落里,生了蛛网,大地锅的火断了。村里的几个孩娃儿握着胖嘟嘟的小手站在他家门口,吐着稚嫩的奶腔,你们家怎么不炒花生了?

那一年,还在城里上高二的李月季决定回家挑起父亲的担子。家里的局势越来越清晰:大哥哑,二哥矬,三哥热衷于裁缝,整天坐到织布机上哐哐地织布。回来了,他就这样慢慢地成了后来的李花生。

二

这一年麦季,李月季第一次真正面对满野的庄稼,他站在麦地里瞅着黄澄澄的麦穗,骄阳炙烤着大地,天空澄净得只有阳光和几缕白云。他有些迷茫,从今以后这就是自己的生活了,这就是古往今来面朝黄土背朝天的日子了;大学梦就这样破灭,一个月前他还踌躇满志,想着再过两个月就升入高三了,高三里再冲刺一年也许会跨过那个坎儿,就不再是一个纯粹的乡下小孩儿,他可以昂首挺胸说,我考上大学了,要去过另一种生活。那种生活到底是怎样的虽然还不清楚,但终归和乡村的千篇一律不一样,那里有洋楼、汽车、图书馆、满街的车流、明亮的街道,有情侣散步的公园…… 村里人会说,月季,你这孩子行,做了咱瓦塘的状元。可事情往往会有意外,让你措手不及、让你难料的事情就这样急慌慌来了,由不得你。他曾经有过委屈有过畏怯有过违逆不想就范。一个夜晚,他把头拱在土里,屁股朝天拱了很久,最后吹一口气,像小时候吹杏核一样,把憋在肚里的委屈往外吹,一次次吹,吹,满嘴沾泥地吹;最后,终于一仰头站起来,再仰起头,朝天上吹,吹——忽然"扑通"一声双膝跪下,说,土地爷,我开始吧!

父亲走了。葬完父亲,他站在麦田里,麦苗儿快过膝了,在无边的旷野,埋下的人只有在亲人的目光里才是存在的。他穿一身白孝,在坟地前扭过身看见了含泪的大哥和站在路边等他的二哥、三哥。大哥拉住他的手,脸上的肌肉抽搐,心里的千言万语无法表达,即使哭也哭不出悲天嚎地。大哥又一次跪下,头抵着地,撕裂的直嗓冲出来,尘土飞起。他拉起大哥,扑进大哥怀里,有一句话冲出来,大哥,我不走了,我会照顾你,大哥……

大哥是听得懂的。

他想起一天夜里走出学校的大门,他要看一看城市到底是个什么样子,看看城市的霓虹、城市的人流、城市的夜色,闻闻城市的气息。他沿着大街,在城市的深夜里散步,在越过一个十字路口后,看见一条河,彩色的灯光在水中波动,河成了彩河。他想起村外的沧河,那是一条季节河,暑期时的白浪,秋冬时的细流。那不紧不慢的流淌中有一股韧性。他常常坐在河边看流水,闭上眼听水流的声音。他没有听到这条河的声音,原来城市的河只有颜色,河在城市里它寂寞吗?他离开河,走到大礼堂前,宽大雄伟的大礼堂是文城的影院,影院前是文城最大的广场。广场上很多做小生意和漫步的人,广场的灯塔上有七八盏高高的霓虹灯,把城市照得明亮。他仰着头,心里叫喊,瓦塘南街的十字路口什么时候会有一盏这样的灯啊?后来,他沿着莲花湖走,每一朵莲花在夜色中都踱上了一层金黄、一层微红、一层淡蓝;莲花里有灯的颜色、水的颜色,水面上映着莲花。走过马市街,走过学府街,走过老城街,走过秀才胡同,走过南门,一直走到太阳从地平线的一端升起,乳白的天际映上一层淡黄又映出一片金光。

那个时候,他的梦是复杂的、彷徨的、忐忑不安的、无所适从的、充满向往和憧憬的、疼痛的。直到下决心离开学校前,他又在文城的大街独自度过一个夜晚。他问自己,真要把半个梦留在这里吗?那夜,他在一段老城墙上坐到太阳出来晒热了头皮。

他拨拉开面前的麦子,对自己说,融入吧!他弯下腰,又对自己说,融入吧!有什么不适应的?你根本就没有走出土地,一直都在村子里,自己就是一根麦苗、一根草、一根乡间的芦苇,那就先从土地开始吧!

三

他挑起了担子。其实就是两个大荆条篮子,篮子里是炒熟的花生,还有一杆小秤,小秤上吊了个小簸箕,代替秤盘儿。他在瓦塘、牛塘、城堡、老屯镇的路上走着,挑子在他的肩头摇晃,炒花生的馨香从篮子里溢出来,一缕一缕在空中弥漫,诱惑着人的胃口。是母亲教他开始炒花生的,精选过的花生放在箩筐里,母亲提前把调料备好,搁在锅台边的一个墙柜里。二哥拉着风匣,大哥站在门口供应柴禾,不断地递过花生或盛花生的小筐,生花生不断地倒进锅里。母亲按部就班地往锅里放着佐料,倒进花生,不停地挥动着铲子,那味道在翻动中出来了。几次之后,李月季开始动手,他渐渐地掌握了火候,佐料还是母亲配的。每次炒了一泡儿花生,他马上拿过去让母亲尝让母亲看成色,母亲嚼着,脸上渐渐露出笑来。李月季又抓了花生让大哥、二哥、三哥尝。这时候,母亲在念一个谜语:坑坑洼洼大肚子,里边两个胖小子。

花生就这样又热卖了。李月季把担子真正地挑了起来,父亲搁置了将近一年的担子又挑到路上,挑到了十里八乡。还是那一副荆条篮子,但李月季分明多出几分精神、几分豪壮、几分利索。最初的时候,人们见了他都说,这是李富贵的担子,我们认得。他们吃着,好,好,还是李富贵的味道,好吃。李月季不会忌讳众人对父亲的赞美,他们其实是在夸自己。

那天在槐塘,他刚放下担子,一个跛腿的女人走过来,手里拉着一个流鼻涕的孩子。女人递过来发皱的两元纸币。

都称吗?嫂子?

女人点头。

哗啦哗啦地响。

记得我吗?女人忽然问。

他抬起头,女人拍了拍腿。

你,牛塘……

对!

他慌忙把一包花生递过去,两块钱夹进花生里。

不行!

跛腿女人坚决地把钱给他。

我知道你大哥还放羊。

我不是其他意思,一个不会说话的人还是有点营生,每次回牛塘都能看见你大哥,他还守着河滩。告诉他,换个地方吧!

李月季的手里抓着扁担。

照顾好你大哥。

李月季把扁担抓得更紧，他又抓了一把花生往孩子怀里塞。

女人拖开孩子。

多为他操点心。

女人拉着孩子离开。

他握着扁担，讪讪地望着女人。

一路上，他在想那个女人，曾经和大哥一起在这岸边放过羊的女人。大哥救过女人。女人救她的羊掉进了河里，是大哥把她救上来，把她背上岸又背到家。

四

大哥出事了。一个大雾天，大哥把李三枝强奸了。问题是李月季根本不信，大哥不会。是第三次去才终于见到大哥的，他有点大步流星，警察和带他过去的朋友都被撂在身后。窗口与窗口之间的冬青坚挺地泛出一点绿意，和大哥无关的窗口、从窗口挤出的目光都在一瞥间过去了。他匆匆地找着大哥，手里提着一袋沉甸甸的食品，还有从家里带来的一包炒花生、两个蒸红薯，这是大哥最喜欢吃的东西。他想象着大哥狼吞虎咽的样子，手有些抖，另一只手托住食品。朋友紧走几步拖住他，警察伸出抓着钥匙的手挡住他，说，你等着。

大哥胡子拉碴，让李月季差一点哭出声来，如果不是那么多射来的目光，不是朋友狠狠地捏他，他差不多要控制不住了。他下意识地捂住嘴，使劲把要憋出来的声音捂回去，捂到肋骨的下头，鼻子一阵发酸，一股眼泪还是抵挡不住地拱出来，有一口闷气冲破了指缝。他抬起头，呼出一口长气，尽量地平静，小腹蠕动几下才好像舒展了些。但依然有一股气往上漫，漫过肺、胃、食管，又有泪道子憋出来，头低下，泪道子落到地上，脚下一片潮气。他终于抬起头看着大哥。大哥的肩膀分明抖动了几下，眼神蓦然亮了几分。大哥！他还是情不自禁喊了一声，虽然明知道大哥根本听不见他的叫声。但大哥的嘴巴动了，胡子碴儿像被风吹动的乱草，大哥看见了他的喊声，这是他和大哥多年的默契，这么多年都是这样交流着。他小时候委屈时，大哥也是凭着他的眼神，他张开嘴巴匆匆地跑过来，拉住他甚至抱起他。再往后，他突然卡壳了，他就那样站着，嘴还张着，有一阵风儿从他的嘴巴下掠过。陪他的人催他，他还是说不出话。朋友不知道他和大哥的交流方式，他现在需要镇定，然后调整眼神，稳定情绪，再用和大哥默契的方式交流。他终于让自己镇定了，先对大哥做了个握手的动作，慢慢把手朝上，把拳头朝鼻凹处举，再举。意思是说，一切都会过去的，你不用担心。他又朝胸口挥了挥手，大哥，我心里有数，我明白，我懂，心里想着你的，现在我把什么事情都放下了，放心！这就是和大哥的交流，每一次遇到疑问遇到需要安慰交流的内容，大哥投来征询的目光时，他就这样告诉大哥。好的，就这样，没事，都会过去的。真的，大哥。他把大拇指和食指顶在一起，然后两个指尖弯下去，弯成一个心的图形。

他这才把东西递过去，他知道有了这样的交流大哥才会有食欲。炒花生，蒸红薯，牛肉，两瓶绿茶。他先把绿茶递过去，顺手把盖子拧开。看见大哥一双粗糙的手，他的胸口又一阵悸动。大哥的嘴撇了撇,发黄发灰的牙露出来,双手接过食品,忍了几忍,头还是埋了起来,剃短的头发窝在胸口,像草窝里的刺猬。

不像以往,这一次交流失去了矜持。大哥现在是一个强奸犯,那个被强奸的寡妇叫李三枝。事情出在一个凌晨,下霜了,路边草棱上结上了霜刺,小麻雀掠过结霜的草樱。大哥每天凌晨去看圈里的羊,打扫院里的落叶,再掇到羊圈里,然后去街上遛一圈儿,有时候他的直嗓子会喊上几声。李三枝那天凌晨睡得很死,像吃了催眠药的猪,直到身上有呼呼哧哧的喘气才被吓醒。被子捂住了她的头,一个蛮力的男人在她身上奔跑,她要窒息了,只隐隐约约感到一种眩晕,身体被凶猛地撞击。后来,她裹着被子冲出院子在晨夕里抱住了大哥。那天清晨,李月季听见了吵闹声,接着瓦塘南街响起警笛,李三枝指证了大哥,大哥进去了。

留在村里的是一窝没有散尽的薄雾。

第一次看大哥是扛着铺盖卷来的。

他扛着厚厚的包裹走在文城的大街,小心翼翼地打听着拘留所的位置,言语中透着一层愧疚、一种耻辱。冰冷的马路从他的脚板下发出冷脆的响声,汗从包裹夹缝里流下来,黏在脖子上,耳根后、手腕上都湿漉漉的。十字路口有一个卖热狗的老人,他走过去问路。扛一包东西,打个车吧,孩子,不贵,三轮车三块钱就到了。他不情愿,他想摸一摸这条路怎样走,这个城市的街他不陌生,毕竟一个自己的县城。他说,师傅,你告诉我,我就是想看看这一条路。你是给亲人送被子?是!你是说你的亲人冤?老人站着,直直地看他,好像李月季不是来问路,而是找他唠话的。他点点头。老人叹口气,指路给他,一边絮叨,什么时候没有冤案,有几个不冤的,哪个朝代没有冤的?谁都有冤的可能。在他转身时,老人在身后补一句,那就找个好律师试试。又独自絮叨,冤枉多了,不是谁都能把个儿翻过来。李月季没扭头,一辆三轮车在他身边停下,他用力地做了个拒绝的动作。李月季终于找到了拘留所的大门。门两边有一片很荒凉的草,干草卷着树叶,风吹动树叶在草窝里滚动。再往远处,有一片芦苇,在冷风里摇曳。

他站在马路对面,之前他没有想到会进一趟拘留所,做梦都没有想过。有一刹那,他的眼模糊起来,甚至包裹搁在地上,思维停顿地看着拘留所,一只老鼠从墙上窜过,摇动墙上的枯草。他一鼓气,夹起包裹去推拘留所的大门。

没有见到大哥,只把铺盖卷留下了。他有些失望,磨磨蹭蹭地不想走,说,我大哥叫李月林,是个哑巴,你们别把东西送错了。他反反复复地求腰有点驼的警察,民警说得很明白了他还在求,说,我大哥是个哑巴,我们还能通气吗?

这是规矩,现在不行。警察说。

李月季想到了汪家宽。认识他是在一年前,是李月季在十里八村被叫成李花生之后。也就是说他卖花生的量越来越大,他开始成包成包地进花生,每一次要买那种籽大饱满的花生,在汪家宽这儿都可以买到。汪家宽经营很多和吃有关的:大豆、大米、黑豆、绿豆、小米、白面……每次来市场,他远远看见李月季就会大声地喊他过去。小李,小李,月季,来来来,看看我专门给你留的花生,就在你嫂子屁股后头,你去看看,再不来就留不住了。

很顺利地找到汪老板,说了哥的事。汪家宽背着手听完,夯了几下头,似乎是记忆的磁带卡壳了,要敲打敲打再转起来。头夯到第四下生意来了。招呼过生意老板又夯几下头,拽拽耳朵,好像在听磁带是不是转动,身子一挺,说,有了。

汪家宽找的是检察院的一个副科长。在门口等了半天,那人慢腾腾地从楼上下来,说已经联系好了，你们去吧，有规矩，一般办理审讯的过程不让人见。李月季在心里说，规矩个屁，我哥又不会说话。科长说，今天正好是老洪值班，我知道这个案件，一个哑巴强奸了一个寡妇，两个苦命人。李月季说，是我哥，他冤。科长打断，你怎么敢断定是冤？哑巴，哑巴也是人，也会想女人的是不是？李月季还想争辩，花生老板拉住李月季，迸出一个笑容，说，那我们去了，有什么不顺再和你联系。就这样他今天见到了大哥。

五

李三枝的娘家是莲花屯的。

李月季一连去了莲花屯几天，他要见李三枝，为大哥讨个说法，他还是觉得大哥冤。那天早晨的时间不对，他无数次地回忆过程，像个漫长又十分简单的梦，那个早晨的事儿有些蹊跷。李月季去莲花屯挑着花生担子，他挑花生是想通过这花生听到关于李三枝的消息。他在路上对自己说，一定要见到李三枝。李三枝出事后就不在瓦塘了，甚至不在莲花屯，李月季感到有些微妙。一个哑巴，每天喜欢早起，喜欢在路上散步，可这和他的强奸似乎不能联系起来。大雾的凌晨李三枝裹着被子抱住的是大哥，这事儿怎么这么巧啊？

李月季找到了李三枝的家，大门紧闭，对联被风扯成了绺儿在门楣上晃。李月季敲门时听见了狗吠，叫得很凶，从门缝里看是一只大黄狗，有几次李月季想着闯进去都因为狗退却了。夯过几次门后，李三枝的嫂子露了头，李月季认识，李三枝娘家人都吃过他的炒花生，都和李月季熟。可是出了这事儿，李三枝的嫂子陌生起来，一脸怒气，说，李花生，你不好好卖你的花生你干什么，难道我们还冤枉了你家哑巴？李月季说，让我见一见李三枝，我想见一见她，如果我哥真冤了，漏网的是真正的坏人。李三枝的嫂子"啪"地把大门关上，又打开，说，三枝不在家，出了这档子事她有什么脸还回娘家。女人拍拍狗，狗又吠起来。

李月季开始蹲点，风飕飕地刮过来，刀子一样拉人，树枝上的霜缕不断打下来。半夜的时候，李月季挑着担子回瓦塘南街，第二天早早地他又过来，或许因为有风，莲花屯家家户户的门都关紧了，街上很静，李月季握着扁担从胡同这头挑到胡同另一头。隔着门李三枝娘家的狗又在狂叫，像是听出了他的脚步声。李月季回到瓦塘南街找了屠户张冬青，张冬青以前杀猪，这几年把杀猪改成杀狗，家里的杀猪锅成了杀狗锅，原来家里堆满猪毛，现在挂满了狗皮，狗皮上爬满了苍蝇，他冬天睡觉脊梁下铺的都是狗皮做的褥子。李月季到了张冬青家先是闻到一股腥臭，狗皮狗肉狗粪夹杂出来的气味。李月季看见了一双狗眼，打了个冷噤，没有听见狗叫声，据说狗进了张冬青家都会打颤，胆都破了。张冬青家养过一条大狗，有一年狗自个儿跑了，跑到另一个村庄的一户人家。张冬青找过去，那狗跪下来求他，他就把狗留下了，从此发誓绝对不杀自家养过的狗。李月季手里拎着几包炒花生嗅嗅，终于喊出来，嘴一张那些复杂的气味就钻进他的鼻腔，又像一条小虫一样痒痒地钻出来，整个肺里都一片腥气。李月季终于听见了哈欠声，从一扇门里闪出一张没有睡醒的脸。张冬青一手扶门，一手拽着大衣。李月季走到张冬青眼前，说，张冬青，你在睡觉啊？张冬青好像才看见李月季，说，李月季，你找我干啥？

李月季说，我来买你的狗肉吃。

张冬青说，李月季，我知道你一家都不吃狗肉，但我们一家都吃炒花生。

李月季说,我是真买狗肉的。

张冬青说,李月季,太阳从西边出来了吧?我数过,咱瓦塘南街就你家没有吃过我的狗肉,我的账本翻烂了都没有你的名字,所以我们现在也少吃你家的花生了。

李月季才想起手里的炒花生,李月季说,我是真的来买狗肉的,不是说笑话,我现在真没有那个心思,张冬青,我们现在郑重其事地说。李月季的神色严肃起来。

张冬青往别处扭扭脖子。李月季,你知道我为啥瞧不起你?你明知道我不杀狗了,你才来我家买狗肉。

李月季有些急,张冬青,你真的不杀了?你为啥不杀狗了?

张冬青说,反正我不杀了,我不想说什么理由。张冬青弯腰摸出一把刀,刀上的血锈干了,红不红紫不紫的。李月季心里沉重起来,沉重得像压上了一块石头。

可是,李月季说,我想求你去杀一条狗,我出个价你肯不肯。

谁?不是杀人吧?

张冬青,我请你去把李三枝她娘家的狗杀了。

六

李月季去了西川的一家煤矿。

李月季还是挑着担子去的,只不过那个挑子第一次上火车,又坐了汽车,才又被李月季挑起来,晃悠悠地走进一座山的背后。后来,在山的背后看见了几座煤山,整个矿区都是煤炭和煤石,远远地李月季闻见一种煤的腥味。

李三枝的男人是死在煤矿的。李月季打听到李三枝可能又来了煤矿,她每年都过来哭几次,有时坐在矿长的办公室,有时坐在高高的煤山上,有时坐在进矿的路上,搂着一双长腿,高一声低一声哭得很像个样子。李月季在矿区里走着,有很多车,拉着满满的一车煤出来,拐过矿区蜿蜒的路,上了矿外的大路。拉煤车一辆连一辆,上了大路有一个小树林,司机们下来检查轮胎,把盖煤的大篷扯好,对着树林撒一泡尿。树叶飘上一层煤粉,风吹动树叶,煤粉洒到路上,地上的霜被煤粉染黑了。

李月季打听李三枝,终于有人说知道是一个出事矿工的老婆,还有几个女的,每年都过来哭,一次几次,每年来矿上哭成了她们的习惯。有人给李月季指指说,有几个女人,包括李三枝,每次都坐到那个最高的煤矸山上哭,哭得呜呜哇哇很伤心,然后去哭矿长,像一群伤心的鸟儿,弄得整个矿区悲悲戚戚,乌烟瘴气。这些女人哭的时候各自喊着丈夫的名字,她们不但哭,还在矿上焚烧纸钱,她们说丈夫的魂在这儿丢的,不能让丈夫在另一个世界受穷。哭过了她们找矿长,一把鼻涕一把泪要求矿长再给帮助,李三枝也每年过来。李月季听着,仿佛听到了一群妇女苍凉的哭声。李月季在矿工的指引下找到了矿长,他说了情况,说我是来找李三枝的。矿长说,李三枝来过,不过来这儿哭了一场就走了,好像比往常多了一些心思,她说想在矿上找个活儿干,说哪怕再死在矿上也心甘情愿。她这种话我们是不愿听的,怎么能说不吉利的话呢?我们承认矿工是高风险工种,可我们是一点儿也不想有事情发生的。矿长说,李三枝不会留在矿上,她每年都这样,哭过了就离开。

李月季登上那座煤矸山，风不断地掀起脚下的煤粉，往他的脖子里灌，迷他的眼，他脚下不断有煤矸石滑动，骨碌碌地滑到有碍障的地方。李月季登到顶峰，坐在山尖上，忽然也有了哭的冲动，就哭了，哭得稀里哗啦。后来，他在煤山尖上找坐过的痕迹，终于找到了，认准那就是李三枝坐过的地方。他擦干眼泪，从兜里掏出一把炒花生，放好，对着矿区说，李三枝来过，我知道，说，老哥。这一声是喊给李三枝丈夫的。这把炒花生留给你尝尝吧。说完，把花生放好，挺起身，老哥，你托个梦给李三枝，我哥是冤的，让她回家，我要见她。他站起时，脚下生出一股小旋风，一圈圈地旋，把那把花生旋走了。

七

李月季被叫到公安局。在一间屋子里，是一个监控室，屋里坐着几个人，在等待审讯。一个警察挨着他坐下，说，李月季，一会儿你看你哥的手势，你懂你哥，和我们搞个配合。李月季不说话，他急切地想见到大哥，眼睛死死瞪着那个窗口一样的屏幕。警察说，不要怕，你哥还好，我们知道该怎样待他。

看见大哥的手势时他哗啦哭了，像突然而降的一场大雨，在隔间的审讯监控室嚎啕开了。他说，你们冤枉人了，他说他绝对没有，绝对没有，他说那天凌晨他看到一个人，他是尾随那个人时被李三枝抱住的。然后，他让警察重放大哥刚才的手势。他说，你们看，再往下看看，大哥的手使劲地伸向裆里……李月季说，大哥说，如果是他，他情愿把裆里的东西割下来喂狗。

警察把监控录像关了，屋子里短暂的沉闷。他身边的警察说，你先回家，不要声张，我们也感到这个案件有疑问，我们一直在研究，你放心，我们正在找李三枝。李月季对警察说了他去煤矿的事，说李三枝前几天去过煤矿。他说，我求求你们，你们好好查查，不要因为我哥是个哑巴就冤他，就简单立案，我不是不相信你们，因为的确有被冤死的人。屋子里沉默着，这时候有人不满了，说，李月季，你怎么敢说就一定冤，怎么敢说我们办案简单了，我们怎么没去找李三枝？队长模样的人举手制止，拍了一下李月季，说，李月季你可以走了，不，我们派车把你送回去，我们会弄个水落石出的，不会轻易地下结论。他说，我想再看一次大哥。队长说，好！出了门，李月季想起应该给大哥买点什么，回过头求跟在身边的警察，警察说，不用，我们没让他受委屈，现在不能告诉你，这是办案的秘密，也是我们办案的一种方式。警察看看天，说，不早了，车送了你还要往回赶。

大哥是5天以后回来的。那天傍晚，李月季站在大门口，心里忐忑不安，觉得会有什么事情发生，每一次心忐忑时总会出现一些情况。先是一群鸟儿从头顶掠过，叽叽喳喳地在门口叫，然后落在一棵椿树上，椿树枝上残留的雪扑扑簌簌落了一地。院子里的羊忽然一起叫起来，冲破羊圈往大门口跑，沿街一路跑开，像在雪地里寻找食物却仰着头。二哥急慌慌地撵出来，短短的腿脚在雪地上跑，喊着羊，你们回来，喊着头羊的名字，跑了几步那些羊都站住了。一辆警车从大路上拐过来，李月季的心一下子稳了，羊不乱不叫了，愣愣地朝着警车。车门打开，大哥从车上下来，一个警察的手里拎着一床铺盖，李月季一眼认出来是他送过去的包裹。大哥站在羊中间，羊咩咩咩咩地叫，眼朝着大哥，朝大哥跑。大哥弯下腰一只一只地摸羊，抱起了一只小羊羔。

李月季接过包裹，警察说，真正的人犯已经归案，提供消息的是李三枝。

八

李月季又开始炒花生了,花生的香味又在瓦塘南街的夜色里弥漫,顺着小北风刮得满街都是香气。李月季看着这个家团圆了,一场虚惊,大哥又坐下来为他烧火,火舌儿时不时舔出来,在灶口打几个旋儿,又钻回灶洞。二哥做他的帮手,把花生递过来又递出去,在筛那些掺杂的沙子,花生哗哗啦啦地响。如果,如果,如果再有大嫂、二嫂、三嫂在一旁说说话,帮帮忙就好了,那才是一幅更好的图景。三哥呢,三哥在他的屋子里裁着衣裳,在炒花生的间隙缝纫机的哒哒声传来。他现在才忽然明白,三哥的做法不是女人气,不是,三哥是在心里为这个家想,母亲年龄大了,这个家是需要个女人的,需要一个能缝缝补补、做家务的人,他不曾想到这个人会是三哥。对于这个家,三哥不动声色地和他里应外合。大哥回来的那天晚上又刮了半夜的风,后来风不刮了,下了一层雪。第二天早晨,他被大哥的"啊啊"声惊醒,二哥三哥都快速地起来,他们怕大哥再有意外,是不是在里边受了惊吓,起来看到了什么呢?忽然,看到了李三枝在他们家的大门外跪着,很虔诚、惶恐不安的神色。李月季出来,二哥三哥都出来了。她头抵着雪地,说,我对不起你们,我是被那人恐吓,吓蒙了就搂住你们家老大,将错就错了。李月季,你让我来你们家当牛做马吧。

当牛做马?这句话、这突兀的场面把李月季吓着了。他看看大哥二哥三哥,意思是问他们什么意思。他们也迷惘着,再看大哥,大哥这几天更沉默了,他的眼他的神情都看得出来他不想说话。李三枝又进一步把话挑明,说,让我来侍候你大哥吧,月季,你做个主。

月季看看大哥二哥三哥。李三枝是真心话吗?李月季看看三哥,三哥目光瞅着大哥。后来,李月季把李三枝搀起来,说,先回去吧,我们知道你不容易,每年都去矿上哭,去找矿长。你先回吧,我们合计合计,你也不要冲动,你已经冲动过一次,不能再冲动了。

李三枝又往地上跪,膝下的雪溅起来。

雪地上一个单薄的身影。

大哥是次年春天走的。

那天清早起来,李月季觉得这世界如此渺茫。天还蓝着,云还走着,鸟还叫着,满天的柳絮儿飘着,树绿了,草青了,一个温暖的世界又回来了。李月季心里极度的空虚,乱得很,糟得很,慌慌乱乱的,心里头像挡着一层雾,塞着一团杂草,扯不清的头绪。一睁眼,慌慌张张地往外跑,奔出大门,当看见飘在街上的纸幡、贴在门上的裱纸时,才倏然醒过来,大哥走了!大哥在早晨的喊声,那直直的嗓子没了。他匆忙的脚步突然停住,对自己说,大哥没了,是彻底地走了,回不来了。

心里原来缺少的是那个叫大哥的人啊。

过年时,全家人发现大哥病了。大哥是突然晕倒的,一家人把大哥抬到医院,谁也没想到大哥会得那种严重的病。医生说,别让他干活了,让他好好地休息,时间不会太长了。大哥听不见,木然地看着医生,看着月季、月水、老三,还有说几句话就会喘上一阵的姐姐。大哥被强行送进医院。大哥不住,他一直摇头。别说住院,大哥平时药都是很少吃的,一个人谁知道说病就这么厉害,厉害得猝不及防。李月季又一次停掉了花生挑子,天天坐在大哥的床边。一天午后，李月季窝在大哥的床头恹恹欲睡，门推开了，是李三枝。李三枝的手里拎满了东西，左右手都是。她轻轻地叫一声，李月季，你帮我一下。

李三枝把东西交给李月季，都是新鲜水果：苹果、橘子、桃子、香蕉，还有各种点心。李三枝说，李月季一定让你哥尝一尝。李三枝离开时对李月季说，我本来想侍候你大哥几天的，但看你大哥睁开眼又闭上不想看我，我就走了。下了两级楼梯，李三枝扭过头，说，李月季，我又去哭了，不哭我心里不好受。我就坐在那煤矸山上哭了三天，哭完了去找矿长，矿长答应把我留下了，让我在矿上帮伙。李月季，我可能以后很少回瓦塘南街了。又下了两级，李三枝喊住正要扭身的李月季，说，李月季，还有一件非常重要的事要给你说，我在梦里其实真的有过你大哥，他天天在我眼皮底下，我都喜欢上他了，这么多年我天天都听他在早上喊，一天不听就感觉缺少点啥。月季，女人的心你可能不懂。她低下头，说，李月季，现在告诉你我的决定，如果，如果我不再回来，我的那个房子给你们。李月季摇摇头。李三枝说，你不要摇头，你们一定要答应我。她松开栏杆。到时候我会有一个书面的东西给你，李月季，就这样定了。

大哥在医院勉强住了半个月回来了。他还坚持每天赶着羊去河滩。有一天，大哥就坐在一棵绽着新芽儿的柳树下，走了，目光望着河水，望着对岸。是一只头羊还有跟在头羊后头跑的羊羔回家送的信儿，它们对着刚放下挑子的李月季撕心裂肺地叫，咩……咩…… 李月季疯狂地往河滩跑，身后是咩咩叫的老羊和羊羔儿……

九

李月季差不多把那一副担子丢了。

不是不干，是炒花生的生意一下子好起来。既然好起来，那卖花生的挑子就供不应求，那小秤盘儿有点应接不暇，再挑着担子走街串巷脚步显得慢了，都让人等得心急了。不是他挑担子的问题，是好多好多的地方都在进他的花生。一个春天的早晨，李月季依然挑着担子去赶城堡的集。城堡是一个镇，当然要比牛塘、瓦塘、槐塘的集热闹。城堡的集李月季是经常来的。这一天，他挑了比平常多了一些分量的花生，筐里冒尖，在筐的两边吊了两个小袋子，风一吹，小袋子在筐边打着秋千，干透的花生呼啦呼啦地响，太阳在头顶慢慢地更明媚起来。李月季在跨过一个十字路口又进入第二个十字路口时，被截住了。

截住他的是一个女人。

喂——

李月季径直朝前走着。

喂——

李月季把头扭过来。

女人说，我是喊你，李月季，我就是喊你，我一直在等你，李花生。

李月季说，你有事啊？

喊他的女人小小巧巧，手指很长，小嘴上自然地绷着笑，把整个脸都带笑起来。她又"扑哧"笑出声，笑李月季的窘相——两个筐失去了重心打着摇晃，听见干燥的花生在筐里哗哗啦啦像青石上的流水。他这样子，配上高大的身材，让人觉得这个人有点较真，有些青涩。其实,已经不青涩了,那一年李月季已经22岁。

女人说,你这大男人,怕什么?我是供销社的,我和几个同事把门店包了,我们要卖你的炒花生,我站这儿都等你快一个小时了。

等我的花生?

对啊,别人等上了就把你抢跑了。

这一次轮着李月季笑了,我一个大男人怎么有人敢抢啊?

女人说,你跟我来,有多少我们都要。

李月季有些不情愿地看着她,看着筐,那两大筐按往日的卖法要走几个胡同串几个巷的,他的花生是要在肩上哗哗啦啦响大半晌的,怎么能一下子就给别人?往常的秩序怎么能一下子被打乱?他半信半疑地跟着走到了供销社,供销社还是那个宽大的老房子,是原来人民公社的老办公地,后院的两层楼前还醒目地写着"人民公社好"几个大字。供销社他是进过的,每一次卖了花生,他都来供销社捎些柴米油盐回去,还有母亲的老花镜、三哥让捎的缝纫机的针线等。

李月季倒完了花生心一下子空了,两个空筐看着像飞走了小鸟儿的两个空巢,他接钱的手有些迟疑。太快了,快得都有些出其不意,手里的小秤今天没起丁点儿作用。快倒完时,他心跳快了,像是被人强迫了胁迫了。筐底露了出来,一个筐里留下薄薄一层,正好盖严筐底,手一抖,筐底的花生聚成一个小堆儿,大概够几个人来称。他真有点舍不下,那个抻袋子的服务员还弯腰抻着袋子。他终于说,有好多人还在等我的炒花生呢。

他的脸红红的,不情愿这么快卖完的样子。他扭过脸看着自己的炒花生被装在袋子里,放进柜台。这时候,店里已经不是一个人和他说话,而是好几个,两个女的,三个男的。他们说,李月季,你以后来一次城堡,直接把花生给我们就是了,恐怕你以后还要来得再勤一些,多来几次。你看,我们还卖王家的煮花生,桥北的烧鸡,乔家的粉皮。但我们估计你的炒花生卖得最快,因为大家都吃过你的炒花生,你的炒花生挺好吃的。

李月季一下子适应不了,有些茫然。临走时,回头摸了摸花生袋子,交代店里的人说,你们别让花生搁太潮的地方,返潮了就不脆了。这天,李月季早早地往回走,空了的筐晃悠悠的像他的心一样,怎么都觉得不是一回事儿,怎么想都觉得办了一件错事,小秤盘儿在筐里滑动。他走路不看街上的人集上的人,不敢看,怕人失望,怕人问,李月季你怎么一下子都卖完了,李月季你把花生兑给供销社他们会再加钱的。这样想着,他加快脚步,狼狈着逃出了城堡,有人和他打招呼他支支吾吾。走到半路他坐在田埂上歇息,把一副担子"哐啷"扔在地里,地里的麦苗儿有一片被筐压住。他闭着眼,怎么一下子就完了,生活里一下子少了些有声有色的内容。

李月季家的炒花生就这样卖开了,他有点应接不暇,资金也跟不上了,花生要成百上千斤地进,他家的炒锅已经不是晚上才冒烟,而且一天到晚都在忙碌了。这期间,炒花生已经不单单靠李月季出去卖了。

李月季又去找城里的花生老板,李月季已经喊老板汪大哥了。人是要讲情义的,每次想起汪家宽,李月季就会想起当时汪大哥的热情,凭那一件事,凭几年的接触李月季觉得这个人可靠。李月季做的是小生意,现在似乎有了要做大的趋势。一个好汉三个帮,李月季在进花生上,决定还是依靠汪家宽,几年接触,李月季觉得和汪家宽越来越对脾气。

汪老板正招徕生意，给人指点着面粉、大豆、绿豆、挂面，对他挥挥手算打招呼。汪家宽的老婆让他先坐下，倒了水。一个身影在他的面前晃了晃，又到店里另一个角落里去了，那是汪家宽的小姨子。汪家宽终于坐下来，抹几下脸，说，小生意，碎，谁来都不能慢怠，回头客多。这样说了，汪家宽脸红一下，好像是慢怠他了。李月季摇摇头，意思是没有。说着进入了正题，说，汪大哥，眼下我的生意多起来，好起来，用花生多了，我找你来，当然还是要在你这儿进花生，我们打了几年交道，彼此都了解都有了感情。

汪家宽点点头，说，我给你想办法儿，选好品种，就是你经常炒的那个正丹1号、百农6号。我知道你这人讲信誉，不用瘪花生，那我就给你进饱满的，粒大的，又长又圆的，且皮薄好炒又好剥的。一席话把李月季说得暖暖的。

李月季吞吐起来，说，大哥，我以前没赊过你是吧？

汪家宽说，是！

可是，我……我，我现在资金有些难，跟不上。我家的情况你知道，这几年先是我爹，后是我哥，一个花生担子挣的钱都在平常花了。汪大哥，我，我的意思是……

汪家宽摆摆手，说别说了，兄弟，我答应，压几包花生钱没问题。这几年我看准了，你讲信誉，顾家，这样的人我不信还信谁？

十

一天黄昏，李月季站在村外。这是他养成的习惯，常常独自站在田野里审视生养自己的这片土地。瓦塘南街在深夜里像一只大黑鸟，一个乌黑的地堡，庄稼在田野里生长着，旺盛着。那些气息是从地下拱出来的，在庄稼的枝叶上形成一股气息，你会看到望不到边际的庄稼一层层一波波涌动着，成为一条河流，一片庄稼的河流。叶儿动着，一棵庄稼和另一棵庄稼傍在一起亲密地拉手，形成更有势力更有难以抗拒的合力，这就是一种气势啊。在这河流里，这绿海里走走，胸怀会一下子宽广起来，即使一个人，也不觉得是孤独。大地的气息是无边的、包容的、强大的、无边无际的。树伸出来，风在树林里威力更大，那些树成为大地的影子，影影绰绰。往村里看，能看见闪闪烁烁的灯光，偶然传来狗的叫声猪的叫声驴的叫声，从村庄的街路上会偶然飞出一辆自行车一辆摩托一辆拖拉机，“嗵嗵”响着，从河道里、树林子里传来回声再传到另一个村子。往东是一条河——九弯河。

那一夜，他在河岸上坐着。

那些想法，后来付诸实施的愿望都是那一夜出来的，火花是在一瞬间把他的心擦亮的。他久久地望着生养自己的土地，一种无法描述的情感从心底里溢出，像一锅粥，在深得化不开的夜色里愈来愈浓，搅不动，推不开，浓得他快陷进去了。

一望无垠的大地在眼前铺展，夜色中的树更加清晰。他忽然迸出一个念头：为什么这片土地就不能种上优质花生啊，那种又大又饱满的花生。那大片的花生长出来，那丝丝缕缕的花生秧儿铺满大地的时候多么壮观啊！能长玉米、长小麦的土地为什么不能生长品种好的花生？李月季的心有时候会忽然迸出来一些想法，似乎那念头在梦里开始萌芽开始往外拱要长成一棵树、一片树林。他仿佛已经看到丰收的场景。为什么我不能在村子里种上花生呢？他站起来遥望,河水在流淌,他像一个村庄的幽灵,在深夜开始了对土地的丈量。

他拨了一个电话,竟然通了。他说,我在村外,睡不着。对方是汪家宽,汪家宽在那头说,李月季,我好像也有什么预感,你等我,我开车过去。那一夜,他们就坐在瓦塘南街的村外,在村外的大地上坐着、走着,走在河边,走在庄稼地里。最后,他们沿着河边走到一座大桥时,一抹晨曦出来了。

两个人在瓦塘南街共同种植优质花生的意向就在那一夜达成,至于之后的榨油厂是另一个话题。站在桥上,他们听见,晨曦中的小树林一片鸟鸣。

十一

李月季和汪家宽的友谊越来越深,李月季这几年的炒花生也越做越大,大到有点应接不暇。最开始是给人送,现在是客户等不及骑车来家里取货。先开始主要是供应瓦塘和老塘镇、城堡;现在不行了,更多的村庄到这里来,来了就喊李月季,说,李花生,你怎么搞的,村里人盼你的花生牙都疼了,都望眼欲穿了。说,李花生,你不给送,我们找来行不行?李月季说,真是挺紧张,对不起,又让你们跑来。李月季的花生担子算是挑不起来了,他有时候想那挑着担子悠闲的日子挺有意思。但那样的日子越来越远了,他添了一口大锅后又添了一口大锅,有时候不得不搬动老娘。老娘当然也挺乐意,老娘在质量上盯着,佐料、程序一丝不苟,反复地叮嘱李月季,不要财迷了心窍,不要萝卜快了不洗泥,那样到时候你连花生筐也挑不起来,连你筐里的花生也没人吃,你吆喝哑嗓子也卖不出去,那样真是炸锅了。你爹打下的牌子砸了,再拾也拾不回来的。

因为花生的需要量大,李月季往城里跑得更勤。汪家宽的生意已经从市场大棚里搬出来,挪到了盐城老街口,一个门面房,后边一个小院,大量花生大米大豆米面放在院子里。盐城老街是文城名街,明代潞藩王曾经当做据点,在中原做过大量的贩盐生意,当年这里是航运的一个埠口,大量的盐运过来,再经这里调走。盐城老街停下的多是来往船只,桨声灯影是盐城老街口曾经有过的风光,码头附近站满等待贩盐的商贩车辆,生意红极一时。明朝万历年间文城因为贩盐生意,再加上潞王在文城建的望京楼、王府街,文城成为全国的一个名地。汪家宽的摊儿扎在街口路边,不远是县医院、鞋厂、纸箱厂,几百米之外是一家大纱厂。

李月季感慨结交了一个好人,没想到这个城里人这么厚诚。李月季的生意好起来,资金周转却明显紧张,连续赊了几次后李月季都不好意思了。汪家宽看出了李月季的难言之隐,说,李月季,你别为难,你尽管来赊,看你的生意好我们高兴。汪嫂也跟着点头。汪家宽说,李月季,我比你活络一些,这几年有了积蓄,你赊上几千斤花生赊不难我。

李月季有些羞愧,头往下低,说我会尽量往你这儿周转。汪家宽有些急了,说,你不好意思什么,你还看不出我这个人吗?

李月季说,想不到遇到你这么好一个城里人。

这时候,已有一杯水悄然放在他面前的桌上,一双小手及时地撤离,眼睛却从另一个角度不时地瞟过来。两年前,汪家宽的这个小姨子麦小繁来店里做帮手,几乎每次来,那双小手就会在他的面前放一杯水,默默地帮他装货,把他送出来,看他走远。

那天，李月季和汪家宽在一个小酒馆，两个人面前搁着倒满的玻璃酒杯，纯净的液体在灯光下透明，那酒咂在嘴里散出一种清香，有一种黏连的香气。李月季咂了一口，真诚地望着汪家宽，眼前的这个人像酒一样透明，有一种魅力，不拘小节，不像他接触过的那些小商人，小心眼儿。汪家宽说，什么城里人乡下人，这文城有几个真城里人的？我爷爷那辈儿还在乡下，我父亲是半路进城，艰难地在城里安了个家，我身上泥胳肢缝里的泥还没有洗净，一辈子也洗不净的，我也从小在村子里长大。李月季，这不是我们的结，不是。我们做事，有我们办事的义气和原则，我们讲究的是做人，不坑不骗，以心换心。我们没有比谁差的地方。

李月季敬汪家宽，汪家宽敬李月季，两人碰杯。

李月季想起两年前那一场大火，他们家那个倒塌的烟囱。

那个叫许桃花的女人是李铜领过来的。

李月季歇下手伸了个懒腰，站到门口。满街里飘着柳絮，一层层，一片片，一团团，一窝窝，像雪，把村庄铺严了。李月季伸出手扇扇，掌一合，抓住几片柳絮，一展手，柳絮慢慢地在他的手心里舒展，做着欲飞的姿势。李月季噘嘴嘘出一口长气，柳毛儿离开手掌，一片片往高处飞。他仰着头，慢慢地找不到那几片柳絮了。李月季看见了李铜，然后看见李铜身后的女人，女人的眼神迷茫，头发焦黄，披散着，脸上透出疲惫，手里拉一个女孩儿。

李月季赶忙从屋里捧出花生，那花生脆脆的，散发着馨香。按本家的辈分李月季喊李铜叔，所以李铜在月季面前有点架式，肚往高处凸。李铜往李月季面前站站，月季，你把她娘儿俩收下吧，我也是在路口碰见，挺难的。你生意忙，现在都成了大老板，多个帮手也帮了人，两全其美。

李月季听着，沉默着。他回头看看家，不知道该不该答应。虽然他也用季节工，但一个外地女人让他一下子没了主意，毕竟要长时间在家里落脚，要安置吃安置住的；又仰头看一眼天，几只喜鹊从头上飞过，像要在树上逗留。李铜把他拉到几米外，说，月季，你怎么这么死心眼，看看你家情况，至少可以帮帮你妈嘛。李月季后来对那个女人说，大姐，我，我再和娘合计合计。说完，又看李铜。

他听见女人说，收下我们吧，有饭吃就行。

李月季和一家人接收了这个女人。女人叫许桃花。这天晚上，李月季在家里举行了很庄重的迎接仪式。李月季在晚宴前让一家人都换了衣服，二哥、三哥都换了。许桃花换了一身从李铜家拿过来的衣裳，原来，挺耐看的一个女人。三哥端详着许桃花，端详着那个孩子。李月季说，大姐，你别介意，三哥这是有心思了。许桃花有些害怕，听了这话，别过头瞅李铜。李铜赶忙打圆场，说，老三是个裁缝，这是要为你们娘儿俩做衣服了。不善表达的三哥点点头，说一句，看这几眼已经够了。李铜晚上喝得有点高，李月季送他走时他抓住李月季的手，月季，留点心，如果留得住，看跟了你哪个哥吧！

实在说，李月季的心动了。

果然，一年后，许桃花成了他的二嫂。

那天晚上，看着许桃花有些妖娆的身影走进二哥的房间，李月季的心"扑通"响了一声，是那种心掉到肚里也夹杂着一种怅然若失的感觉。他在这一天后要彻底地把称呼改了，他对着许桃花叫了一声嫂子，甚至弯下腰对许桃花鞠了一躬，那一躬里面有尊重，更有感激。从今，这个家的这一代里有一个做嫂子的人了，有一个可以让母亲减少操劳的女人了。他看一眼母亲,母亲暗自笑着,看着这个家的一步步发展,看着李月季接过花生挑子后这个家的变化。从此,这个家要慢慢地往有轨道的路上走了;有了女人,这个家还会有一个一个的孩子,会再一代一代地传下去,传下去的还有炒花生的生意,做起来的花生摊子。母亲看一眼李月季,那一眼是赞许的、骄傲的——这个孩子挑起的不仅仅是一个花生担子,还有一个和花生担子有关的家。自从许桃花来了家里,李月季把二哥暗暗地收拾了一下,这里面有三哥的功劳,他给二哥做了两身衣服,那种浅灰浅蓝的,穿上去干净。在乡村,行头大都是这样的色调,这一年二哥已经是30岁的人了。这一切做得不声不响,严丝合缝,是用了心的。那一身行头二哥穿上精神了透明了年轻了,身上脸上的苍老被衬托得薄了,羊鞭子甩起来有了几分潇洒,撵羊撵得多了力气,多了自信。这一切母亲看得出来。母亲不大爱说话,即使在儿女们面前也很少用指使的口吻,也许这个家的特殊让她变得更沉默,但月季的用心母亲一分一寸都看在眼里。那一个晚上,当许桃花走进二哥的房间,李月季听见母亲吐出一口长气。

自从许桃花来到李家,给这个家带来的变化是循序渐进的。许桃花不仅心灵手巧地配合着李月季,配合着这个家拣花生、炒花生,而且对这个家慢慢地起着影响。全家的衣裳、被子,该洗的洗,该拆的拆,洗得干干净净,晾得规规矩矩,叠得齐齐整整,是谁的衣裳一目了然,就差在衣裳堆上写上谁的名字了。院子里、屋子里也显得明朗起来,院里种上了花,炒好的花生在许桃花的建议下打成了小包,标上了重量。

只是,许桃花不谈自己的身世,有一次她回答月季,不说好吗?干吗去找那些伤心的话题?她倾着身问李月季,我不像骗子吧?李月季站起来,看了眼她前身,又看了她的后背,觉得她的身影很正,身上有一种气节,说,不,不像!我来几个月,没骗你们家吧?没有。李月季看看墙头,几个月一晃过去了,墙头上的槐花淡淡地开了。许桃花说,那就好,不用问了,我的男人在煤窑上出了事,我不愿再待在伤心地,这就是我出来的原因。

李月季忽然想起那座煤矸石山,想起坐在煤矸石山上哭的李三枝。

谁也没有想到李家会燃起一场大火。

火是伴着一场大风来的,风呜呜刮得吓人,半夜时院子里爆出一片火光。最先出事的是炒房的烟囱,那高高竖在炒房顶上的烟囱冒着火星,"轰"地一声倒塌了。李月季起来时,二哥在救羊,十几只羊在叫,二哥把羊疏散。疏散羊的二哥听见孩子的哭声,他跳出羊圈,钻进火里用力推开了许桃花和女儿住的小房门,摸索着先把女儿救出来又蹿进火光里,抱着许桃花跑出火海,小房子在之后的一瞬间塌了。

二哥被送到医院,在医院住了半个多月。那半个月,许桃花一直在二哥身边侍候。许桃花嫁给二哥是在出院后。

医院离汪家宽的门市部很近,汪家宽和老婆几乎每天都往医院跑。重建炒房,再竖一个烟囱,重整旗鼓用了一个月。汪家宽把第一批花生无声地送到了瓦塘南街。李月季说,汪哥,你让我咋感谢呢。汪家宽说,啥也不说。

十二

到了26岁那年,李月季才真正把自己的问题解决了。像一个老姑娘总算把自己打发出去了。不是非要把自己变成一个“老闺子”，两个哥哥的问题不解决他不想让自己往前面跑，用瓦塘南街的古话说，砘子跑到了楼前头。那不是他李月季的做法。

那一年，李月季的婚姻透了。这是瓦塘南街的说法，是瓦塘南街的语言，什么事儿该成，就是透了。熟透了、长透了、情透了、扎透了，瓜熟蒂落。用现代的解释是机遇来了，造化到了，时机成熟了，不然，再急也没用，白搭。那一年二哥和许桃花结婚，他的炒房重新垒起来，生意又潮水一样地跟过来，不是跟过来，是都让客户等急了。李花生，你都把人喂馋了，怎么可以忽然断食儿。炒花生一定是要重炒的。在这期间李月季也着急，光着急不行，得沉住气。李月季是有知识的，差一年就考大学了，炒花生之余，每一次进城，书店是一定要进的。是书本、书中的人物在喂养他，是生活，是生活中的情谊，比如汪家宽、李铜在温暖他启发他。重垒炒房时，他骑上车一家一家去告诉客户老朋友，说，对不起，炒房出了事，会马上恢复，我欠你们的，我有一笔账，请你们谅解。顺便呢，把欠的账也收回来了。事实明摆着，李月季家遭受挫折，不说借，欠的钱还了是天经地义吧。

三哥在二哥结婚后的第二年也把瓦塘北街的一个女孩儿领回了家。一家人看了，大大咧咧的一个女孩儿，冬天的时候就很顺利地娶到了李家。家里人一下子多了三口，气氛顿时热闹起来。当然，这时候二哥、三哥都有了房子，说透了，也是李月季用的心思。在乡村娶媳妇首要的是有一处宅院。二哥住得近，要的是李三枝家的那座房，前边有门，一个山墙打通了一个胡同，从胡同里可以直接到家。商量买房子时李三枝从煤矿上回来，房子的事很利索地解决了。回矿上时，李月季送给她几袋花生。李三枝说，我也要在矿区开个店专卖你家的炒花生。李月季说，好啊。对于李三枝卖房的姿态，李月季心存感激，说，嫂子，你什么时候卖花生，店开起来给我们打声招呼，我给你送货。

其实，李月季的生活里是有过一个女孩儿的。

叫银秀的女孩儿在一天晚上推开了李月季的门。花生的余香在院子里弥漫，绕得树上房上一花一枝上都是。银秀说的第一句话是，好香。说完就皱鼻子，李月季赶忙把一捧花生捧到她的面前。

银秀的羞涩忽然出来，她后退几步退到小屋的门后，退到了另一张写字桌边，又折回来两只手交叉着在身后把门关上，才突然地觉得自己唐突了，心里蹦跳起来，像有几只小鹿在心里头撞，都能听见自己的胸像柴油机刚发动起来，咚咚地响。她反而不知道该怎样开口了，就背着手站在门口，有些羞涩地不知所以。花生的香气闻不着了，她想稳住自己，脚使劲地跺地，先是脚尖再是脚后跟儿，往常站久了或者坐久脚麻了就是这样。她急中生智抓起几颗花生咯嘣咯嘣地嚼起来，心急慌乱狼吞虎咽，忘了掩饰一个女孩儿的吃相，终归把慌张掩饰了。

后来，她说，李月季，我们是同学，你不会忘吧？

李月季其实也慌，这样近距离地接触女孩儿还是第一次。都夜里九点多了，晚秋已经有了凉意，乡村的夜静下来，早睡的人家已经打出了鼾声。他不知道银秀来干什么，都这么晚了；不知道该怎样和银秀搭话，他有些不知所措，对银秀让着，你坐，你坐。他自己拿起几个花生咯嘣咯嘣在手里捏，焦黄的花生仁流入手心，他没有往嘴里搁，看着银秀，想银秀到底来干什么。银秀的话把他唤醒。

他说，对，对，我们是同学，从小学到初中都是。

你没有忘了我，记得是你同学？

没,没有,怎么能忘呢?

可到高中我们不是了,家里不让我上,我们在初中是不相上下的。

对,其实你有时候比我学习好,老师常夸你学习踏实,理解能力强,字写得也好。

其实我笨,我是用心。

李月季找到了话题。用心就能办成大事,对,你很用心。

银秀也感觉找到了话题。对,我观察人也很用心,比如,我对你的观察。

对我?

对!

观察什么?

比如你爱发呆,拳头抵住下颌,有时候一句话不说,就像站在坡地里发呆的狗,傻不拉叽的一点儿生气也没有,可是,那认真的样子让人爱怜叫人忘不了。有一次,你盯着外边树上的一对鸟儿,把全班36个人的目光都弄到了树杈上,以为你看到了奇迹,你可真行,就这样你的成绩还落不下来。

说得李月季的脸都热麻麻的。

还有,李月季,你背课文背唐诗,你大清早手里夹一个纸条,低着头顺着村堤走,嘴里像嚼着东西,有时走着走着脚踩着树杈停下来,头仰着,那样子又像一条狗,转几圈儿几首诗你就背下来了。你这个人就有这样的本事。

你怎么知道?

起先我不知道,我只是奇怪,你念念有词地絮叨什么,为什么天天围着村堤转圈儿,我好奇,悄悄地跟上你,跟了两天,知道了你的秘密。

我……你跟我?

我之后也开始天天背诗、背成语,像你一样把课文背个滚瓜烂熟。

这算什么呢?一个人有一个人的学习方式。

这使他忽然想起几年前家里的环境,那时候他真的喜欢在大哥的喊声中背着书包往学校走,绕到南堤口,再沿着南堤口往东,踱上河堤,眼前是一望无垠的庄稼地,远远的河水在静静流淌。他背唐诗、成语,那个巴掌大的成语词典现在还在床头放着。什么一拍即合一脉相承一气呵成一鼓作气,什么哀兵必胜哀鸿遍野……像冰糖葫芦,一串一串,都是那时候背的。

他看着银秀。

银秀的胆越说越大。可是,我恨你上了高中。

恨我上了高中?

对!因为我和你一样考上的,家里不让我上,我爷爷是一个病秧子,我有五个哥哥,一大堆的哥哥要花太多的钱,要盖房,一个个娶媳妇儿,我就不能再往上上,家里不敢供应。可是你上了,而且知道你在高中学习也好,我嫉妒你,我觉得离你远了,这一辈子可能越走越远,你每周回家,我都早早地站到房顶看着你从村外回来。你不会留心我,我嫉妒你的幸福,虽然你的家庭情况不比我好,你毕竟上高中了,你将来有可能再往上上,那就是大学了。我几乎每周都会那样看你回来,心里却祝愿你能考上个好大学,好离开这个重复了多少辈儿的地方,去干乡村之外不再单调的工作,为我们普通的家庭做个榜样。可想不到你又回来了,和我一样,那时候我真失望啊。

对，我回来了。李月季的心蓦然疼起来，像针尖儿扎到了某个部位。即使在他回来挑担子走在路上时，常想起的是上学路上的情景，是他离开学校前夜在文城大街徘徊，文城的那条河流，是望京楼尖上的一片白云。

银秀把声音放低，月季，你炒的花生好香，可你要炒一辈子花生吗？

李月季仰起头，银秀看到了李月季的习惯动作。好久，银秀说，月季，我能再来么？和你说话，我闷死了，整天待在那个嘈杂的家，有时候我蹴在庄稼地，迷恋地里，不愿出来，想永远蹴在庄稼地里。

李月季的头还仰着。

李月季，我还会再来的，你等着，今天就算个开头。李月季，我走了，今天的话先说到这儿，权当先来给你打个招呼。

啪。门碰上了。

屋子里只剩下李月季，夜静下来，乡村的夜除了静没有什么，也许还有圈里的羊、圈里的猪，还有炒花生的余香、偶然走夜路的脚步声，像今晚的银秀。清冷明亮的月亮在天上吊着。

李月季还仰着头。李月季是矛盾的，他不想让银秀来，又盼着银秀。

银秀几乎是天天踩着钟点过来的。好像计算好了，差不多是在他把花生炒好，把花生晾在十几个笸箩里的时候，接着就是一个姑娘的脚步声。那天晚上，银秀的两只手背在身后，勾着头，小嘴撅着，有点调皮，有点神秘，也有点羞怯。她说，李月季，你猜我带来了什么？李月季说，是吃的，还是看的？银秀说，你猜！李月季猜了，但银秀摇头。后来，李月季说，我不猜了，你别甩包袱丢悬念了。李月季两只手伸过来，两条长臂分明是一种拥抱的架式，银秀都耳热心跳了，甚至期待快快地被狠狠抱住，抱住，箍得喘不过气才好呢。可银秀还是下意识地躲了，说不清的意思。她一躲，李月季扑了空。待李月季再扑过来，她定定地有些期望地站着，期待地看着凶猛刚武的李月季，可李月季站住了，晃了个趔趄才牢牢地站稳。李月季真的定定地站住让银秀失望，失望得有些委屈，有些想哭。女孩儿的心思真是够让男孩琢磨的。李月季呢，他不知道着了哪门子魔，当银秀真的站住真的迎接他的双臂时，他竟控制住了自己，定定地站稳了。

银秀很委屈。委屈归委屈，委屈是藏在心里的，终归是把身后的东西亮了出来。呼啦啦，瞬间遮住灯光的是两条枕巾，枕巾上是两只鸟，小鸟的身下是水，水里有草有鱼，还有粼粼的波浪。银秀把枕巾铺在了床上，一对小鸟儿立体地浮在水中，灯光把水把草照得立体起来。银秀拐过头，李月季你知道这是什么鸟吗？李月季不知是蒙了还是故意装蒙，茫然地摇头。银秀怯怯地对他说，真不知道么？李月季摇头。银秀急了，鸳鸯，你知道么？这叫爱情鸟你知道么？那首歌是怎么唱的，那些爱情鸟，它就飞来了……那些古诗你知道吧？对，你是古诗专家，你装了一肚子的古诗。李月季说，我都忘了，不过那两句他还是记得起来的：在天愿作比翼鸟，在地愿为连理枝。

还有……

还有，这次是银秀接的，银烛秋光冷画屏，轻罗小扇扑流萤。天阶夜色凉如水，卧看牵牛织女星。还有，玉阶生白露，夜久侵罗袜。却下水晶帘，玲珑望秋月……

李月季有些蒙了。

这才几个黄昏，银秀就拿出了这些武器，她竟然还记着这些唐诗，一个天天在地里干活的女孩儿,这让他感动。可老实说,他还没有考虑过该和银秀到什么程度,说透了,没有任何心理准备。

这还不够,银秀又拿出一个日记本,一个很普通、那种大十六开的牛皮纸笔记本。李月季,你看看这上边都写的什么?这都是我写给你的,你知道么?

李月季没看,他晕了。他根本没任何心理准备,没有任何预感,银秀来之前也没有任何预兆。可是,事态又往前发展着。银秀说,李月季,你有点耐心,你听着,我给你念……

银秀念着念着哭了。银秀说,我一直忍着不来见你,可我实在忍不住了。说不清是银秀哭着倒向了李月季,还是李月季把她揽住了,反正两个人终于蛇一样缠住。李月季后来把她扳倒,倒在自己的小床上,年轻人的狂热让他不能自制,当他抱紧时,一种来自内心的电流势不可挡不可控制,海绵体的压力不够了,弹了起来,他把整个身体排山倒海般压过去,已经听见银秀的呻吟,小床已经发出共鸣。可是银秀说,我告诉你一件事,你先坐起来,我告诉你。李月季不想听,有一种贴在刀尖上的快感让他不想停顿,心咚咚地跳要蹦出来,眼也有些湿润。他压住银秀,抓住银秀的腿,摸到了腿的光滑,又换过来抓住银秀的手,整个身体都放上去了,他的脸触到了另一张柔软、弹性、散发着馨香的脸,牙都快碰到那两排洁白整齐的牙了。可银秀大喊一声,李月季你听我说!

说了,也就完了。

这是银秀一直后悔的事。那句话很抓人,银秀说,我不是处女了。

银秀把头拱在李月季的怀里,说这话时是带着泪水带了哭腔的。月季,你可能不知道,你怎么也不问我呢?我订完婚了。那人是李村的,我的一个姑姑是媒人,那时候我的心很空,我觉得找不到我能装心里的人,我心里有你,可你离我越来越远,不可能回到我的身边,家里人做主给我把婚订了。那一次我住在姑姑家,他把我约出去,领到村外的杨树林里,杨树林有很多鸟,在枝头上叽叽喳喳,叫得人心慌意乱,把我叫迷糊了。那一夜,他把我摁翻了。我不敢对姑姑说,也不敢对家里人说,我就那样让人切开了,切得我疼,心里疼,浑身疼,疼得我都傻了,疼得我想把那小树林一把火烧了,把这个世界都烧了,包括你李月季的花生房。我在家里傻了几天,最后憋不住在一天晚上对娘说了,我不说心里都要崩溃了。娘说,孩子,既然这样把证领了吧。娘说,你已经是女人,这一步你已经走了,没有可回头的路。李月季,他们去镇里找熟人把结婚证办了。

说完,银秀低着头。

李月季从床上弹起来。好久,李月季说,你已经领了红本了干啥还来找我?你这是什么意思,成心让我失望让我难受让我顶一顶破坏别人婚姻的帽子吗?李月季茫然地推开银秀,刚刚冒出来的激情,慢慢蠕动的好感、依赖、憧憬一下子淡了,散了。李月季摁着桌子的一角,喘着气,不知所以。窗外淡淡的月光照进来了。

银秀说,李月季,我不是,不是成心要来气你,污辱你,是你一直在我的心里根本就挣不脱。从你上高中之前,从我和你摽着学习,摽着背诗,从我站到房顶看你,从你回家挑起花生担子,我的心就在一直属于你。我一直忍,一直忍,不来见你,想把我的心思藏一辈子,我实在藏不住,忍不住了。我一直推脱着不嫁过去,推脱着不办那个婚礼,我为了什么?是因为我心里有你,我推脱不成了。马上,我就要嫁人了。你的两个哥哥都已成婚,该轮到你了,这时候我催自己,一遍一遍,告诉自己,我必须来见你,让你知道有一个人爱你,一直藏在心里。银秀站起来，手伸进口袋，掏出了花手绢里的一叠钱。月季，钱我都准备好了，我们私奔吧。

私奔？

对，我们到远处去，现在不是都时兴去远处打工挣钱吗？我们走。

李月季望着窗外高高竖立的烟囱，好久，摇摇头，说，我还有老娘，还有……他指指外边的烟囱。深夜，高高的烟囱直冲云天。

李月季伸出手，打开门。银秀是这时候哭的，“哇”的一声，低下去，头抵着椅子，哽咽着，抽泣着。其实，我都知道，我知道是不可能的，我知道这个结果，可女人就是不甘心，我不甘心，我来尝试了，我不后悔，也知道你对我和我对你根本不是一回事儿。李月季，你知道一个女孩儿在房顶上看一个男孩儿从外边回来是什么感觉吗？她抬起头，睫毛上闪着泪珠。李月季，我们再抱抱吧，这一生恐怕再也没有机会了。银秀抬起头带着企求，一个女人的企求，那种企求里带着泪带着真诚，带着颤抖，带着无奈，带着失望，带着奉献，带着牺牲的欲望，带着肝肠欲断，然后近乎疯狂地裹住了李月季。

几只手电筒射过来，银秀的几个哥嫂凶煞地堵住了屋门。

十三

这一年，李月季的婚姻真的来了。也是这一年，瓦塘南街大片的优质花生喜获丰收，又一季种植合同和上百户签下了。李家的喜事在这个冬天一桩接着一桩，许桃花生了一个男娃，之后三嫂生了一个女娃，两个月内，李家有了下一代，而且一来就是两个。李月季为两个孩子办了喜宴，远的近的亲戚来了，村里村外的老搭档、这几年逐渐和李家建立起来的关系都来了。酒酣耳热之际，他们咋唬着，李月季，我们可在等吃你的喜酒哩。

李月季仰着脸，哈哈大笑。我不着急，你们急什么呀？

一天黄昏，也是在李月季忙完一阵后，汪家宽来了，在街门口向李月季鸣笛。李月季想和他逗一逗，故意磨蹭。汪家宽一直在鸣笛，隔一会儿鸣两声，催李月季出来。李月季出来了，李月季笑着，一种嬉闹的笑，谁呀，这么大架子？还非得出来请啊？汪家宽说，李月季，到底谁的架子大啊？客人到了门口都不来迎，今天你不迎我我不进去，你知道我来干什么吗？

干什么？

大事！

待双方都正常了，都正规起来，李月季才知道了汪家宽此行的目的。汪家宽走在院子里，到处瞅瞅，又到处闻闻，在夜色中的一丛月季前停下来，庄重地看着李月季，月季，今天你们家可是喜气盈门啊。李月季不知道他葫芦里装的什么药，看着汪家宽。汪家宽终于说了，我给你算了一卦，算卦先生说你的婚姻透了，所以我今天来给你保媒。

你给我保媒？你什么时候有这个心情有这样的时间，学了这本事？

时间还是有的，看对谁，看合不合适，是不是在合适的时间遇到合适的人。

李月季眼前忽然掠过一张清秀的面孔，一个从脖子、鼻子、小手都细细的女孩子，常常放在他面前的一杯水。莫非……你说的是谁？

着急了？

你说！

汪家宽郑重起来，或者说更郑重起来，郑重得神色和语气都不一样，都另有味道。一字一顿地说，麦小繁！

麦小繁？

这个晚间，乡村的晚间，乡村秋天的晚间，当李月季听到麦小繁三个字时，心里一下子亮了，仿佛被什么击打了一下，心一下子震动起来，跳动起来。他仰起头，又仰起头，这是每当他被触动时的习惯动作。麦小繁，是他几年来太熟悉的一个人，那是汪家宽的小姨子，一个清清秀秀的女孩儿。有一刻，麦小繁的形象，麦小繁走路、给他倒水、帮他装车和姐姐一起送他的情形，唰地在脑子里轮番过幕。但不敢想，看上去那么文静清秀的一个女孩儿，怎么会舍得嫁过来，嫁给我乡下的李月季呢？瓦塘南街她会来吗？这样的话竟脱口而出，瓦塘南街她会来吗？

会！

汪家宽抓住了他的手，又说了一句，会！还要来和我们一起建榨油厂呢，种更大面积的优质花生。其实，她一直在注意你，我也不知道，是你嫂子忽然对我说，小繁早就有了心思，心里有了人。我都恨我疏忽，怎么没早想到给你牵线，一个大小伙子，一个大姑娘。

李月季的心快跳起来。她会来瓦塘南街吗？

会，如果没有一个人，她不会；如果因为一个人，她会。还有，李月季，文城怎么不可以有你的地方你的空间？现在什么时候了，城里的门早打开了，欢迎有志实现自己梦想的人。

汪大哥，我迟早还会找一个学上，去圆一个梦，你知道么？

我知道。

还有，汪大哥，你不是要和我一起来瓦塘南街来城堡发展吗？我们不是已经在这里发展了吗？我们不是要建榨油厂吗？那时候，你要多往乡下跑了。

没问题，什么往乡下跑，我就是乡下人。

他们握住手，握得很紧。

街上传来了清脆的鸣笛声。

哟！汪家宽叫了一声，拉住李月季往门外跑。大街上，汪家宽小车的停车灯闪烁着。汪家宽停下来，看一眼李月季，说，李月季，有两个人被我们晾车上了，你不要激动，这是我们商量好的，如果你答应，今天晚上要有一束花。汪家宽把一只放在背后的手举起来，这是我刚掐的一朵月季，你擎着，我去打开车门，有一个人在等你的花，好吗？

好——

李月季的胸口鼓一样敲起来，要跳出来。

在乡村清爽温馨的夜色里，一扇车门轻轻推开了，他颤动的不仅仅是心，还有擎花的手。多好的夜色啊，李月季仰起头，一队大雁正从瓦塘南街的夜空里飞过，在夜空里盘绕。

越过这个夜晚又是一个美好的明天！

六月，献给土地的诗

六月，江河丰盈，群山翠绿，广袤的田野生机勃勃……

六月，每一首诗都是一缕清新的风，吹疯长的庄稼和草木，也吹苍茫的荒原和大漠……

六月，以诗歌的方式，我们把无限的挚爱虔诚地献给脚下这片历经阳光和风雨的土地，献给第24个全国土地日。

——编者

大地之上

■大　卫

我们是被大地命名的人

大地是一个人，或者是一个人
所反对的全部。别想在大地的怀里
找到河流与蜜蜂
我们是被大地命名的人，但我们又没按大地的意思办事
我们是大地亲自命名的万物中的一种
或者是大地所制造的——
喜悦，狂欢，空虚，寂寥，悲欣，慷慨，愤怒，火焰，宁静……
天空从来都是自顾自地蓝，蝴蝶憩息于竹篱时
是个唯物主义者，人在大风吹熄的地方
把脚印留在道路上。飞鸟是大地更轻的飞翔
或者
更低处的摇晃。那半夜启程的人，在石头里
找到了骨骼与哲学

在河流的转弯处，大地有时是
句子与句子的相碰
青草像人民一样弯下腰去
风对尘世的吹拂，仿佛有人
秘密地摧动了万物

当我跪下来

当我跪下来，哪一块土地
都会生出长长的翅膀和比翅膀
略长的孤独。当我跪下来
膝盖上的父亲和祖国一样有着
坚硬而又优美的弧度

更低的尘埃里，大地
节制了她的美
当所有的草
都随风起伏

河流就成了一种态度

祖国的曲折或许就是
我早逝的父亲
未曾走过的路
当我跪下来
膝盖是膝盖
泥土是泥土

当我跪下来
我已分不清
父亲与祖国
哪个是肌肉的颤抖
哪个是骨头的歌哭

大地铺开一张柔软的兽皮

这是我的流域,树把影子掸下来
风吹过的时候,树在动
影子也在动,仿佛那是另一个我
正在用手掂掂灵魂有多重

冰融化的时候,河流正在拐弯,树杈间,新雀初啼
草籽在岸边苏醒,风,踮着脚尖跑过大地

向绿借一点,向红借一点,用整个身子作抵押
大地铺开一张柔软的兽皮,我只是它其中的一个图案,不是最深的,也不是
最浅的,作为一条屡屡被误解的河流
我只能疯狂地结冰,仿佛结冰是一种本能
而疯狂才是最值得一干的事情

风从河面上吹来时,尚有一点点凛冽
我看上的风景,皆有性别
没有一块天空可以让我变蓝,
春天带来了十万匹豹子,将世界一把推开
我把我的女人往死里爱……

长江颂歌

■方　刚

长江源

更高处是寂静,需要虔诚地仰望
一滴水是一条江的胚胎,在姜根迪如
用居高临下的姿势融进血脉
从一滴水到一条江,会经过多少曲折、劳顿
河床也是创痕。早期,一条江甚至没有姓氏
后来汹涌,有生生不息的涛声
有图腾、渔歌和水患。一个女人在水里喂养爱情
寻找一条江的源头,就是寻找我们自己的身世
几千年,有谁能返回第一滴水,返回
最初的圣洁和纯净?沿沱沱河上溯
经过无人区和冻土层,需要剔除所有尘埃
才能以一滴水的形状与雪山对视
雪莲盛开,一滴水或一条江,一个人或一个民族
在日月光华里,用血液默默对话

赤壁怀古

从一个赤壁到另一个赤壁,苏轼能移动一个战争地点
却不能移动命运。譬如文人,只能用白发测量酒杯的深度
在诗中叹息民生,沉痛地将一颗心沉进民俗
有人凭栏流涕,有人虚拟逃遁的扁舟
有人在镜中自许长城,有人用青衫擦拭湿透的身世
他们都不如一个出塞的女子,能用一枝红杏扑灭三世的烽火
只有军人,直接用鲜血喂养功业
用浪花淘洗尸骨,淘洗姓名,淘洗闺中人的春梦
长江并不是天堑。卧薪尝胆者,乐不思蜀者

不肯过江东者，听《后庭花》者，得到天下又失去天下
江山在一个美人的水袖间震荡不止
后来是废墟，吴宫、楚宫、蜀宫和南宋宫的瓦砾散落
一个王朝倾塌的声音，从没有高过一条江的涛声

梦里水乡

最后，让我们一起寻找江南。这片多水的地方
的确适于梦想居住。沿着《竹枝词》、《江南好》平仄的韵脚寻找
可以看到草长莺飞、水村山郭和柴扉里晃动的红杏
着青衣、摇纸扇的那个人将自己困在纸上
沿着《西洲曲》的音律寻找，可以看到一个采莲女子
笑吟吟地划船，慢慢荡进一首民歌的深处
望江楼上的那个商妇，每天勤于梳妆，望断了所有帆影
在水墨画里，一叶舟、一弯月、一钓竿静静地融进江水
循着钟声，走进大明寺、寒山寺，或者九华山
会听到骨子里尘埃不断剥落的声音
江南究竟在何处？到处是楼房、公路、桥梁和园林
游客们荡舟归来，很多人身上并没有残留水乡的味道

黄河口畅想曲

■费　勇

赞词，或者一种信仰

在这里，接近一种辽阔
水的涌动寻找生命之初的色泽
黄河口，一条河见证了
一方水土的沧桑蜕变历程

时间是最好的建筑师
我们仿佛听见黄河携带着
一路的信仰在跋涉、奔腾
向往大海的辽阔
向往自由的天空，古老的文明
在征程中为我们营造出
土壤的肥沃，自然的激情
一只鸟从黄河口上飞过时的
从容和恬适——

是啊，站在黄河口的土地上
心中涌动着感恩的情怀
让阵阵舒缓的风，让从广饶、利津、垦利
折射的城市之光，去迎接
东方的黎明，那时，你的心中
就有一缕阳光在升腾
宛如母亲的目光，慈祥地抚摸着
黄河口的每一寸土地，满含深情

颂词，或者一种传承

东营的夜色，美丽、宁谧
——祥和的美。穿越夜色，你能看到
黄河在海河的交汇处
继续生命的传承，那些晶莹的水滴
怎么看都有着时光永恒的赞叹

此刻，我知道一滴水的歌唱
是嘹亮的，一条河的歌唱是恢弘的
两岸的城市、湿地和公园
两岸的油田、风景和人家
静止成一片水波的光与影，看！
日出平静地掀开东营
新的一日，阳光照耀在每一个人

每一棵草、每一朵花的心坎上

这就是黎明的东营——
这就是黎明的黄河口——
幸福是一滴细小的黄河水
却能在无声无息中寻觅到大海的蔚蓝

谣曲,或者一种怀想

凝望一件陶器,我听见
古老的东营从战马声中踏歌而来
泥土用芬芳记载一段历史
河流用泥沙怀念一段过去
眼前的黄河,一曲浩瀚的歌谣
铿锵有力,浑然天成

有那么一束光芒,让你铭记
一条华夏腾飞的巨龙
像极了我们血液奔腾的欢歌
黄色的皮肤,黄色的人种
黄色的土地,黄色的灵魂
在黄河口,我们看见一条河入海前
苍茫、浩荡的血脉
——如梦,如幻,如根上的经络

一片感恩的土地,一座
有着华夏底蕴的城市,东营——
历史的温度在这里幻影出霞光
幸福的源头,一只鸟飞翔出
春天花一样的家园,在脚下延伸……

爱(外一首)

■张常美

我爱这土地,爱这伟峻的山和流淌的河
爱这满目的翠绿和花红
爱每一颗粮食每一粒种子
爱阳光下闪光的露珠
爱风中呜咽的芦苇
甚至,在一块石头上刻下过我的爱

我还深深地爱着大地上
我的父母,兄弟姐妹,妻子女儿
爱着每一个善良的带笑的面孔
爱陌生的酒馆里的浓浓乡音……
爱屋檐下的呢喃,天空中的白云
甚至,在雨中牵挂一窝蚂蚁的命运……

这些爱也不是我的全部
我还要好好地爱落在生命里的每一粒
尘埃
它们来自土地,却都能找到我的眼睛
让我一次次落下泪水
感知痛和喜悦……

在我的故乡……

在我的故乡,从河边到山坡
每一片土地都被人们仔细地一分再分
分成三六九等之后
每一垄似乎都有了阶级

有的坐在水边,整日豪饮,疯长野草和蚂蚱
有的独居高处,梳理白云,承受山的阴影与狂风
他们都在漫长的日子里对抗着锄头和镰刀
磨平了铁的光芒和锐利……

在我的故乡,
祖先们顺从了季节和自然造化
依次从水边到山坡种出水稻,玉米,高粱,大
豆,谷子,葵花,黍子……
种出蛙声,蟋蟀声,蝈蝈声,牧羊人的山歌
……

在我的故乡,我的亲人会不停地诞生和离去

并带给我喜悦和悲伤
在我的故乡，每一片土地都收拢着他们的汗水和骨头
收拢他们一生贫瘠的梦想和担当

在我的故乡，人们要不停地栽下青松和红日
并不懈地将它移植在下一代的梦中……
繁衍，开花，照亮每一垄黄土

小兴安岭

■汪　洋

爱上一棵红松

爱上一棵红松
你就会爱上一座森林
爱上一座森林
你就会爱上连绵起伏的小兴安岭
对于绿的热爱
我给不出理由
就像黄昏，我沿着山径一直走到山顶
松涛阵阵
落日在群山之间洒满云霞
我忽然忘记了什么
对一棵红松的赞美
已被寂静的山峦悄悄留下

汤旺河

雪，消融
汤旺河露出春天的牙齿
朝南的山坡，杜鹃一点一点地红

这早已不是什么秘密
早春的山岭，风卷着它们的笑声
四处安家
晦暗的土壤，因为花朵
而明亮，晦暗的心扉
因为花朵，而获得飞翔

仿佛幸福从来都没有远离
它只是在沉睡
等待打开，里面的大海

这个早晨
请原谅我略带轻浮的表述
一百万朵花，只与我一人低语

金沙河林场

五月的雨
刚刚落过金沙河林场
潮湿的泥土
像一些松动的秘密
被遍地的杜鹃花轻易说出

从山中流下的溪水
寂寞而又清凉
即便是干净的溪水里
也会夹杂着落叶，灰尘
也会携带着倒影，鸟鸣，星辰
岩石上的水渍，记录着光阴的过往
生活在一点一点地沉积
成长或是消失
同样令人敬畏

我只是偶然经过这里
要知道人间的烟火混杂着爱和欲望
雨后的金沙河林场
却赐予我潮湿的雾气、花朵和这片柔软的松林
让心灵舒展，沿着微风吹拂的曲线
抵达安宁的居所

青藏高原

■马 行

我多想知道青藏高原是谁的院子
那天,我看见一列列大雪山做成围墙,屋脊是喜马拉雅
雄鹰只有飞得比白云还高才能踏进门槛

我看见窗台上的花盆里栽着青稞、小蒿、格桑花
我看见客厅铺着地毯,图案分别是那曲、阿里、可可西里
绣花很多,有纳木错、色林错、扎日南木错

往里走,佛堂内供着释迦牟尼
靠南的卧室,太阳刚刚起床,宽大漂亮的金丝睡衣
一直垂到冈底斯山谷

我还找到了长江源和黄河源,那是两口老井
我弯下腰喝一口长江源,又手扶巴颜喀拉山抿一口黄河源
它们在我舌尖上,有些凉,有点甜

风吹麦子(外一首)

■韩永忠

风吹一小片惹人爱的阳光,风吹阳光上的,
一小坨儿散碎的金子。

那时,风把苍茫的大地吹醒,把大地,
从一个人孤单的梦境最深处,
轻轻地唤回,回到了,
只属于它自己的那个神秘的领域。

麦子成熟了。风吹麦子,就像,
吹一架黄金的竖琴。
风吹大地。大地不言不语,大地呀!
装满财宝的柜子,
就要开启了。

风吹麦子。也吹另一个人,吹她的内心,
那一声声体温尽失的咳嗽呀!
那红色的麦子呀!被岁月的风,
吹得四下摇晃。

还是大地

还是那个守着灯火背诵诗歌的人。在燕雀,
尽失的深秋。在草叶,
纷纷破碎的深秋,一个人的深秋。

还是那个用嘴唇不止一次触摸火石的人。多少星辰,
在我的手指上一一陨落。在灌木丛,
在小河滩,在土埂,
那些宝蓝色的露水流呀流,流呀流。

还是大地。让我的心跳在黎明莅临前的最后一秒钟的,
苍白的缝隙里。在古井和常青藤的,
在蛇与农夫的,
互相缠绕的梦境的花园里。

呀!大地。你注定是那个永远幸福的人了,此刻,
在我即将离去的白昼。
白昼,白色的河流上漂浮着一个白色的村庄,
白色的人呀!
你为什么要流连,叹息,又四下哀伤?

一把锄头

■赵汉成

在我书房的墙上

挂着一把锄头。这是过去
我刨口粮吃的家伙

它由好铁打造
厚实而工整。锋口
被故乡的泥土和杂石磨得铮亮
闪着寒光。如侠客的宝剑

二十年了
它一直挂在那里,很
不甘心的样子,每次
我推开门　它总会随风鸣响几声
像是久困厩里的战马

我从不忌讳人说。我是个农民
恰恰相反。我常常骄傲地
把这个词,作为我名字的后缀
我在自己一亩三分版图上
我是自己的王啊!我和锄头
春华秋实　自足且自得

后来啊。后来
我叛变了土地。做了城市的俘虏
我把锄头擦洗干净,上油
挂在和书架等高的位置
它知道
它还有一次机会
和泥土亲近
但还得再等50年。或者更长
我儿子会将它从墙上取下
用它在向阳的坡上挖一个坑
将我掩埋

六岸村(外一首)

■徐徐言之

如果六位翰林疏朗的脚步
踩在青石板上　就会有跫音回响
那些溪流中的波纹　就会有轻轻的应答
叮咚叮咚　山村庭院里的诵读声
就在深秋的天空里
由远及近　扑面而来

廊檐的雕花古而旧
墙角斜倚的几捆玉米秸
门上的两只铜环
探手触摸　依旧可以噹噹噹地
敲响　只是岁月如此深远
那些金属的光也在老去

六岸村　不是美人迟暮
也不是英雄气短　是一个手执盲杖的
儒生　在此歇息做了山民
洗手焚香　可以上庙堂
赤脚袒背　可以担竹
可以种稻　雁由北及南
那些稻穗就在秋里
很儒雅地弯腰行揖

山野多么明净　炊烟
在白墙黑瓦之上袅袅娆娆
几只麻鸭在溪流的滩涂
用扁嘴啄小鱼虾　啄
身上的羽毛　与世无争
在六岸村　连麻鸭都觉得幸福

舜江之畔

舜江之畔　可以嗅闻到草木香
那些芦苇疏朗有致　那些红枫的颜色
深一些　浅一些　都是明艳
阳光仿佛一张网　把江面的波澜
一网打尽　秋风就如漏网之鱼
扑腾着往你的怀中窜过来

如此辽阔　让人把小和累就此搁下
看水鸟高飞天际　一点白　又一点白
庙前的香樟枝繁叶茂　春里秋里
都是绿　譬如光阴
譬如香火 譬如浊酒一杯千年
可以尽释眼前身家事

尘都是一样的　落在舜的肩上
落在娥皇女英的肩上　也落在人的肩上
雕梁画栋　那些追赶不及的声音
在戏台的穹顶上若隐若现
总是有一场戏即将上演
你等着　那些王侯将相逐一粉墨登场

砖木不言不语　看着不是冷硬
传说总是比现实走得更远一些
那些虚拟的情节在壁上色彩逼真
廊檐滴下空寂　也滴下琐碎
人的愿望总是千头万绪
此刻　你就着光阴梳理一番
然后在舜江之畔　看远山的倒影
如何一一都跌进水里

粮食中国,土地中国

■张常春

俯身在一张中国地图上。我教六岁的孩子
认识一个粮食的中国,土地的中国

要认识平原,认识一个
大豆和玉米疯长的东北,
棉花与小麦昂首的河南
那里,每一个弯低的腰身
都类似于一把躬起的锄头
最后,他们把自己深深埋进土地

认识高原,认识一个
哈密瓜和葡萄的新疆
毗邻着马匹的草原
要他知道,所有奔跑的方向
紧紧依偎着甜蜜的生活

还要认识每一线蜿蜒的江河,
每一枚圆润的湖泊
认识小桥与蛙声的江南
水与稻米的江南,
要他懂得
每一个插秧人亘古的手势里
都蕴藏着一代代与生活周旋的太极
每一顶遮风挡雨的草帽下
都饱含了稻草人般风雨无阻的执着

就这样,我们围着这地图上的中国。转了一圈
又一圈。好奇的他,随手指向一片
胎记般的褐色。然后,
用画笔一遍遍涂抹上绿色
仿佛一个小小的农民
刚刚种下一片小小的绿
他握了握我的手
又仿佛安慰一个无地可耕的人

故乡的泥土,嘴角的泥点

■包玉平

爱,我爱我的泥土,记忆里整日涌动的泥土,
一次次淹没我的泥土。
我爱——泥土里扎根的农家小日子。

爱,我爱——那老家泥土里的四月;
爱,那小溪边一只燕雀嘴角的泥点,爱,
那老屋棕色屋檐下,鹅黄的啁啾。

在我的泥土里,一条小河还在汩汩流淌——

母亲，轻轻地呼唤，宛若门前一棵大树下，
一根蠕动的蚂蚁牵出的黑线，牵缠一颗流浪的魂。

爱，我爱我出生的一盆泥沙，温暖，清新；
想再吃一口，嘴角那一粒喷香的泥土，
从心灵深处的泥土中，盛放出一朵，康乃馨——

爱，我真的再一次爱，再一次次爱——被我的泥土紧紧
锁住的乡亲。让我再一次爱，爱那片玉米林旁，
黑色的寂静里，一排排，温暖的石碑——

没被修整过的土地（外一首）

■马云飞

像小时候咬一口带着泥土的萝卜
不仅能嚼出季节的味道，也能咔嚓咔嚓
把土地嚼出声音来

我喜欢没被修整过的土地
地边、地角儿被胡乱地扔得到处都是
水沟像穿错了的一条破裤子

可以生长杂草，也可以生长庄稼
还可以生长蚯蚓、蚂蚱以及臭虫
当然，最好也把我生长在里面

那样我就可以横着生长
开花或者不开花，都是我自己的事情
没有必要坚持说一口流利的标准话
也不用每天都扬起脸来
看天上的云和雨

我可以和干旱、洪涝开几句玩笑
多生长出几张说话的嘴，多长出来几只胳膊
和几条腿，欢迎所有的鸟群
在这里自由起落，季节
也可以不像季节那样来回更替，腐烂的
放心腐烂，新生的如果愿意
请站在我的位置上

关　系

这一片湖水很美，尽管我们
已经见过了很多次，但我还是感觉
这一片湖水很美，也许正是这片湖水的美
才没有人注意到游船码头附近的
一些杂草，一些浑身是泥的杂草，而且
草丛中有塑料袋、饮料瓶，还有粪便。
但我要说的是，有一支
火红的野花，亭亭玉立地开放着
并和那些肮脏的杂草
同时摇动着秋天的风，没有人注意到
有这样一朵路边野花的存在，而它的存在
也确实改变不了什么
但我却被它，感动了，是因为
她高高盛开的样子，跟周围杂草的丑陋和肮脏
没有关系，和那片湖水的美
也没有关系，我相信这样一朵路边野花
注定会跟我今后的生活
有一点儿关系

泪光中的故乡比梦还轻

■池新可

故乡很小很小，浓缩在一张纸上
绽放大片大片的庄稼，炊烟和花朵
布满纵横交错的线条与脉络
粗的是河流和山脉，细的是石径和阡陌
古老的祠堂在左，崭新的学堂在右
南是池塘，北是菜畦，中是民居

阳光充沛雨水均匀土壤肥沃
种瓜得瓜种豆得豆种下花生满地走
白的萝卜和星光红的辣椒和衣裳
黑的芝麻和墨砚黄的稻穗和葵花
深深浅浅是永不磨灭的记忆和脚印
浓浓淡淡是永不枯竭的源泉和乳汁
平平仄仄是永不停息的山歌和民谣
凸凸凹凹是永不放弃的信仰和梦想
清晰而隐约的背景,生生不息的图腾
飞翔的鸟,奔跑的马,赶路的乡人
熟悉而亲切的笑靥,憨厚,淳朴而善良
点燃灯笼,照亮黑暗和心灵
通往春天和秋天都是同一条来归的路
卷轴是千年的风骨和蝴蝶的粉影
多少次骤然转身,依然华丽,风姿绰约
如今把它轻轻卷折起来,收藏在我的泪光里
泪光里的故乡,熟睡的村庄,比梦还轻

午后素描

阳光砸在石头上,开出了
花朵。一群低飞的鸟
掠过庄稼的头顶
漏下几粒羽片
南风偃旗息鼓,吹不动
草帽下的影子
蚂蚁默默地搬运食粮
从洞到洞的路上
稻草人斜展双手
蠢蠢欲动,飞翔的姿势
向往云的宫殿
白鞋带一般的河流
系了左脚,蜿蜒地系向右脚
鱼儿像一群羊,尽显温柔
豆子迫不及待
乍地跳出来
滚了三滚
缄默的时光
跟着滚了三滚

允许美,允许爱,允许迷途
——致美丽的黄河三角洲湿地

■盘妙彬

允许天上来的黄河越走越慢
到这里俯身,低下来,淡定又淡泊
有休息的意思,想坐下来
有不舍得的意思,生命将以蔚蓝的形式出现
一块新生土地说的话
全是婴儿说的话,哦,这里乳香弥漫

允许中国最年轻的这片土地
长芦苇,长柳,长水天一色,长在深闺之中
允许百鸟前来歌唱

允许她处女一样丰腴
窈窕淑女一般沉鱼落雁,风情万种
允许天下人爱慕她

这里是"关关雎鸠"的原产地
这里的石油很肥,取名胜利
从胜利走向胜利,允许每一条道路长出翅膀
允许抱着白云的一滴水
可以比一滴油贵

允许栈道姓鹤,名雁,字天鹅
走在上面观光,思想
一颗心不肯同落日下降
允许张开的双臂
把整个渤海抱回来

允许苇荡在风中浪漫无数次
把1410平方公里无数次平方
允许到这里的人带走鹤的吉祥与天鹅之心

允许在这里迷途的人
且在今天没有返程的车票

山的光芒

■范宗胜

我相信,每一座山都有一个丰满的故事
如同她丰满的腰身,饱满的乳汁滋养草木
滋养溪水、滋养空气、滋养脚下的子民
滋养金与银、铜与铁、花岗岩与大理石

我真的想生活在山里,种一片庄稼和蔬菜
养一只狗和一群羊,让我的小院宁静而热闹
让我的生活简朴而安逸,这是最诗意的生活
却无法说透她朴素的内涵。如同打开一座山
我们却无法读懂她的故事与心事

她的故事里有刀光剑影,有血泪情仇
有世外桃源的安逸,有变身疆场的残酷
这些在历史书中里有记载,在口碑中
有传说。没有记载的,是她的喜怒哀乐
我相信每一座山都有她的思想和记忆
都有她的欣喜和无奈、顺从和愤怒
而我们忽视了这些,如同忽视每天
平淡的生活和悄悄流逝的时间

时间真的能创造一切。如同一座山的形成
一条河流的形成,一片森林的形成
而我们是时间里的鱼,却只能朝前游
如同水,只能朝前流淌,无路可退
庆幸的是我一直在山与山之间漫游
在断裂中研读过程,从岩石中寻找真相
我想证明每一座山都有她的光芒
我的时间我的汗水也有光芒

而我却无法决定未来。我想告诉每一个
看到这光芒的人,善待大山的丰满内容
我们将得到滋养,得到惬意的生活
如同善待乳汁流干的母亲,我们的基因
才会一路走下去,繁衍草长莺飞

海洋,我亲密的朋友

■赵长在

你的海天一色,把宽广的胸襟,诠释得更为生动与鲜活
我想和涌起的海浪一样,和飞翔的海鸥一样和细软的沙滩一样,和生长的海藻一样,让一缕清新舒爽的海风
吹在幸福的脸上,吹开禁锢的心怀,让无限的挚爱
常驻祖国丰美的大地

关于海水的澄澈,我曾经无数次憧憬过,无数次描摹过
像描摹一个碧波万顷的大千世界。像描摹一幅激情澎湃的油画
幸福甜蜜的感觉,只有起伏的内心知晓

让我们互为曲折的海岸线吧!延伸中国美丽的梦想
在四月的浪花里,在阳光明媚的春天里
请允许潮涨潮落,荡涤心底的污浊

我是为一片蔚蓝的海水而来。为一个优良的海洋环境而来
为一个清澈的约定而来,为一个甜美的梦境而来
像海湾,像半岛,像鱼群,像珊瑚,像岛屿那样
把原生态的海洋,看做和谐优美的家园
纯净的波浪,可以看做是福祉,看做是殷切的期望

我说过,大海应该是一块美玉

把无瑕的温润,扎根在眼眸的深处。她多像我慈祥的母亲
甘甜的乳汁,哺育着我们健硕强壮的身体
爱海洋,就是爱我们的母亲

迎着海风,把自己一点点打开,像一个花苞绽放的过程
一寸一寸的爱,正在升高,宛若向上的藤蔓
紧紧抓住昂扬的心。还有更加深沉的爱,与海水
紧密地融合在一起。赤脚踏浪的人们,在酝酿发酵的情愫

面对碧波荡漾的海水,海水中繁茂的生物,我只想说
惟愿珍惜与爱护,深入我们的骨髓
愿我们的海洋家园,永葆清澈的风骨。作为亲密的朋友
涌起的波涛,可以看做是我对海洋的一片情深

聆听土地

■杨　徽

燕子乘风归来
口里衔着的讯息
洒得遍地都是
我听见迎春花开的声音
听见千百种花开的声音
我俯下身子
隔着厚厚的绿绒
听到土地的关节
吱扭扭地响

老牛喘着粗气
拉着铁犁
父亲一手扶犁
一手执鞭
泥土皮开肉绽
接着又被铁铧抹平
除了父亲的吆喝声
我听不到土地的呻吟

稻穗海浪般滚涌
葡萄晶莹欲滴
萝卜笑得裂开了嘴
所有的收获进了农舍
所有的茎叶干枯
土地裸露在秋日里
干裂的嘴唇
微微地张翕
我屏声静息
听见她有气无力地问
下一个春天
什么时候来临

天鹅洲麋鹿保护区

■杨章池

1

这草地是供我失足的,
这小径是引我迷路的,
这芦苇,是用来返老还童的。

长江跃过三峡,
带给我一只肺。
两万亩广袤也难以盛载你们的回归

2

隔着一湾陈旧的江水,
你们列队,眺望,
你们对峙,以角互撞又背道而驰,
哦,缓缓地,静静地……
你们的孩子头顶长出杈架,脸上

长出警惕和惊慌。

3

鹿王回首的微笑里，
有我未曾死去的远方。
有我要用一生来拖延的事。
我等了半世的桃花，
现在才开。

4

幸好我多带了一双眼睛，中途逃离
才不至于草木皆兵。
幸好江风沿堤追赶，不依不饶，
我有限的智慧，才够得上汹涌的秋天！

乡土情

■张建华

有一股气息
是从妈妈晾在墙头的棉被里嗅出的
是从爸爸满是茧子的手掌上嗅出的
是从奶奶挂满屋檐的包谷里嗅出的
是从爷爷裹在额头的毛巾里嗅出的

有一片色彩
是油菜花铺陈的三月里呈现的
是向日葵凝望的眸子里透出的
是布谷鸟催播的啼声里泻出的
是春姑娘织成的锦绣里展示的

有一支歌谣
是伫立牛背的小鸟衔在嘴里的
是掠过田埂的翅膀写在蓝天的
是脆响天空的鸽哨谱进霞光的
是飘荡旷野的乡音唱给自己的

有一种情怀
在镰刀熟悉的麦浪里舞蹈着
在锣鼓熟悉的戏台上痴迷着
在鞭炮熟悉的喜宴上酣畅着
在月光熟悉的村口旁期盼着

从泥土到尘埃

■王志彦

从泥土到尘埃，就像从水到火焰
上帝抛弃的经文，我们在虚无中反复吟咏

没有尽头，只有失散的影子与上帝对话
万物的丑陋与魅惑深陷于黑夜的喉咙

泥土在泥土中消失，又在尘埃中重生
人类制造的翅膀，缺少了带血的骨头

多年以后，事物从流水回到火焰
就像内心的惶恐踩塌黑暗的梯子

伴随文字一路逃离的
是容易触摸而又渐渐堕落的生活

草木时代

■李庆华

那时，白菜还不认识塑料大棚
拖拉机还没有划伤泥土
几只小鸟就停在一棵杨树上，告诉另外的伙伴
它们登上了最高的山峰

田埂常常随弯就弯，那些油菜花
也就随弯就弯地泛滥
黄牛和山羊没学会走直线，斜在山坡上
成为春雨和燕子的标杆

没有雾霾，只有雾岚。一条石砌的水渠
藏不住多嘴的浪花。泥鳅隐于其中
在雷雨之前，才露出水面
告诉低飞的燕子别撞上闪电的绳

根据族谱或者风水，村庄
就散落在前冲或者后畈
但墙总是粉白的，青瓦上或多或少长着瓦松
——为了木格窗子藏不住的圆脸
我曾经一次次穿越，来到这并不遥远的地方
我有半亩方田在南园。春天，我把紫云英
翻进泥浆里沤肥，在田里插秧
并放上白鲢和红鲤，组成水田的白细胞和红细胞
我有田，就会有棉花一样的白云
有白鹭，有萤火，有细腰的蜻蜓
你就会在晌午
给我送来米饭和一罐蛋汤　以及你怜惜的眼神

我有田，我的秋天就不再苍白和孤寂
马灯就会亮开橘红的嗓门
引导连枷、石磙、木锨一起歌唱
我有田，白天不会失神夜晚不会失眠
不会顾及一行大雁的脚步
不会理睬蚂蚁运粮的大军
我有田，麻雀就会时常探访
公鸡也会领着它们的队伍来这里嬉戏

我有田，我就会拥有一整套农具
当你只有四季，而我却比你
多了二十四个节气……

葵花的颜色

■刘断英

我有点小忧虑
与一朵葵花有关。以及
那股无形的风

我不想过度描述葵花的颜色
白昼与黑夜，决不相同
比如梵高的葵花
比如你的葵花。我的

想象归想象，虚幻归虚幻
我最忠实于亲眼所见

蓄势浩大。一缕南来的风
吹得你跌宕起伏。一朵一朵葵花
被风牵连，葬身火海——

我抚摸到隐约的伤痛，以及
不易察觉的幸福

我想，谁都不应过早地老去
葵花坐在春的岸边，坐在夏日的风中
坚守。葵花抓着露水，以及繁茂的枝叶
望太阳，一截截攀升——
光芒四射。籽粒饱满。亦不肯懈怠

湖边草丛中的野鸟蛋

■南　飞

这是湖神的秘密
我不能告诉松林外
放羊的孩子，远处垂钓的人

我担心觅食的小兽
会偷走这些草丛中
做梦的星星

扯一把青草遮住它们
让它们裹着花香和寂静
美美地睡，慢慢地醒

孙家湾

■孙海涛

1

这里从不缺少生命,阳光不必太充足
雨水也不必太丰润。总有一方黄土埋人
于是就有了椅子山上的墓地
总有一沓旯水养育青草、虫豸、蛙鸣、鸟啼、
五谷
于是就有了世代繁衍的村庄、乡民
故乡的概念就这样扎进了身体
当你喊出它们的名字
它们还是芨芨草、黄麻、蚯蚓、杜鹃
你踩着它们经过,依旧春时发芽、冬时枯萎
布谷鸟催促播种
太阳升起的时候就有人下田
月光落下的时候就有人打鼾
也有人再没有醒来。出远门谋生的
也只是将枝枝叶叶丢在了外面
苦一辈子,这里也从不缺少
酿酒的曲,采蜜的蜂

2

只有这湾水,让我们的记忆鲜活
如果你去亲近,它就照出你的影子
那也不只是你。童年现如今跌进了青石板
野杜鹃,枞树,杉木,野鸡……
但凡走过的人,你都能叫出名字
鹅卵石上就刻着他们的族谱
还有飞过的雀鸟,必定也是在屋檐上停落过的

嵌在静谧的群山中,它有时只是一滴露珠
孕育清晨、黄昏,祸福因果
月圆、月缺,和四季花事
它时常会照出我们的狭隘
和悲苦命运,并给予那不为人知的
微薄幸福。世代繁衍中
那是只属于你我的时光
就这样一辈接一辈,静静流淌
它有时向左,有时向右,一路向前

从杏开始

■孙圣国

好时光不常有。从杏开始
说到梨,说到
石榴,说到野枸杞
和马齿苋
当说到枣时,尖尖的刺扎进肉里
宽大的额头滚出
小小的青果子
落在地上,隐入土中
弯弯的池中的倒影
疤节。胎记。塌陷的
黄昏

雾和霾

■丑　乙

真搞不懂,雾怎么会和霾勾搭在一起
印象中,雾是喜欢云的。年轻时
他们总腻歪在一起,甚至到了谈婚论嫁
试穿婚纱的地步

我曾暗恋雾多年。她有
朦胧之美,让你看得见,摸不着
想起她的妩媚
莫名的惊喜便会弥漫全身

他们的结合对我的打击是致命的
为了能见到她,每次

我都会戴个大口罩,屏着呼吸
以防被认出

雨后,我的沅江

■楚　云

雨后,我的沅江
你开始消瘦

潮平两岸阔——多好
年轻——多好
现在,你给我那些隆起
那些沟壑
那些伤痕如鞭甩,痘痘如锥刺

这么多人在你身体内攫取
它们挖肉却不补疮
吞噬的孔洞增加
病毒入侵,使你产生了多少血瘤
制造了多少暗涌

逝者如斯
流过多少岁月
心滴血,何时再逢你年轻的模样
石片甩开长长的纹路
做一尾鱼儿,入你柔情的网

有雨也好,无雨也好
沅江依旧是沅江

三千里,路不是很长
走过的岁月注入东海汪洋
所有的疼痛是生产的痛疼
诗人的痛疼
我只能这样默默地想——

什么时候一切能慢下来
听欸乃声声,读粼粼波光

用一只背篓运载春秋

■程　川

剩下的骄阳被紧攥在泥土的手掌里
仿佛遗留下来的时光,从指缝间窥探
生命的长度,生长的韧度,以及匍匐
婆娑,大片大片倾倒的独特姿势
有着曲径通幽、钻木取火等全方位展现

恰如一株玉米爱上一片土地、一滴甘露
一位诗人爱上玉带河,爱上阴晴圆缺
爱上她的草长莺飞,择水而居的性格
爱上苍茫,不善言谈的象征,细微
仿佛无动于衷,终日诚惶诚恐地,爱

而农人们盛装的背篓腆着个大肚腩
时刻留意风吹草动,站在高耸的碉堡上
让淬火的八月从炉灶一点一点拔出泥淖
拔出频繁的叹息,不置一词,如针芒
麦田里最后的守望者,崛居着一扇孤影

无论是身前还是身后,都在掩埋真相
做不到飞蛾扑火,那么就寻求纵身一跃
任凭风往哪个方向吹,都能还回疼痛
还回一只背篓扁平的时光,无边无界
不分你我,有着玉带河爱与被爱的尊严

在异乡卖草莓

■蒋康政

她问我哪里的
我答浙江的
她问浙江哪里的
我答金华的

她没接着问下去
她买走了我的一斤草莓

这大半晌
我终于用浙江和金华这两个地名
跟一个陌生人做成了一笔生意

转过身来，我问筐里的草莓，金华哪里的
草莓答婺城区的
我又问婺城区哪里的
草莓答岭上乡的

我闭着眼睛问我自己
岭上乡哪个村的，父母叫什么

问着问着
我的家乡在每一只草莓里
蜜汁暗涌

背靠大地

■刘宏伟

这是一个难得的好天气
阳光真好
清澈地流泻着
从蓝天到大地
云彩很透明
要不是背靠蔚蓝
我想，我不会发现它们的踪迹

它们就那样无遮无拦地洒向大地
略带轻佻地穿透树叶
地上的小草光泽鲜亮了不少
诱人的嫩绿　总让人想起生命的美好

我有些累了
倒在一大片落叶上　闭上眼
静静地迎接着纯洁的阳光……
它们，终于照到了我的身上
我甚至闻到了醉人的芳香
我开始神思飘忽……
看见自己的肉身　正在急剧地分解
化成一组细小的颗粒　飘向天空……
如同一群受到惊吓的　仓皇的蜜蜂……

我开始担心自己无处落脚
用尽全身的力量　猛地睁开双眼
林间万道金光
温暖的感觉
真好
这一切
只因我背靠大地
一如眼睛和我的躯体

写在利州

■母绍华

女皇走了
却把所有的恩泽都留给了利州
枕秦岭倚剑门
蜀道自古倚天
利州
山雄险
水灵秀

山水之间
诗人纷至沓来
走过唐宋
蜀汉的风
浩瀚如烟弥蒙难返
击节而歌
一朵一朵白云纷纷坠地
醉眼的苍绿

涂遍百里森森古柏
青石板上的利州
写满沧桑
写满厚重

飞渡嘉陵江
一群叫红军的队伍
从这里北上
前无古人后无来者
他们前进的足音
把整个世界一步一步惊醒
借一缕风
借一滴雨
借一片云
用我的文字
怎么能够写下
这经典的利州

我用一朵桃花喊你小名

■玮　子

在后村
母亲喊我小名
我喊村南的桃花渠小名
——我的小天姚
三月初潮
体香流淌
你月白的裤子上
洇出一朵桃花

四月窗台上的桃花
五月镜子里的红霞
我的小天姚
黑葡萄粒儿含水
酒窝里面有蜜

我的小天姚
黄河的表妹
我用一朵桃花喊你小名
我们都命犯桃花
你那给小蜜蜂吻落的红唇

六月风大
哥的眼睛里面有沙……
十二月
哥不想站在一朵雪花里
喊你桃花

读恩施大峡谷风景

■胡礼忠

山里人读山　读累了　有一天
就去读平原　读草原　读天涯海角的水
就会行万里路　读更远的东西南北
读到死在坟墓里　还不知道被绝妙的风景读着

读化学溶蚀　读潜蚀　雨水流水冲蚀
读可溶性岩石　读五行昼夜交替　读二氧化碳
读太阳锻炼宇宙之火　读冰河世纪　读洪荒时的造山运动
读喀斯特的奉献　读中国季风制造的峥嵘之势

读了洪荒旷古　也许才能立足天地间顿悟
知晓科罗拉多大峡谷与恩施大峡谷在伯仲之间
才能细数冰川擦痕上　天工造物的无与伦比

读了这里的自然的馈赠　读了罕世的自然遗产
会顿悟裸呈的自然走入了我们内心的风景
像一场场旷日持久的战事后埋伏下千古奇兵的残局

南极日记(节选)

■陈　虹

2013年11月,中国地质科学院地质力学研究所研究员陈虹乘坐“雪龙”号极地考察船,前往南极进行第30次科学考察。在长达两个多月的时间中,作者用日记的形式,真实记录了整个科考工作。本卷特选其中部分精彩章节刊发。让我们跟随陈虹的行程,感受地质工作者惊涛骇浪中的晕船考验、监测冰山撞船时的危险处境、破冰自救的惊心动魄……

——编　者

晕船考验　　2013 年 11 月 23 日

还没来得及适应船上的晃动，雪龙船就已经驶入了恐怖的“西风带”。西风带是南半球地区一个气旋高发地带，位于南纬 45 度 ~60 度之间，一直是我们南极考察中最危险和最痛苦的地区。因为在该地区航行过程中，雪龙船的摇晃是最厉害的，在考察队的历史上，船体偏转的角度最大达到了 41 度，可以想象当时船上人员是怎样的状态。

在第 26 次南极考察的时候，我就体会了房间里面物品来回移动的过程，人躺在床上，手抓着床沿，听着物品来回移动的有节奏的声音，闭着眼睛等待着这种晃动早点结束，也无法入睡。不过，这次穿越西风带可能要轻松一些，上船之后就听说这次可以躲过大气旋，估计整个西风带过程中最大浪高就是四五米，这在考察队历史上应该也是最舒服的了。

虽然如此，船体进入西风带之后，其晃动明显加强，虽然只有一两米的浮动，但中午吃完饭后，呕吐感明显加强，马上就躺在床上，随着船体晃动，保持身体的稳定性。反正船上的网络系统还没有启用，也无法与国内联系，就先慢慢适应晕船的生活吧。

南极大学　　2013 年 11 月 25 日

经过一晚上的休息，虽然没有了前两天的呕吐感，但是整个人的状态还并不是很清醒，时常有晕晕的感觉，所以白天还是以休息为主，躺久了也很累。

前天因为晕船错过了“南极大学”上课，今天感到状态还行，一定不能再错过了。今天“南极大学”授课的是中山站胡泽俊和格罗夫山缪秉奎教授，分别讲授极光和陨石的相关知识。我也是第一次了解极光产生的机理和在地球两极才能见到极光的原因。而对于陨石知识，经过第 26 次南极考察学习，也基本了解了一些，这次听课使我对陨石的认识更加全面系统了。

今天突然知道在船上可以往国内发手机短信，哈哈，真是雪中送炭啊。马上给家人和老师发过去了，大约过了半个小时，就收到了回信，激动与欣喜之情只有我自己知道，不知道他们收到我的短信会是什么感觉？现在能发短信了，感到船上的生活就好过多了。

猜冰山　　2013 年 11 月 26 日

从 Fremantle 出发已有 4 天了，早上已经到达了南纬 54 度，而猜冰山的节目，就成了今天大家最关注的话题。猜冰山就是让队员猜测在航道上能够肉眼见到的第一座冰山的纬度。能见到冰山，标志着我们离南极大陆已经不远了。

一大清早，有人就开始关注冰山的出现。有人在航道两侧大约 20 多海里的位置已经看见了冰山，但是因为离航道太远，不算数。吃完早饭没多久，又有一些队员登上驾驶台等待冰山的到来。

突然，查恩来队长的一声“冰山”，就把大家的目光吸引到前方海面上，几十双眼睛像探照灯似的在海面上搜索。按照发现者的指引，大家也陆续找到了冰山的痕迹，海面一处始终漂浮的白光就是冰山。值班的三副也在第一时间广播了发现冰山的消息，一下子又有一帮队员涌上了驾驶台，大家开始热烈讨论冰山的大小、纬度、谁是获奖者，等等。

有时候希望越大，失望越大。当这座望眼欲穿的冰山浮现在我们眼前的时候，大家纷纷唏嘘不已，“太小啦！”“这个不算。”这座冰山确实比大家想象中冰山的气势差了很多，但是不管怎样，它已经符合了我们对冰山的标准，也就只能接受了，而猜中获奖的队员则高兴地与冰山合影留念。有了第一座冰山的出现，后面每隔一段时间就会有新的冰山出现，这标志着我们离南极大陆越来越近，而离船晃人晕的日子也快结束了。

包饺子　　2013 年 11 月 28 日

考察队决定今天包饺子，其实包饺子有多种用途，其一这是每次考察必须的流程，它可以适当调整一下伙食品种，毕竟船上队员中喜欢吃饺子的人还是很多的。其二是马上就要到中山站了，繁忙的卸货和考察任务，很难让大家有时间在一起包饺子。其三是为后期卸货期间准备可以随时用餐的食品。因为卸货期间，基本上是 24 小时轮流工作的，随时都有人用餐。其四是为内陆队准备一些应急的食品，毕竟在行驶过程中做饭是很难解决的。

下午 3 点，包饺子活动正式开始。但这种活动对我这个湖南人来说，只是凑热闹，我对包饺子的各个环节一窍不通。和面的活我干不了，擀皮也不会，包饺子就更不行了，最后我就只能干技术含量为零的压面团这活了。晚餐毫无疑问是饺子宴了，由于饺子出锅的速度有限，一直都有长长的队伍在等候。大大的一盘饺子，一小会儿就吃光了。我们队的任政委说，这是他吃得最饱的一次饺子了。咳，这可是我吃得最少的一次。

水道前进　　2013 年 11 月 30 日

上午吃完早饭，我们去驾驶台了解雪龙船的状况和冰情，收到程晓老师发来的普利兹湾附近最新冰层集结状况。通过实时卫星影像发现，在站区西北侧有一条比较稀疏的冰层，也就是所谓的水道，程晓老师还在冰图上标注了预选的航行路线，今天雪龙船的航行就是按照这个航道前进的。

穿过这片冰区，前面就是一片冰间海，接下来就只需破冰之后卸货了。雪龙船在不同冰块的间隙中迂回穿越，虽然冰层已经连成片，但是目前还不需要破冰，船体的运行速度也还可以，根据估计，明天就能到中山站外围陆缘冰区了，卸货工作也将展开。

破冰前进　　2013 年 12 月 1 日

清早起床，就能感觉船体在颠簸，雪龙船开始破冰了。遇到无法绕过的大面积冰块，雪龙船就直接压上去破冰，就看到冰块慢慢出现裂隙，然后船体就沿着裂隙前进。为了切开挡道的那块冰，雪龙船已经来回压了七八次，通过压碎后漂上来的冰块发现，冰层厚度已达 7 米左右，幸亏这还是相对薄一点的冰，要不然再厚一些的冰，雪龙船是肯定穿不过去的。

通过昨天一晚上的航行，雪龙船前进了 80 海里，离中山站还有大约 230 公里。上午，听见雪龙船的机组已经待命准备国际救援了，原来是澳大利亚的一架小松鼠直升机，紧急迫降在埃默里冰架的冰面上了，估计还有人员受伤，虽然澳大利亚还有另一架飞机可以救援，但是万一紧急需要，我们就要立即伸出援手。

国际救援在南极考察中是经常发生的，毕竟在这个远离自己国土的独立大陆上开展工作，难免会出现意外事故，如果没有国际救援支持的话，很难处理各种意外。想起我在第 26 次考察的时候，就遇到中山站的施工队有人发生意外，后来还是通过俄罗斯和澳大利亚医生的联合抢救才脱离生命危险，并在澳大利亚飞机的帮助下运回国内。

昨天的行程还比较顺利，但是到了晚上冰情就不容乐观，船长基本上一直在驾驶台观察，寻找相对薄的冰块。基本上每次遇到复杂的气旋或者冰情的时候，船长都会亲自指挥，选择最佳的路线航行。由于破冰，船上的网络系统也不是很稳定。

帝企鹅　　2013 年 12 月 2 日

经过昨天一天的艰难破冰，今天上午雪龙船顺利到达了冰间湖，也标志着我们破冰攻坚战宣告结束，后面的破冰过程就看冰情的厚度了，直到破不动为止，就可以组织探冰和卸货工作了，因为离站区也就是 30 公里了。

中午时分，我们穿越了冰间湖，一片一片的冰块像荷叶一样展布在海面上，我们称之为荷叶冰。雪龙船在这种冰区航行还是很顺畅的，基本没有什么阻挡。到晚饭时间，雪龙船到达了密实冰区。

远处已经能见到南极大陆的冰盖以及陆缘的基岩出露区。冰面上的帝企鹅也明显多了起来，帝企鹅身高一米左右，从正面看是雪白的身子，脑袋显得很大，两只眼睛圆圆的，它的喙又尖又长，脖子上还有一圈黄色，从背面看是黑黢黢的，从头到脚像披着一件披风。在洁白的冰面上，帝企鹅有时是三两只慢慢踱步，有时是排成一队蹒跚前行；远处还有几只帝企鹅在水中游动，不一会儿又跳上了冰面，挥动着两只前翅，仿佛是欢迎我们到来。这是我第一次看见帝企鹅，感觉比以前见着的阿德雷企鹅要高大许多。

上站　　2013 年 12 月 3 日

昨天用的是 Ka32 直升机，它体格庞大，操作比较麻烦。今天需要运输的物资也不多，于是改为海豚直升机。海豚直升机主要是人员运输，一次能够坐 8 个人，按照卸货方案，第一批上站的队员还剩大部分，首先要将上站慰问的领队和内陆队员运输上站。这次运输还带上了新鲜的水果和蔬菜，这应该是越冬队员最希望收到的慰问品，毕竟他们已经一年没有吃上水果和蔬菜了。目前我国南极中山站和长城站的通信网络已基本完善，可以很畅通地跟国内联系，唯一没办法解决的就是新鲜蔬菜的储存。

我的室友是中山站越冬的副站长，有很多站上的物资需要运送到飞行甲板上，我就帮着搬运这些行李。虽然行李不很重，但是雪龙船上的楼梯很窄，稍不注意就很容易撞伤，所以搬运东西也是很累的，尤其是有些大的纸箱子很难处理。大约晚上 11 点的时候，人员和物资才运送完毕，而雪龙船并没有就此停止。晚上睡觉前，我又感到船体在震动，看来还在继续破冰，毕竟多往前一点，就能减少海冰卸货的危险。

倒箱卸货　　2013 年 12 月 4 日

每年的南极考察中，中山站卸货是很重要的一个环节。因为中山站同时还负责昆仑站、泰山站和格罗夫山内陆队的后勤保障和支持，卸货工作对于整个航次任务的完成具有重要意义。

中山站地区的卸货工作包括陆空两种，其中陆运主要是为海冰卸货，需要先探明海冰厚度、覆盖雪厚度以及冰裂缝的发育情况，这种运输主要是针对中山站越冬和度夏的相关物资；空运是指运动 Ka32 直升机进行飞机吊运，主要针对内陆队的物资。由于本次考察将在距离中山站520公里的冰盖上建设一座度夏考察站，并命名为“泰山站”，今年还有格罗夫山内陆考察，所以内陆队的建站材料和生活物资是非常繁重的。根据所有物资总重量初步估计，此次飞机吊运的架次应该为170次左右。

今天上午主要是将内陆队的3个集装箱的食品和仪器等物资搬到冰面上，然后用网兜吊运到内陆出发基地。根据工作安排，我主要负责飞机吊运的海冰协助工作，主要是物资捆扎、搬运和挂钩等。这项工作很简单，就是将一件一件物品从集装箱中倒出来，这也是我上次在长城站时干过的活。倒箱虽然简单，但还是很累的。好在这次人员比较多，经过半天的紧张工作，终于将3个集装箱的物资倒运完毕。

重返中山站　　2013年12月11日

一大早接到通知，考察队安排我们维多利亚地队员上中山站完成相关任务。因为直升机要负责吊货，我们一行13人就利用新购买的全地形车运送上站，同行还有大洋队的几个人和实验仪器。

这是我第一次在海冰上穿行，还是有点兴奋的。

10点半我们顺利启程，虽然看中山站离我们很近，但是全地形车在雪面上走起来是很慢的，这正好有助于我们欣赏南极风光。靠近陆地附近的冰山连绵起伏，晶莹剔透的冰山好像立体的水库，南极的水资源真是丰富呀。

我们达到中山站已经过了午饭时间，但是食堂还有饭，我简单地吃了点，就赶快上网和打电话，这也是中山站最有诱惑力的地方。好不容易连上了网络，但是网速慢得惊人，一个网页很难打开，后来只能放弃，还是打电话吧。通过报房值班小伙的帮忙，我领到了自己的号码，拨通了家人的电话，好久没有听到他们的声音了啊，很开心啊，听得出来，老婆也很开心，聊了好多。到两点多的时候，我们负责相关勘察任务的工作组出发了。

首先去考察的是俄罗斯大坡的爆破方案，然后再去进步一站对新建车库基地选址并进行冰雷达探测。完成探测工作后，就听到了中山站和雪龙船催我们返回的对话。

搬运队员　　2013年12月14日

今天上午，我们将所有内陆队的建站物资和中山站的建筑材料从雪龙船上吊运到冰面上，并且打包、配重，剩下就是由ka32直升机来完成吊运工作。

在冰面上进行摘钩任务，真是件轻松但无聊的工作。轻松是因为整个上午也就摘钩不到10次。无聊是因为在寒冷的冰面上，只有我一个人，也没有其他的事能做。在船上，他们还在热火朝天地掏箱。中午吃饭的时候，还有人调侃，我们南极考察中的搬运队员应该是世界上学历最高的吧，队员至少是本科生，有不少博士，还有二级研究员。

卸货结束　　2013年12月17日

上午因为没有明显的卸货任务了，我便在房间休息，没有去甲板工作。中午吃饭的时候，碰见大副和其他船员，才知道他们还在进行最后的收尾工作。干活的都是船上的船员，原来安排的内陆队和中山站的队员都已经上站了，只有我一个非船员在甲板上帮忙卸货，这也是给卸货任务画上圆满句号。

下午的工作,主要是将一些空的集装箱和下一次卸货时要用的小艇和驳船摆放好。因为工作人员较少,我只能在冰面和船舱甲板之间奔波,一会儿在舱面挂钩,一会儿要去冰面摘钩和挂钩。为了今天完成所有物资摆放任务,我们一直干到6点。与此同时,最后一批中山站度夏的队员也将在晚上前往中山站,而29次越冬的队员也会在完成交接任务后相继返回雪龙船。到晚上9点左右,楼道开始热闹起来,越冬队员上船了,可以听见他们开心的聊天、打招呼的声音,离开家已经一年多的越冬队员,终于看见回家的曙光了。我们卸货任务终于全面完成了。

冰面足球赛　　2013年12月18日

下午,队上组织了冰面足球赛,包括5支队伍:大洋队,雪龙船队、越冬队、综合队和维多利亚队。其实就是谁想参加都可以的,重在娱乐。

足球比赛开始前,考察队特意安排大家在冰面上自由拍照,这时候领队和船长就成了明星,大家纷纷上前与他们合影。我也拿出了中国地质调查局局旗和地质力学研究所所旗,跟我们维多利亚地的队友们拍照留念。特别有意思的是,当我们跟局旗合影的时候,大洋队的一位女队员,还特意跑来跟我们合影,看来我们中国地质调查局还是很有魅力的。

足球比赛开始了,最先上场的是大洋队和雪龙船队,最后大洋队以3∶0完胜。接下来是我们维多利亚队对越冬队,每个队有8名队员上场,韩惠军老师负责守门,我和连晟、颜小平负责后场,任政委和王中军老师负责中场,查恩来老师和张翼老师负责前场,另外还有宣以飞老师和王广东老师负责加油。我虽然平时不踢足球,但是足球迷,知道场上的位置和要求。雪地踢球比平常踢球要累得多,球在雪面上基本不会滚动,加上雪的厚度和硬度不均,跑着跑着一不小心就陷进去了。所以在冰面上踢球尽量不能带球,最好是一脚快速传递。

刚开始,我当后卫负责后场拦截,但是比赛到了后面阶段,大家体力都跟不上了,前场都没有人了,我便开始往前冲,还给张老师传了几次球,可惜都被他打偏了。越冬队也有几次好的机会,我们的守门员表现非常出色,将他们的射门一一化解,最后我们0∶0握手言和。

最后是综合队对大洋队。大洋队还派上了一位女队员,刚开始还以为只是客串,可踢起来的时候才发现,她的表现很突出,盘带过人、迎面突破,还有一脚大力射门呢,可惜也打偏了。最后也以0∶0结束。

营救暂停　　2013年12月27日

昨天晚上,听说有一艘俄罗斯船被困在前方的冰里面了。我们雪龙船是最近的一艘船,按照国际惯例,考察队同意了对方的救援请求,决定前往冰区营救。雪龙船后面还有一艘法国船,也一同赶往出事海域救援。

早上起床,雪龙船已经达到了围困俄罗斯船的冰层边缘。但是上午天气很差,还下着大雪,能见度可能不及1海里,我们只能在冰区边缘寻找好走的水道,而法国船则一直与我们保持大约10海里的距离在后面紧跟着。

我们在距离俄罗斯船大约18海里的位置开始破冰,里面的冰情比我们想象的要差很多,这是通过俄罗斯船长的对话才知道的。虽然破冰难度很大,我们还是继续前进,已经能够清楚地看见船了。但由于前面的冰太厚,我们不敢再往前走了,这样极有可能我们也被围困在里面。

船长决定原地待命，准备应对可能出现的状况。可是如果这样停滞不前，我们的行程就会耽误了，维多利亚地的考察工作肯定要受到影响了。

直升机慰问　　2013 年 12 月 29 日

继续原地待命的同时，考察队特意安排了一次直升机飞机慰问，顺便探测一下前面的冰情。晚饭前飞机起飞，没一会儿工夫，直升机就回来了，可能是那边没法降落吧。前去观察的人员说，俄罗斯船上的游客在冰面上搭帐篷，在冰面上嬉笑玩闹呢。

这个消息虽然听起来让我们哭笑不得，但正是因为有我们雪龙船前来救援，才给了他们高兴的理由，给了他们极大的安慰，让他们看到了安全的保障。

舵机漏油　　2013 年 12 月 30 日

由于昨天晚上下了一场大雪，而且外面还刮着七八级的东风，外面冰层冻结厚度明显加大，雪龙船往外行动变得非常艰难，就在此时传来一个坏消息，舵机出现漏油事故。雪龙船无法行动，如果不能排除故障，很容易就会被周围的海冰冻住。而一旦被冰冻住就会失去动力，只能等待天气好转。

上午在驾驶台，也见识了冰汇聚的速度，当时雪龙船也就停了不到 5 分钟，周边原有的海面马上被浮冰覆盖，要是时间再长点，就有冻住的危险。不过中午吃饭的时候，已经感觉到船动了，表明我们的危险已经解除了。

救援遇险　　2014 年 1 月 1 日

今天是 2014 年的第一天，我们却必须面对新年的第一道难题：维多利亚地的工作该如何开展？雪龙船已经被困住了，虽然一直在破冰，但是很艰难。要是天气不好，穿出这片冰区可能还要几天呢。

午饭后，开会讨论维多利亚地的工作方案，按照新的工作时间重新部署。说实话，如果没有工作量要求的话，我一天也能够把那些地方跑遍，但是现在要求完成建站区的比例尺 1∶2000 的图，已经是不可能了。如果有 3 天工作的话，或许能完成比例尺 1∶10000 的图。这次考察我们可算是被俄罗斯船给坑惨了。为了营救俄罗斯船，我们做出了很大牺牲。经济上的损失先不说，光是我们科考的时间就缩减了数日，这直接影响工作任务完成。

晚上 12 点半，我丝毫没有睡意，便上到驾驶台。驾驶台上只有 3 个人，船长、三副和水手。船长正在观察冰面的情况，大约到 1 点半的时候，冰情出现好转，先前挤压在一起的冰块开始散开，雪龙船在里面的航行顺畅了很多，最快的时候能到五六节的航速，船长也很惊讶，以为我们能够马上驶出这块冰区了。而此时“极光号”船离我们最近只有 2.2 海里，他们也正向着我们的方向破冰，希望能够接近我们，破出一条航道。

天有不测风云。就在我们选择航线的时候，海面上的冰块突然开始汇聚，而先前离我们较远的一座小冰山突然来到我们眼前，冰山长度大约有 100 米，宽度大约 30 米，高度大约 20 米。更加糟糕的是，船上的雷达扫描器上根本就扫不到这座冰山，这样我们便无法知道冰山移动的规律，而此时雪龙船已经无法前进和后退。

面对这种情况，所有人都紧张了起来，船长马上叫来了见习船长和二副商量对策。这时候，我忽然想起可以用激光测距仪测出与冰山的距离，赶紧跑到房间去拿激光测距仪，很快测出冰山离我们的距离只有460米了，这已经是相当危险的距离了。幸运的是，冰山后来没有再向雪龙船移动，但是对于船只来说是非常危险的。船长让我继续监测冰山的距离，我就这样站在甲板上监测，一直坚持到2号早上7点。

营救与自救　　　　2014年1月2日

由于昨晚上我通宵监测冰山距离，非常疲倦，吃完早饭，我找来队友继续监测，保证我们离冰山的距离在安全范围内。我一直睡到下午3点才起来，到驾驶台后，发现准备已久的国际营救就要开始了。

根据当前的情况，就是将俄罗斯船上的游客运送到澳大利亚“极光号”上。由于俄罗斯和澳大利亚船都没有能够停放Ka32直升机的平台，所以直升机只能停在冰面上营救，这样风险会很大。大约2点多，我们的探冰队首先出发到俄罗斯船只附近进行探冰和铺设木板工作，然后再到澳大利亚“极光号”船附近完成同样的准备工作，待所有准备工作做好之后，营救工作随之展开。

下午4点53分(北京时间2点53分)，救援行动正式开始，由于已经确定好飞行的架次和人员及物资的分配，整个救援运输过程有条不紊，Ka32直升机不时从我们船头飞过，往返于俄罗斯船和“极光号”之间。

然而，此时整个驾驶台显得异常忙碌，各种电话、邮件、电台、对讲机等通信方式交替对话。刘领队则坐镇驾驶台，全面指挥协调，不仅有营救现场的事情，还有国内和国际等各方领导、上级单位、媒体等方面的询问，我觉得那时驾驶台就是全球的焦点。随队的新华社记者和考察队领导也在积极准备新闻报道材料，希望能够让国内尽快看见我们的行动。

晚上9点钟，直升机完成总共6个架次的飞行任务返回雪龙船，宣告本次营救行动顺利完成。本次行动营救了52名被困的游客，还给俄罗斯船只运送了部分食品，因为他们的船只无法驶出冰区，还有17名船员坚守。

在其他考察队员都在关注本次营救行动的时候，我继续进行冰山距离的观测。这项观测对于我们的安全意义重大。晚上又将有潮汐变化，希望我们能够顺利躲过前面的冰山，驶出这片乱冰岗，早点到达目的地。

12点，船长和领队、水手等都在驾驶台密切关注冰情的变化，大家的表情很严峻，驾驶台的气氛也很紧张，毕竟我们不知道后面会面对怎样的情况。根据昨天晚上的经验，今天的最高潮汐时间是1点，所以冰面流动的时间应该就在3点左右。这个时候，船长发现在船体右侧大约1海里的位置出现了一条水道，宽度和延伸长度都挺乐观。船长准备穿过中间这边浮冰，向着那条水道靠近。

3点左右，有人突然发现水道在变宽，随后大家发现水道东侧的冰面在快速移动，最快可以达到1节左右，这是谁也没有想到的。而在远处船体右后侧方向，还有一座很大的冰山正随着冰面的漂移靠近。此时，大家才明白昨天晚上发生突然事故的原因，不过对这种快速流动的原因还不太清楚。但是我们所在的位置还是很稳定，即使在远处流动最快的那段时间内。了解了冰面移动的原因，我们下一步就能有针对性地制订应对方案了。

来自中央的肯定 2014年1月4日

昨天晚上监测一直到今天早上，吃完早饭后继续参加考察队在早上8点召开的全体人员会议。会议主要是宣读了党和国家领导人对我们这次国际营救和目前所处困境的批示，包括习近平总书记、李克强总理、张高丽副总理和姜大明部长及海洋局刘赐贵局长。所有领导都对我们这次成功实施国际营救给予了充分肯定，特别是习近平总书记的批示给我们很大的鼓励，让我们远在南极冰区也能感受到祖国的温暖和关怀。

9点过后会议结束，我便回去睡觉了，一直到晚饭前5点才起床。我吃完晚饭到驾驶台值班，发现驾驶台正在准备央视的现场直播，主要是记者采访大洋队队长和维多利亚地的查队长。他们重点介绍了我们针对冰情采取了哪些措施来获取当地洋流、气象、海冰和冰山等活动的规律和特点。

就在准备直播的时候，我被船长叫去帮助绘制一张雪龙船首浮冰分布图，包括浮冰的范围、距离和拟定破冰路线等。等我绘完，交给他们已经晚上9点半了。随后，我还接受了新华社记者张建松的采访，介绍了这几天监测冰山和浮冰运动的情况。正想休息，又被船长叫去帮忙再绘制一张总体的破冰方案图，并将实施方案快速传回国内。在会上我才知道，为了雪龙船突围，国内已经成立了应急领导小组。

准备突围 2014年1月6日

早上3点半左右，我被雪龙船颤动醒了。去驾驶台，发现船长正在指挥驾驶员和水手操纵雪龙船来回行动。通过跟船长的对话知道，这次动船就是为7号凌晨的突围做准备工作。包括船头方向的调整和航道梳理。目前雪龙船的船首方向是320度，下一步要前进的方向是0度~10度，所以需要先将船头向右调整。

但是，由于浮冰和冰山的限制，雪龙船能够运动的空间很小，需要先将周围的浮冰撞碎，从而获得更宽、更长的加速空间。雪龙船长167米，在整个航道不足50米的范围内转弯是非常困难的，需要来回撞击浮冰挤出相应的空间。因为空间有限，每一次前进和后退，都需要仔细估计船的运动轨迹，防止卡在冰块中间。我的任务就是帮助船长测量周围浮冰的距离，从而进行有效的判断。

上午9点左右，潮位降低，雪龙船的行动明显受阻，为了保证晚上有更好的位置，暂时停止了行动，等待后面的机会。由于正式突围要到下半夜，一天没有休息了，上半夜就先休息，为晚上的工作养足精神。

成功突围 2014年1月7日

按照气象预报，2点左右，风向将由原来的东—东南风转为西风，虽然风速只能达到三四级，但是对于我们雪龙船转向和突围是非常有帮助的。因为今天凌晨开始是突围的最好机会，海洋局领导也通宵值班，要求雪龙船每隔1小时向国内报道最新的天气、海冰和雪龙船的情况，雪龙船也相应制定了值班表，由临时党委和队长负责值班，收集汇总相关资料后，向国内汇报，确定下一步工作方案。

1点左右，监测仪上显示的风向已经是西风了，但是速度仅是1米/秒以下，对于海冰的运动还是不够的，风速增加的幅度很慢，凌晨4点左右，风速已经到达5米/秒，雪龙船开始往东漂移，通过1个小时的监测，船体漂移的速度大约为100米/小时，这对我们来说是最好的消息了。

船长和领队商量后，马上决定动车突围。大约6点钟，雪龙船正式实施突围行动。开始，因为冰的密度还是很大，雪龙船运动的空间不多，需要先疏通航道，然后再择机加速突围前面的冰块，但是尝试了很多次之后，雪龙船仍然无法顺利转向并突破前面的大浮冰。这时候，船长只能选择来回运动船体，让周围的浮冰更松散，从而获得更大的加速距离。因为已经值班一晚上了，而且雪龙船暂时无法突围，我便将工作移交给连晟，回去休息准备晚上继续突围。

到下午5点半，我才从睡梦中醒来，感觉船体还在动。难道我们已经冲出去了？我赶紧起床吃了点晚饭，便跑到驾驶台。驾驶台有很多人，大家都在密切关注突围的情况。原来经过一天的努力，船体的方位已经调整到北东方向40度了，虽然还是在原地转向，但已经是很大的成功了。到晚上8点半，船体的方向已经调整为120度，就在这时，船头前面的浮冰中，突然出现了一道蓝色的“闪电”，那是海水的颜色，冰已经裂开了。随着雪龙船的前进，水道逐渐变宽。“我们成功啦！”这是大家异口同声说出的第一句话。

船长紧张和严肃的表情也舒缓下来了，毕竟在整个突围期间，他顶的压力最大，所有的突围行动最终要靠他来指挥。事实也如此。在整个破冰期间，只要船动，船长就一直在驾驶台，连吃饭也在驾驶台解决。整个驾驶台这个时候成了欢乐的海洋。领队、副领队、船长终于可以松一口气了。

雪龙船成功突围后，我的监测任务也就自动结束，后面的考察任务是否会取消，听从领导安排吧。

任务未取消　　2014年1月10日

经过考察队慎重考虑，并经上级批准，我们罗斯海的考察还是得到了批准，虽然时间明显缩短了，但是我们已经非常高兴了，最后获得的消息是我们将13号到达维多利亚地难言岛外围海域，并在14号到17号之间开展维多利亚地新站区的实地考察工作。

接下来，就是详细工作方案的讨论和相关工作组的沟通。尤其是对直升机的使用，能不用就不要用，因为船的晃动和天气的变化，对直升机的起降都有重要影响，我们还需要在直升机无法使用的情况下，利用小艇工作设计预案，以免工作任务受影响。

上站准备　　2014年1月12日

吃完午饭后，我开始收拾各种样品袋、采样工具、包装袋等。2点钟左右，刚完成自己的物资清理，其他考察队员便先后来到甲板，开始整理搬运打包宿营物资、气象站设备、测绘物品，还有我的样品箱。虽然只有4天的时间，东西还是很多的，包括一个棉质大帐篷、备用小帐篷、睡袋、发电机、汽油、各种食品、锅碗瓢盆等。我们把各种食品的外包装都留在雪龙船上，这样也会减少撤退时候的垃圾量。南极的环保我们每个人都要自觉遵守。

一直到晚饭时间，我们才把要上站的准备工作完成，剩下一项重要的就是生活用水了。按照原计划，我们将在新站区的湖泊取水，所以考察队并没有提前准备生活用水。但是现在情况变化，生活用水失去了保障，而生活用水对野外生活是非常重要的。吃完晚饭后，我们到处找装水的水壶，最后还是大洋队支持了我们，提供了很多他们以前采水样的桶。

8 点左右，我开始收拾个人的行李，主要是一些备用的考察设备，如记号笔、样品袋、记录本等等，而衣服则简单多了，只准备了 2 套内衣和 4 双袜子。因为上面不可能洗衣服什么的，首要是完成工作任务。这次上去干活还是很辛苦的，不过相比其他人而言，我的适应能力肯定是最强的，也让他们好好体会一下我们地质工作的艰辛吧，哈哈。

登岛考察　　（2014 年 1 月 13 日—1 月 16 日）

由于野外考察时间非常紧张，总共上岛考察的时间只有 4 天，还包括露营搭建等工作，但要完成原计划 8 天的工作量，每天休息的时间也就是 5 个小时，无法每天记录日记，只能补写这几天的日记。

建宿营地

13 日上午 11 点半，船上广播通知，我们上岛人员将在 12 点整分水空两路同时出发，我和其他有工作任务的人员乘直升机前往，其他队员和支持协助人员乘小艇前往。12 点左右，小艇人员准时出发，我们的直升机经过 10 分钟的热机后也顺利出发了。

按照计划，直升机需要先对岛上地形进行勘察，然后选择着陆地点卸运机舱内的仪器设备，再返回雪龙船进行物资吊运。Ka32 直升机的风力很大，在往外搬运东西的时候，明显感觉后面的风吹着人往外跑，想慢点都不行。

等飞机返回雪龙船吊运物资的时候，我们立即开始了露营地选择和设备搬运。好在我们提前对站区的地形进行了详细分析，并且有了拟选位置。在一块直径大约 4 米的砾石后面，我们迅速确定了露营的位置。而这个时候，吊运我们帐篷及相关物资的直升机已经飞过来了。随后，直升机又将建设测量观测堆的相关物资吊运到了指定山头位置。

接下来，就是营地建设工作。我们先平整搭建帐篷的场地，毕竟所在位置位于海边，存在较缓的斜坡，而且场地不平坦，有大量大小不等的砾石。等我们刚刚完成场地平整工作，其他队员也顺利上岸了，并将铁支架抬到了营地。搭建帐篷并不难，但是需要将帐篷牢牢固定。根据气象观测，该地区受大陆边缘下降风的影响很强，每天都会有七八级大风。

值得庆幸的是，我们请来了船上水手长吴林老师帮助我们搭建帐篷，他在这方面的经验非常丰富。帐篷后面那块大砾石可以作为根基。我们便用蛇皮袋装满石头，然后将 5 袋石头捆在一起作为固定装置，这样才把帐篷搭建安全。与此同时，查队长开始调试发电机，这是我们这次野外露营中最重要的保障，发电机的调试也很快完成。

营地后勤主要由张翼老师负责，所以室内的布置我们不需要操心，只管将行李、防潮垫、气垫、睡袋、食品等物资搬运到帐篷内。经过大家的努力，大约 5 点就全部完成了营地的建设工作。

野外考察

实际上从 13 号晚饭后，便开始了正式野外考察工作。因为站上的人员有限，我只能一个人出去考察，不过为了安全，我还是时刻与查队长保持联系，不能脱离他的视线范围，好在工作区较平坦，基本上都能观察到。

当天晚上，我就在帐篷附近开展调查，工作中发现我的 GPS 点位与地形图上的位置明显不符，经度相差约 50 米，而纬度则相差约 11 米。不能确定是 GPS 的问题还是地形图的问题,我便与队上的黑龙江测绘局的队友讨论问题所在,经过对比,我的 GPS 没有问题,那就是地形图的问题了。因为没有其他方法解决,我只能找到一些明显地标,检测位置差异的多少。这样一番折腾之后,4 个小时就过去了,此时其他项目已经顺利进行,而我却刚刚开始,心里难免有些着急。所以,在 11 点吃完夜宵后,其他队友都休息了,我继续在帐篷附近考察,直到凌晨 2 点多才回到帐篷休息。

14 号当天的任务很紧张,我必须在一天时间内把整个站区跑遍,才能够在整体上确定站区范围内的地质情况。我一直工作到晚上 1 点多才回到营地,中间只有在背样品时回到营地,顺便吃了东西。食品很简单,以方便面、方便米饭和面条为主,好在站区有专门负责后勤的老师帮我们准备吃的,为我们各项工作节省了很多时间。

经过整整一天的工作,我还是顺利完成了目标任务。虽然路线距离只有大约 10 公里,跟国内相比没什么,但是工作区内地表都是冰碛物堆积和海岸砾石堆积,各种大小不等的砾石遍布。在这种路面上行走,基本上只能跳着走,稍有不慎就会受伤,尤其是背一满袋样品的时候,其难度更大。一天下来感到很累,我躺在睡袋里面没一小会儿就睡着了。

15 号早上刮大风,我们一直到中午才起床。起床吃完饭后便马上到其他地区调查。当天的任务也是很紧张的,需要完成对营地较远地区的调查,主要是拟选站区北部和西部的山区。下午完成了北部地区的调查,回到营地吃完晚饭后,开始了下一步工作,主要是圈定站区内基岩与砾石区的分界线,为站区规划提供地质基础资料。另一项工作是对站区西侧的青龙山进行调查,路途虽然遥远,但是必须完成。晚上 12 点多,我才返回到营地,而此时其他队友仍然紧张忙碌着。经过两天的工作,我已经把站区附近所有露头都跑到了,也基本上完成了工作任务,而采集的样品也堆成了一座小山。

16 号早上还是大风,我们大约 8 点才起床,吃了点方便面后就去工作了。风还是很大,因为当天的主要工作区就在营地附近,我便一个人出去了。主要有两项工作,一是岛上从地质上分析适合建站区范围,二是将站区范围内基岩区主要花岗岩脉体圈定出来,从而使填图的精度达到工作任务的基本条件。因为范围有限,路途不远,加快了工作进度,大约到晚饭时间,我已经完成了所有工作。

上岛后,查队长一直保持与雪龙船的联系,沟通天气和风速的变化。按照计划,我们必须在 16 号返回雪龙船,因为后面的天气将会恶化,极有可能将我们困在岛上三四天。晚饭后,风速逐渐降低,但是仍然不能满足小艇的条件,我便快速跑到冰碛物区采集砂样,8 点钟的时候,我完成了 3 个不同点的采样工作。此时也远远地看见小艇已朝我们驶过来了,接下来就需要撤离了。

紧急撤离

16 号一整天,我们都在关注风速和天气变化,一直到下午 7 点多,风速降低,小艇才顺利从雪龙船出发,并在 8 点左右到达难言岛。随小艇过来的还有 10 个帮助我们撤离的队友。由于天气变化太快,我们必须在最短的时间内撤离,要不然小艇在海上行驶会非常危险。

从营地到码头的距离大约有 500 米,地面都是大砾石,徒步行走非常艰难。经领队同意后,我们将较重的物资留在了宿营地,用网兜覆盖防止被大风吹跑。本来我还在码头附近放了十几件样品,可是当我们将营地物资搬到码头后,天气开始恶化。这时候,只能争分夺秒把已运到码头的物资搬到小艇上,而我最后只能放弃那十几件样品。好在明年还将在这里建站，那些样品只能等明年托人带回来了。一直到 11 点左右，我们才安全到达雪龙船。维多利亚地的考察工作宣告结束。

视频慰问　　2014 年 1 月 26 日

昨天参加春节彩排一直到凌晨 4 点，回来后我一觉就到中午，下午开始编写数据汇交的资料和野外工作地图。晚饭是考察队组织的会餐，目的很明确，一是欢送即将离船回国的队员，二是预祝春节快乐。

晚上 10 点，春节领导慰问视频开始，这次出席领导慰问的是国务院副总理张高丽，我们可以清楚地看见张高丽副总理和其他领导步入会场。首先是刘领队汇报第 30 次南极考察的总体工作，然后是长城站汇报工作、中山站汇报，最后是“大洋一号”汇报。“大洋一号”刚汇报完，张高丽副总理就发言了，他的讲话很自然，很朴实，当他讲到国内的家人也很挂念我们的时候，主动邀请了几位家属发言。参加会议的有我们刘领队、王船长的爱人，还有“大洋一号”两位队员的爱人，其中一位队员的女儿也跟她父亲对话，父女之间的亲情流露，博得了大家的掌声和欢笑。

第二张毕业证　　2014 年 1 月 27 日

早上起来，继续整理野外工作图件和资料。跟老婆短信沟通的时候才知道我们昨天的视频最后只是出现了一张照片而已，不过家属的对话还是有的，而且胡老师还参加了座谈会，在《新闻联播》里也播出了。

下午 3 点，南极大学继续开课，我被邀请给大家介绍地质学方面的知识。我主要介绍了与岩石有关的基础地质概念，欣赏和收藏等方面的认识。因为每人的专业不一样，所以讲得很浅显，希望对大家有用吧。张翼老师介绍了南极考察站规划建设的一些基本常识和原则，还有画册筹划的一些设想等等。南极大学结束后，还给我们离站的人员颁发南极大学毕业证，这也是我的第二张毕业证了。

抵达长城站　　2014 年 1 月 28 日

清早起床，就感觉船在微微晃动，打开窗户看了一眼，才知道雪龙船已经离开欺骗岛驶往长城站了，能够清楚地看见乔治王岛的陆地就在船体左侧。上午 10 点左右，能看见长城站的建筑物了，依然是非常熟悉的身影。到午饭前，整个长城站全景已经呈现在眼前了。

跟 4 年前长城站被大雪盖上的景象不同，厚厚的积雪已快融化完，站上的所有建筑物都呈现在眼前。因为上站还是需要准备时间的，所以我们先吃完午饭再等通知上站。小艇的运输能力有限，第一拨是将越冬队的 16 名队员和一些物资运上去，我们需要下船的是第二拨。

长城站除夕夜　　2014 年 1 月 30 日

有生以来的两次不在家人身边的过年经历，都是在南极度过的，上次是参加第 26 次南极考察队的时候，在中山站度过了人生第一次在国外过年。

清早起床，因为与国内时差 12 个小时，站上还像往常一样平静。不同的是电话房人气却旺了很多，很多人早早就排队等候，给国内的家人和朋友送祝福。吃完早饭，大家陆续到活动室等待春晚。8点钟，央视春晚如期与我们见面了，很久没有见到电视直播了，感觉马年春晚节目非常亲切。恰逢外面大风，科考任务无法进行，所有队员聚在一起，与祖国人民一起享受除夕夜的温馨和欢乐。

长城站的除夕夜没有黑夜，也少了很多过年的感觉，与国内不同的是，这里的除夕夜宁静了很多。这里没有震耳欲聋的鞭炮声，没有时刻响起的电话拜年铃声，更没有孩子们的欢乐嬉笑声。耳边传来的是窗外寒风的呼啸声，室内最多的是队友们跟家人通话的问候声。

12点钟，开始午餐。饭菜还跟往常一样，唯一不同的是，饭后多了一个梨子，这是我们到长城站后第一次吃到水果，也算是过年的待遇吧。因为站上的补给有限，尤其是蔬菜和水果，平时的水果都是靠罐头来填补的，而且大多已过期。我们在长城站这几天吃了不少过期食品，谁也没有什么反应，这也是南极最神奇的地方。

在农历新年钟声敲响的时候，我们在餐桌上相互道声“新年好！”这也许就是站上唯一与新年有关的话语了。接着，大家在网络上相互祝福春节，我也收到了许多祝福，心里顿时感到暖融融的。我想，国内也有许多过年还坚守在工作岗位的人，我们在南极考察也是在工作岗位上坚守。也许正是这样，才能够实现朴实而伟大的“中国梦”，体现出我们科考队员“爱国、求实、创新、拼搏”的南极精神。

回到祖国　　2014年2月6日

中午12点钟，我们乘坐的航班准时抵达首都国际机场。因为找不到行李车，我差不多是最后一个出来的，错过了见到亲人和朋友时激动热烈的场面。我出来的时候，远远地看见我们所的赵所长还在出站口等待，心里还真有点过意不去。我高兴地跟来迎接我的同志们合影留念。

中国北京，我终于从南极考察回来了！

（陈虹，男，1982年生，中国地质科学院地质力学研究所助理研究员。2009年至2010年参加中国第26次南极科学考察，负责格罗夫山构造地质考察任务；2013年至2014年参加第30次南极科学考察，负责拟选维多利亚地新站区地质填图工作。）

603寝室失窃事件

■安　勇

这件事发生在上世纪八十年代末，那时我们还是二十郎当岁的“小生荒子”，刚刚结束最后一次野外实习，马马虎虎学会了经纬仪、平板仪、水准仪的用法，用薄膜纸画完了一张巴掌大的地形图，重新回到了学校。距离毕业还有大半年时间，我们都有些迫不及待，好像前面有什么美好前程等着似的。班主任老师——一位五十多岁的老女人，我们私下喊她老太太，已经提前依依惜别，不时出现在寝室教室，语重心长地向我们传授社会经验，生怕我们日后吃亏上当。受老太太的影响，同学们的离情别意像化学反应似地被催发出来，各种名义的聚餐、酒局蜂拥而来。

我们603寝室的那次会餐，大概就是在这种情况下开始的。

那是六月的一个周末，天气很好，从寝室窗口望出去，可以看到几公里外像火炬似的自由大桥桥头。如果把脑袋伸出去向左转一下，还能看到纵贯市区的伊通河。伊通河流入饮马河，饮马河流入松花江，松花江流入黑龙江，最后汇入太平洋。这样想时，心似乎就到了很远的地方。

我们喝的是白酒——五十六度的洮儿河。菜都是从食堂打回来的，炒土豆丝、熘豆腐、白菜炒木耳、西红柿炒鸡蛋……最好的菜是一铁勺红烧牛肉炖土豆。这些菜装在一只只饭盒里，刷牙的搪瓷缸洗一洗，酒就开始喝了。第一口喝进去，一股牙膏味，再喝就没了。那一阵子，我们寝室正集体学习划拳，不喝酒时，也会“八匹马五魁首”地比画几下。同时学的还有抽烟。我们觉得，这些都是走上社会必备的本事。拳一划开，寝室里的气氛迅速热烈起来，每人打完一轮通关，两瓶酒就见了底。我被派出去再买——我年纪最小，跑腿的事自然逃不脱。两瓶酒买回来，又接着喝。这场酒从中午一直喝到傍晚，中途老马来过一次。老马是学

安　勇　1971年生，毕业于地质学校，中国作协会员，中国国土资源作家协会签约作家。近年来有小说发表在《山花》、《天涯》、《文学界》等刊物，部分作品被《小说选刊》、《小说月报》转载。现供职于辽宁省工程勘察院。

生科副科长,一张长脸,对学生特别狠,抓住屁大点儿把柄,就挺大嗓门儿吵得没完没了,我们给他起的绰号是马大喇叭。

马大喇叭这次态度格外好,把一张大长脸从门外伸进来,用商量的语气问我们能不能小点声。我们给了他一根烟的面子,烟抽完了,烟头从楼上扔下去,又开始猜拳行令。酒又喝光了,我已经醉得睁不开眼睛,走路直打晃。这次派出去的是老五。老五是个胖子,对酒精过敏,喝一口酒,脸就红得像淋了猪血;喝第二口,全身都会红起来,就像煮熟的螃蟹。老五自己说,要是再喝第三口,他准保会没命。怕闹出人命来,每次喝酒我们都不敢强迫他。老五跑得气喘吁吁,把两瓶酒摆到桌子上。我们接着又喝。这场酒局直到大家酩酊大醉才结束。第二天早晨,我们发现呕吐物像一条河似的,从寝室漫延到走廊,又从走廊流到水房和厕所。谁也不承认自己是河流的源头。打扫卫生的阿姨骂了一个早晨。

我们为什么要喝那么多酒呢?想起来真有些不可思议。这笔账很好算,我们喝光了六瓶酒,寝室里从老大到老八,共八个人。除胖子老五之外,老四也没喝。老四不是酒量差,而是心情不好。老四总是心情不好,十天里有八天这样。老四这人有些“各色”,拿现在的说法就是另类。他心情好的那两天,也不大和我们在一起,喜欢独来独往,一副忧国忧民的模样,用脾气火爆的老二的话说,像个傻X似的。我们怀疑他有抑郁症的倾向。总而言之,八个人里有两个没喝,那么我们六个每人喝了一斤酒。他奶奶的,那阵子我们有什么愁事,要这么折磨自己?

老大嚷起来时,我们刚刚洗漱完毕,脑袋疼得像被铁钳子夹着似的,一说话酒气还浓得刺鼻,起码还有四十度。老大坐在二层铺上,摇晃着手里的夹克衫说,钱丢了,我的钱丢了。

老大是辽西山区人,说话有咬舌音,钱被他说成钱儿——不是常见的那种儿化音,而是要把“钱”字像一块肉似的吞进去的那种感觉。他手里的夹克衫我们都认识,翻领,鸭蛋青色,平时总被他像面旗帜似地挂在床头的铁管上,中专四年,好像没见他穿过别的衣服。我们都停下手头的事,扭头看老大。如果别人说丢了钱,我们可能会置之不理,甚至还会开他的玩笑。但老大不一样。老大老成持重,不苟言笑,更重要的是,老大节俭又细心,绝对不会把钱放在哪里忘记了,他说丢了钱,那就一定丢了钱。

我们问老大丢了多少钱?老大的脸像一挂沾满灰尘的门帘,似乎要从二层铺耷拉到地面上,夹克衫的内兜翻出来,像两条牛舌头舔着空气。整整三十块钱,昨天上午刚从邮局取出来,一分都不剩了。老大做着手势说。老大可能急糊涂了,嘴上说三十,只伸出两根手指头。不怪他这样,那时候三十块钱已经不是小数目,稍稍节俭一点,够一个月的生活费。

我们呆立片刻,随后纷纷启动酒后麻木的大脑展开分析。开始大伙认为,偷钱的人是在夜里趁大家酒醉之际进来的,得手后溜之大吉。但那样似乎说不通,离门最近的老五、老七的衣服也在床头挂着,里面的钱却没丢,老大睡在最里面,反而遭了殃。后来,老五拍拍脑门说,昨晚寝室门是上了锁的。老二横他一眼,你咋知道门上了锁?老五说,锁是我亲手上的,我从小有个毛病,不锁门就睡不踏实。他进一步提出证明,锁门时他以为人都回来了,正睡得迷迷糊糊,老四敲门,他爬起来开的门。这就排除了外人作案的可能性,嫌疑人的范围“咔嚓”一下缩小了。我们不约而同拿眼睛盯老五。事情很明显了,喝得酩酊大醉的人不可能起来偷钱,没喝酒的老五嫌疑最大。这里面还有一个原因,老五性子绵软,我们可以放心大胆怀疑他。换句话说,即便怀疑错了,老五也不会怎么样。

老五察觉到苗头不对,脸涨得通红,冲我们摆手,哥儿几个,你们干嘛直勾勾盯着我,钱要是我拿的，我还能说出门上锁的事？这不是引火烧身吗？再说了，我有必要偷老大的钱吗？老五的意思不言自明，在我们班，他是少数几个来自城市的学生，父亲是小干部，母亲是中学教师，都有工资收入，家里经济条件很好，似乎真的没必要当小偷。

老五咽口唾沫，你们咋不想想，还有别人可能拿钱呢？

除了你，还能有谁？老二瞪着眼睛吼。老二是体育班长，肌肉发达，头脑简单。不是说所有的体育班长都如此，但老二是这样。他解决问题的方法就是暴力，大家私下里叫他土匪。

老五，你不要多想，我们怀疑你，也是有根据的，除你之外，大家都喝了酒。老三语气温和地说。老三是团支部书记，善于做思想工作，他已经找好门路，毕业后回乡里当干部，不喊老三时，我们也叫他乡长。

你们再好好想想。老五抹一把脑门上的汗说。

我们想了想，除了老五还是没有第二个人，就又拿眼睛盯着他。在我们的注视下，老五肥胖的身体缩小了一圈，他摇头、摆手、叹气，最后一跺脚说，你们咋不想想，没喝酒的还有老四呢！

直到这时，我们才发现犯了一个错误，刚才竟然活生生地把老四忽略了。也许是老四不在宿舍让我们没想起他来，或者他郁郁寡欢的性格打了马虎眼，还是我们大醉后脑袋短路犯了糊涂？反正我们把老四忘在了脑后。不过，一旦想起来，就越想越觉得他可疑。

老六说，老四住在老大下铺，有拿钱的便利条件。

老三说，总不见老四家里寄钱，但他生活条件不差，这三年多，他光书就买了两纸箱。

老七说，以往的星期天没见他走这么早，是不是故意躲出去的？

老大说，我想起一件事，我来汇款咱寝室没人知道，取钱时在邮局门口正好碰上老四。

我想说，老四在校外有不少朋友，经常吃饭聚会，这都需要花钱。但我和老四关系一直不错，实在不忍心伤害他，只好低下脑袋不说话。

老二一拳砸在床上，我现在就去找老四，让他把钱"吐"出来。

老三摆摆手，这事不能蛮干，得讲究策略，弄一套方案出来。钱是小事，感情才重要。再则说，老四拿钱，也许有什么难处呢！咱们要本着"惩前毖后，治病救人"的原则处理。

我们决定按兵不动，等老四回来。

直到天完全黑下来，老四才回到寝室。我从手里的《知音》杂志上抬起头，看见他一脸沮丧。在那之前，"沮丧"这个词我不止一次使用过，但直到那天，我才真正理解沮丧的含义。打个比方说吧，老四好像是把黑夜做成面具戴了回来。老四进屋后就一头扑在床上，一言不发望着头顶的床板发呆。

大家不停地冲我使眼色打手势，我只好硬着头皮站起身，绕过屋中的一堆垃圾向老四走过去。按照事先商定的方案，我第一个出马，利用和老四的关系探听口风。我在老四床边的椅子上坐下来，其他人纷纷走了出去。寝室里只剩下我和老四，突然很静，像坟墓一样静。一种窒息的恐慌逼我立刻说话。

老四，你是不是心情不好？我知道自己有些虚伪，但只能按部就班做下去。

老四一动不动，似乎没听到我的话。我提高声音，问了第二遍。

老四这才开口，驴唇不对马嘴念出一句诗：黑夜给了我黑色的眼睛，我却用它寻找光明。

老四病得不轻。我对诗从来不感兴趣，但要耐下性子，把话题引到老大那三十块钱上。

这诗是你写的？

老四没说话,只是轻轻摇摇头。就是这时,我看见老四哭了,两行泪从他眼角流下来,亮晶晶地挂在腮帮上,随着摇头噼哩啪啦滚到枕头上。我正想问他怎么了,老四突然笑起来,笑声像一串炸雷似地骤然响起,震得我耳根发麻。我顿时慌了手脚,从椅子上站起来,劝他想开一点。老四果然病得不轻,已经到了说哭就哭、说笑就笑的程度了。

我没事。老四的笑声像被刀砍断一般戛然而止,老八,让我一个人待会儿好吗?

我语无伦次地说了几个好字,拔腿从寝室里逃出来,一直跑到楼梯口才长长出了口气。老四的笑声还响在耳边,晃动在眼前的还有他的两道目光。那是什么样的目光啊,又直又硬像两根钢钎,似乎已穿透床板,穿透草垫和老大的褥子,穿透宿舍楼的房顶,抵达漆黑的夜空。

老大他们围过来,问我口风探得怎么样。我摇摇头,啥也没探出来,还没等我提钱的事儿,老四就哭了,哭着哭着又笑,我看他病得不轻。老二一拳捣在老五肩膀上,他妈的,偷钱的人咋还有脸哭呢?老五揉着肩膀往后躲,又不是我偷的,我咋知道。老三咳嗽一声,咱们还是按方案进行吧!

第二步,大家一起行动。我们陆续回到寝室里,老四还像刚才那个姿势躺在床上。我们都尽量不看他,拿起脸盆到水房洗漱,然后迅速爬上床。老五锁门,老七关灯,寝室里先是黑了一下,随后,窗外的月光涌进来,又渐渐亮起来。每晚这个时间,我们不会乖乖睡觉,而要开卧谈会。议题一般都是女同学,有女朋友的说自己的女朋友,没有女朋友的说别人的女朋友。我们从本班说到外班,从本专业说到外专业,偶尔也会扯到校外去。我们照例闲扯起来,老三甚至还讲了一个小笑话。

老四,昨晚你啥时回来的?老大敲敲床帮,第一个和老四搭话。

熄灯后。好一会儿老四才回答。

老四,最近这阵子看你早出晚归的,是不是有什么事?老六问。

没有事。又是好一会儿老四回答。

老四,老大昨晚丢了三十块钱,你看没看见?老二憋不住,气哼哼地把话题扯到钱上面。

事先我们商量好了,由老二唱黑脸,他这句话看似粗暴无理,其实暗含玄机,说得通俗些就是给老四挖好了一个坑。老四不管怎么回答,我们都能从他语气和用词上抓到证据。比如说吧,如果老四故作惊讶地问,老大丢钱了吗?那就说明他心虚,不敢面对后面的问题。如果老四气愤地反问,老大丢钱我咋会看见?那就代表他心里有鬼,急于逃脱干系。我们不约而同停下嘴,等着看老四跳进坑里去。令我们没想到的情况发生了,老四既不惊讶也不气愤,毫无说出感情色彩的三个字:没看见。

老四虽然没按套路出牌,但他对老大丢钱的事漠不关心,几乎可以肯定他就是偷钱的人。我们都发现,老四回答问话时每次只用三个字:熄灯后,没有事,没看见,好像多说一个字就会累死似的。这太过分了。

老三上了场,老四,情况是这样的,昨晚临睡前,老五锁了门,今天早晨起来,老大发现钱丢了。也就是说,钱十有八九是咱们寝室的人拿的,你看看有没有什么线索,帮老大分析分析。

没有。这次老四只说了两个字,像两枚钉子似的,咣当钉到寝室的空气里。

别他妈绕圈子了,昨晚我们几个都喝多了,只有你没喝酒,钱还能是谁拿的?老二火了。

你们怀疑我偷了钱?老四这才如梦初醒,但他的语气并不激烈,似乎没有力气为自己辩护。停了停,老四叹口气说,你们怀疑错了,偷钱的人不是我。

老四，你不要用偷这个字，咱们都是好兄弟，钱虽然装在老大口袋里，但也是咱们大家的钱。只要你承认拿了钱，事情就算过去了。钱要是没花，就掏出来给老大，要是花完了，咱们几个给老大凑一凑。从明天早晨起，谁也不会再提这件事。老三的态度让人无比感动，这么说吧，如果我是老四，听了他的话一定会承认的。但老四只是平淡地说，我没拿。

老四，你要是这样说，别怪我们把事情闹大。老二威胁说。我听到他像火车头似的呼呼喘着粗气，把拳头攥得“格格”响，如果不是商量好了行动方案，老二恐怕就动武了。

随便。老四说。他的语气显得漠不关心，就好像说别人的事，与他毫无关系。

计划的第三步是请老太太出马。当然了，按计划，我们也不会闲着，要联合起来冷落老四，简单地说就是做到“三不”：不和他说话，不对他笑，不向他看。用老三的话说，把老四像座孤城似地围起来，让他感到众叛亲离，四面楚歌。围城不能围死，必须网开一面，否则敌人很可能困兽犹斗。我就是打开围城的那个缺口。表面上，我和别人一样冷落老四，但私下里可以和他接触，以便及时掌握动向。换句话说，我干的是特务活儿。

第二天傍晚，老太太出面找老四谈话。上晚自习之前，我们从教室的二楼窗口望出去，看见他俩并排走在不远的足球场上。他们走完了第一圈，开始走第二圈。天色渐渐暗下来，听不清他们说什么，但不时能看见老四鼻梁上的眼镜片反射出一缕金黄色的夕阳。走到第三圈的一半时，老四突然停了下来，用手比画着说着什么，情绪很激动的样子。老太太大概没想到他会停下，已经走过了几步，又重新回到老四身边，站住听他讲。随后，老太太也做着手势，对老四说着什么。老太太和老四站在那里说话时，天色完全黑下来，他们的身影从我们的视线中消失了。

老太太出马仍然无功而返。这从两方面得到了证明。一是老太太随后就找老大谈了话，建议老大这件事到此为止。按老太太的意思，再追究下去会影响我们班的安定团结。老大没接受她的建议，当然也没有接她递过来的三张十元钞票。老大说这不是钱的事，正是为了班级的安定团结，才要继续追究下去。

另一个证明渠道来自老四。当天晚自习结束后，老四约我去了教学楼后面的槐树林。树林里不是很黑，开得正盛的槐花把树林照亮了，空气中流动着浓浓的香气。我们在一张石桌旁坐下后，老四问，老八，你们真认为老大的钱是我拿的吗？语气里充满了疑惑不解，给我的感觉，就好像他一觉睡了几十年，此时才终于醒过来，而世界已经变得面目全非，让他无法辨认。

我点点头说，是啊！

咱们寝室里有八个人，你们为什么单单怀疑我呢？老四问。

老大丢钱的晚上，我们几个都喝醉了，只有你一个人没喝，是清醒的。我不想让问题复杂化，有意绕开了胖子老五。

这是什么逻辑啊，没喝酒就一定偷钱吗？老四像弹簧一样从石凳上跳起来，手掌“啪”的一声拍到石桌上，大声地问。落在树上的一只鸟被惊起来，“嘎”地叫一声飞走了。你们还有没有一些能站得住脚的证据？老四又问。

我一五一十说出了大家的怀疑。

老八，你们这些证据完全都是疑人偷斧，是认定我偷了钱，然后才找的证据，这本身就很荒唐啊！老四哭笑不得地说。

老四，还有一点，昨晚你的表现很不正常。我拿出了杀手锏。

老四突然变得沉默起来,我知道捅到了他的痛处,我们俩都不再说话,石桌下的砖缝里传来蟋蟀欢快的叫声。过了好一会儿,老四才轻轻叹口气,苍白无力地说,老八,不瞒你说,昨晚我和女朋友分手了。我真的没有拿老大的钱,请你跟大家解释一下好吗?

老四的话根本站不住脚。据我所知,他根本就没有什么女朋友,他这么说只能证明他是偷钱者,这谁也帮不了他。我不知道能向大家解释什么,但我真的不想继续和他在树林里待下去,就敷衍地点点头。

老四没有和我一起走,他说要在树林里静一静。我回到寝室里汇报情况,大家一致认为老四就是那个偷钱的人。老三胸有成竹地说,看来咱们的行动已经发挥作用,老四虽然还在负隅顽抗,但很快就会不攻自破,下一步咱们需要做的就是把方案坚定不移地执行下去。

事实证明,老三的判断只对了一半,老四的顽强超出了我们的想象。

在大家齐心协力的冷落下,老四变得越来越沮丧不安,在寝室里,他多次试图向我们解释和辩白,但均遭遇冰冷的回应。大家已经达成共识,除非老四承认拿了钱,否则坚决不理他。在这期间,老四又找我谈了一次话,像老三预料的那样,他的态度已发生巨大转变,用近乎乞求的语气问我,老八,你告诉我一句实话,究竟让我怎么做,你们才肯相信我?

我诚恳地告诉他,事情很简单,只要承认拿了老大的钱,一天云彩就全散了。

可我真的没拿钱啊!老四带着哭腔说,你们让我怎么承认呢?

所有证据都表明你确实拿了钱,老四,你哪有什么女朋友?

我真有女朋友啊,那天晚上恰巧分了手。

有女朋友你为什么不对我们说?

有女朋友就必须说出来吗?

别人都说为什么你不说,这正常吗?如果真有,你就做个证明,找来让我们看看。

已经分手了还咋找来?

这说明你根本就没有。

你们真的不肯相信我?

换成是你,你会不会相信你自己?

老四叹一口气,无奈地摇摇头。但他并没有放弃抵抗,在一段漫长的时间里,他像一块坚韧不拔的牛皮糖似的,看到我们寝室里的人就固执地贴上去,不管人家听不听,就自顾自地解释他没有偷老大钱一事。后来,他又把这种死缠烂打的战术运用到整个班级。搞得我们无可奈何哭笑不得。随着时间流逝,我们已放弃了,但老四还在没完没了地解释。我们不堪其扰,看到他第一个反应就是赶紧逃跑,跑不掉的就赶紧说,老四,我相信你,老大的钱不是你拿的。这种状况直到毕业才宣告结束。

我们毕业时,地矿行业处于谷底上升阶段。为了更形象地说明这个问题,负责毕业分配的老师讲到这里时,特意用粉笔在黑板上画了一个山谷的形状,点了一个点,标明上升的位置。但当时我们并未认识到形势的严峻,我们的注意力都在那个山谷上——老师画得有些随意,让山谷下面分成了两瓣,看上去很像一个屁股。

把行李搬进单位宿舍几天后,我们才知道谷底的含义。当时,国家任务已经少得可怜,向市场转型的步子才刚刚迈出,地矿行业的前景黯淡无光。大队长开会时讲的第一句话就是,你们不要找队长,要去找市场。测量分队没活可干,我被派到物探分队跑极,整天背着电线在大山里转来转去，不时会因为操作不当被电得手脚发麻。一个月后回到队部，除了收获满腹委屈，便是一张被晒得像冻梨一样黝黑的脸，幸好还有同学们的来信。大家的情况也都差不多，有活干的也是些零星小任务，这多少算是个安慰吧！

有一封信是老四写来的，他没有表达离别之情，也没有谈论自己的状况，上来就开始谈他没偷老大钱的事。结尾还异想天开地说：老八，你如果相信我，就给我回信吧！我当然不会给他回信，谁有心思想这些鸡毛蒜皮的小事呢？当务之急是找到一个好单位，赶快从火坑里跳出去。挖门盗洞地想尽办法，又送了人家一只沈努西冰箱，半年后，我终于调到了市里的矿管办。到新单位上班一周后，我给老四写了封信，劝他想开一点，事情已经过去了，就不要再纠缠了。老四的回信很快到了，他说不是他纠缠不休，而是我们大家不肯相信他。接下来，他又开始不厌其烦地解释。我再没有给他写信的兴致。寝室里其他人来信说，老四也给他们写了信，同样是上来就说钱的事。此后，老四断断续续来了三年信，我一封也没有再回过。慢慢地，他的信就销声匿迹了，我觉得他应该已经想开了，我们也都到了恋爱结婚的年龄了。老大已经抢先一步当了爹，其他人也都有了女朋友。

老四消失得很彻底，信没了，人也不见了。我们班级搞了几次聚会，都没见他来参加。互相打听起来，也没人知道他的情况，这不是什么了不起的事，差不多每个班级都会有几个这样的人，没准什么时候就突然一下冒出来了。老四是去年出现在大家面前的，算起来，那是我们毕业的第二十五个年头。接到老四电话时，我差不多已经把他忘了，十几秒钟后才有些夸张地喊出他的名字。老四倒显得很冷静，直截了当说他打算出钱搞一次同学聚会。

老四考虑得很周到，聚会地点选在一座相对中心的城市。从早晨九点钟起，大家陆续赶到了富丽华酒店。穿过中间摆着鲜花的玻璃转门，走进大堂，我们就被眼前的奢华惊得目瞪口呆。酒店内部的装潢称得上金碧辉煌。一片金光，一只巨大的顶灯像外星人的飞碟挂在天花板上。本城的老六用胳膊肘儿捅捅我，这里是五星级的，有钱老板才敢来的地方，老四这小子看来是发财了。老四去机场接老太太了，先来的同学汇聚在酒店一楼的休闲区。上一次聚会是五年前，同学们有了些变化。有几个当上了领导，有几个生意已经成了规模。人到中年，该起来的都起来了，没起来的恐怕机会也不大了。我们寝室的老大刚当副院长。老五越来越胖，和我一样也提了正科。变化最大的是老二，他经营着一家装修公司，手下有四五个装修队。老二的头秃了顶，脾气也随和了很多，不管别人说什么，都一个劲儿地笑，笑着笑着很突然地说一句，我刚在澳门输了一百万。只有老三没到场。不知为什么，老三这些年一直没混起来，仍然是个副乡长。两年前，又一次升迁的机会错过后，老三就得了抑郁症，在家养起了病。

老四出现的时候，大家正在兴致勃勃地说狗。在那之前，同学们都已经有些百无聊赖了，该说的话都说得差不多了，不该说的当然不便提起。有几个人围成一圈打扑克，另有一些人和自己的手机交流，老五和老七谈起养生之道，争论着一天该吃几个白萝卜。突然一个名叫秦小丽的女生尖叫起来，你们快来看，快来看。多数人无动于衷，有两个懒洋洋地凑过去。秦小丽这人喜欢一惊一乍，看到一只青蛙她也有本事惊叫起来。小姑娘时这样来一下还可以，四五十岁了还这样，就有些让人烦了。但这次情况不同。秦小丽手机上的一条新闻说，有一个出门晨练的老人被狗咬死了。我们把秦小丽的手机拿过来，传看了一遍，不止一个人表示不解，怎么可能呢，什么狗有这么厉害？很快有人百度出来，那种狗名叫杜高犬，原产地南美洲。据说一只可以咬死野猪，四只联手就能打败非洲狮。大家啧啧称奇，世界上竟然还有这么厉害的狗。老五摇着肥胖的巴掌说,要说厉害的狗,第一个要数藏獒,顶级藏獒一只能打败七只狼。老二把秃脑袋晃得像拨浪鼓,你那个只是传说,从来没人亲眼见到过。最厉害的狗是老美的比特犬,那是真正的斗犬,脑瓜好使,耐力惊人,咬上啥东西就不撒口,一只二十五公斤的比特犬……

正说到这里,老四搀着老太太从旋转门里走了出来。老太太已经七十八岁,身体还很硬朗,可以看书看报上网,只是耳朵有些不灵了,不管对她说什么,她都笑眯眯地冲你点头。老四的变化倒不大,除了后背稍有些驼,体型保持得很好,脸上也不很见老。老大问起他现在的情况,老四推推鼻梁上的眼镜,很低调地摆手,不值一提,在国土局混碗饭吃。秦小丽小声说,能撑起这样的场面,最小也是个科级干部。老七说,我看处级也不止。

酒是中午喝起来的。包房大得像一间小型会议室,五六名服务员倒酒传菜。大家看一眼酒瓶上的标签,又吃惊不小,白酒是五十三度飞天茅台,红酒是张裕黄金冰谷黑钻。菜一端上来,大家继续吃惊,燕鲍翅、龙虾都有了。老二凑到我耳边说,老四这小子出手真大方,这么一场造下来,还不得几十万。同学们都不肯动筷子,拿眼睛看老四,等着他讲话起杯。老四连连摇头,老师在这里坐着呢,我哪能起杯。大家又都看老太太。老太太笑眯眯地看一会儿我们,终于理解了大家的意图,端着酒杯要站起来,老四按住老太太肩膀,示意她坐着说。

老太太说,网络上那句话怎么说来着,岁月真是把杀猪刀啊!一晃我就快八十了,你们也扔下四十奔五十去了,我希望这种聚会今后多搞一些。你们想想看,就算一年搞一次,咱们还能再见几次面?

大家先是发出一阵笑声,然后热烈鼓掌,心里都有些酸溜溜的。把杯子举起来正要喝酒,老太太又开了口。她笑眯眯地看看老四说,对于我来讲,这次最高兴的是看到了他,我要是没记错,已经有二十五年没见到他了。秦小丽冲老太太撅嘴撒娇,您老人家是不是把人家名字忘记了?大家一阵哄笑。说实话,我也有这样的感觉。老太太不知怎么理解了大家的意思,理一理满头银发说,他我怎么能忘呢,上学时你们都喊他老四对不对?我们一起鼓掌,冲老太太伸大拇指,但我感觉她还是把老四的名字忘记了。老太太似乎为了证明自己的记忆力,又补充说,我还记得一件事,当初他好像有一道什么坎儿,总也迈不过去是不是?

我们互相看一看,谁也想不起老四迈不过去的是道什么坎儿。不过酒杯已经举起来了,大家说声过电过电,一阵悦耳的叮当声响起,喝下一大口。筷子伸出去时都有些恶狠狠的劲头,就好像打土豪分田地,不吃白不吃。老四脸上始终挂着微笑,不怎么动筷子,酒也喝得浅。第二个讲话的是老大。老大已经有了肚子,站起来时像一只破茧而出的蚕蛹,拱了好一会儿。老大先讲了一阵官场上的套话,最后说,老四开了个好头,下一站就是我那里,我在这提前发出邀请,到时候欢迎同学们都去,谁不去就是瞧不起我。

这杯酒喝下去,气氛就热烈起来,大家纷纷表示要做东。我算了算,从老大起一年一场轮下来,老太太参加完这些聚会,也该有一百岁了。下一个敬酒的是老二。老二端着酒杯刚站起来,腰里的手机就响了。老二走开几步,很大声地喊大哥,问对方听没听说小歪脖子的事。对方大概问哪个小歪脖子。老二说,还有几个小歪脖子?年前在东城一个工程挣了一千万那个小歪脖子呗!前几天还一起打麻将来着,吸毒,硬生生把自己吸死了。我们听在耳里,都有些肃然起敬。老二的祝酒词简洁明了,除了要做东的意思,又额外加了一句,今后同学们要装修只管开口,隔着千里万里,老二也会派人赶过去。

老四站起来时，喧闹的包房里忽然静下来，连几个服务员都微笑着看向他。老四没端酒杯，双手扶着桌子说，各位同学，刚才老师提起当年我有一道坎儿迈不过去，我想请问一下，在座还有人能想起来是什么坎儿吗？大家纷纷摇头，要是能想起来，刚才就想起来了。秦小丽惊叫一声，似乎发现了新大陆，是不是你当初喜欢上了哪个女生，人家死活不同意？

老四微笑着摇头，目光炯炯地扫视大家。我们都有些惭愧地低下头，感觉很对不起人家老四，只有老太太不明所以，心安理得地笑着看他。老四等了等，见没有人再开口，指指老大说，我当年那道坎儿和老大有关，起因就是有天晚上老大丢了三十块钱。接下去，老四就讲起了老大丢钱的往事。讲到大家对他的怀疑和冷落时，老四的声音哽咽起来。老四说，这些年让我能活下去的有两个人，只有他们知道我没有偷钱。一个是全能的上帝，还有一个就是那个真正偷钱的人。

大家都有些不知所措，看得出来，包房里仍然没有人想起这件事，二十五年的时间，早已经让它变成一粒尘埃，飘散在风中了。但大家都是老于世故的成年人，嘴上应和着一些无关痛痒的废话。

老四举起酒杯说，我今天请同学们到这里来，就是想问大家一句话，时至今日，你们相信我是清白的，没偷过老大钱吗？

这次大家的反应出奇一致，异口同声地说出了“相信”两个字。秦小丽站起来，对着虚拟中的对手翻翻眼皮，胳膊画出个扇面，指着桌子上的酒菜说，傻瓜才不相信呢，这上面摆的东西得值多少个三十块钱啊？杯子里的酒一饮而尽，酒宴迎来了第一个小高潮。

这场酒一直喝到了晚上，大家都有了醉意，买了返程票的几个先告了辞，剩下的吵吵嚷嚷张罗去K歌。到了歌厅又接着喝酒，歌唱得都跑了调，难听得像狼嚎。老四也喝多了，使劲搂着我的脖子，险些把我勒死，嘴巴贴到我耳朵喊，老八，你说大家是真相信我，还是假相信我？

我喊着告诉他，这还有假，当然是真相信。

老四说，我咋感觉你们是看我花钱的份上相信的？

我说，你想多了，你这人最大的毛病就是想得多，不相信友谊。

老四笑笑，就不说话了。

一直闹腾到凌晨时分，大家才依依惜别，拥抱握手抹眼泪，约定好下次再见。

聚会回来半个月后，我接到了胖子老五的电话。扯了会儿闲篇后，老五神秘兮兮地问我，知不知道老四让人举报的事？我说不知道。老五说，不知道你就上网搜搜吧，这事正传得热火朝天呢！用百度，输入老四的名字加腐败，就全都出来了，聚会那天，老四这小子弄得太张扬了。

放下电话，我按老五说的搜索了一下，果然蹦出一堆条目。我点开其中一个，看到是一个匿名举报帖，里面图文并茂内容翔实，给我们半月前的聚会来了个现场直播。帖子最后要求老四所在的国土局彻查此事，严惩这种用公款吃喝的腐败现象。

关掉电脑我给老五打了电话，问他估计举报的会是什么人？

老五冷笑，还能是谁？肯定是咱们同学，看老四闹腾得太过分来了气，就弄了这么一手。

我又问，你估计结果会怎么样？

老五压低声音说，很难讲，不过最少得撤职，没准还兴许进去。最近这阵子抓得严，中央都说了，要老虎苍蝇一块打。

我们俩感慨一番，骂了几句那个举报的同学，就把电话挂断了。

事情的发展有些出人意料,大概一周后,老四所在的国土局在网站上公布了调查结果。老四虽然是该局职工,但只是一名普通的工作人员,并无一官半职,经过调查,没发现有贪污受贿的迹象。在他名下有一处房产,不久前刚刚动迁,补偿了几十万元,老四已经承认,这就是他搞聚会的资金来源。

看完这份公告,我一阵心酸,真想不到老四为了证明自己清白,会做出这样的事。我决定给他打个电话。在手机通讯录里翻了一阵,却没找到老四的号码,怀疑一直就没存储过,只好放弃了。过了一会儿再想想,即使打通了老四的电话,我也不知道该对他说什么。虽然他的事已经在网上流传,但如果当面提及,彼此都会尴尬。这么一想,没打电话还是对的。

不想,两天后的傍晚,老四却主动打来了电话。老四的情绪显得很低落,一上来就主动说出了用拆迁补偿款请客被举报的事。随后说,我现在明白了,你们那天确实是在敷衍我,还是不相信我没有偷钱。

老四,这件事已经过去二十五年了,早就该放下了,你何苦还纠缠不休呢?

老八,不是我纠缠,是大家不肯相信我。

不过是三十块钱的事,相不相信又有什么了不起的?

你真的认为这只是钱的事?钱的背后不是还有个理吗?我争的不是钱,而是这个理。

老四,你醒醒吧,这件事除了你之外早就没人记得了,你还和谁去讲理?说句不客气的话,你这叫认死理。你为什么不能好好活着,偏偏在这件没有意义的事情上浪费生命?

老四突然沉默下来,喃喃自语般说,真的没人记得这件事了吗?

隔了一会儿又说,理都没了,活着还有什么意思?

我正要劝他几句,电话已经挂断了,耳边只剩下一阵忙音。

当天晚上,正在电视前看一档娱乐节目时,我突然想起老四说的最后一句话,不知为什么,心里涌起一种不祥的预感,老四这家伙不会干出什么傻事吧?电视上的节目刚好告一段落,闪出那条卖毛巾的广告,我找出老四的号码,准备给他打个电话。号码已经按完,正要按发射键,老婆喊我把遥控器递给她。递完遥控器,再次拿起手机,我突然发现其实没有什么要和老四说的,能劝他的那些话,白天都已说完了,实在不知道还能再和他说些什么。正在我犹豫不决时,广告结束,节目又开始了,我就把手机放在了茶几上。

和　解

■刘乐艺

1

别看作业工田木匠人高马大,酒量却有限,灌了几杯“马尿”之后,脸上的红就趾高气扬地荡漾开来,而满肚子的愤怒从嘴巴冲出来却变得七零八落、溃不成军。

“我、跟你、说,小林、子,总有一、天,我要把、把鼓眼、蛤蟆、的、鸡巴、割下、来,当、香肠、喂、狗,让他、狗日的……”

队里的四十几号人中,只有年龄最小的学徒工小林子知道田木匠要割鼓眼蛤蟆的原因,但小林子口紧,对任何人都秘而不宣。小林子爱捣鼓无线电,一次求田木匠给做了个漂亮的小匣子,组装了个晶体管收音机,两人成了忘年交。每次在一起,都是小林子买酒,田木匠心里有什么秘密,趁着酒劲,就毫无保留地向小林子抖搂。一般情况下,田木匠的“爆料”都没什么价值,只是换下一次喝酒而已。小林子是孤儿,从田木匠身上能感受久违的亲情,斤把老白干或几瓶啤酒,他负担得起。

小林子像模像样喝了一口,劝:“田叔,别生气,喝酒喝酒。”

田木匠毫不留情用大手抹去额头上的汗珠,解开用几根半干不湿的苇秆绞成的“腰带”,没有扣子的蓝杠杠服就像两片锅贴步调一致地敞开了,宽厚结实的胸脯忽闪忽闪冒着热气,十分地理直气壮。田木匠是秃子,肝火又旺,一年四季除上井台外都不戴帽子,葫芦瓢总是光滑闪亮,让人晃眼,但胸脯上的浓毛却分排两边,纪律严明,一丝不乱,据说其他地方的毛也长得茂盛无比。那年代,作业队连地上跑的老鼠、空中飞的蚊子都是公的,夏天洗澡,大伙就赤身裸体围在铁板焊成的水池旁嘻嘻哈哈你打我闹,有人十分同情田木匠,叹:“颠倒啊,下头与上头不公平嘛。”

“小林、子,全队只、有你,对田大叔,最、最好,将来,我、我要、将闺女,嫁给你,你、等着……”田木匠改换议题,继续结巴。

醉酒了还不忘狡猾。田木匠今年三十有五了,连女人的边儿都没沾过。参加工作十年来,白日做梦都是娶媳妇,有哪门子闺女?这年月,石油工人找对象难呢!何况像田木匠这号“大龄”秃子,谁瞧得上?

小林子人小却大度,稚嫩的脸庞挂着纯真的笑,“好,一言为定,田叔,喝酒、喝酒。”

2

其实,要割鼓眼蛤蟆东西喂狗的田木匠,在作业大队乃至采油指挥部,都是一个管钳敲钻杆——响当当的人物。当今的话,明星呢!

田木匠没文化,却有木匠手艺。家贫,公社领导照顾,二十五岁那年才招工进了油田。油田没有木工厂,田木匠自然不能重操旧业,被分到井下作业队当了作业工,随身携带的斧头、锯子、刨子、墨斗之类的器具就“刀枪入库、马放南山”了。待掌握了些企业常用的名词后,田木匠就常常为自己的遭遇愤愤不平:“专业不对口嘛,毁了咱的技术啊。”

农村来的人大都朴实,求上进,图表现。田木匠也不例外,只要闲下来,木工技术就像虫子一样在心里爬,手就痒痒。一天,他向材料员王大胡子借来油石,将锈迹斑斑的木工器具找出来,蹲在墙山头的水池旁,迎着旷野的寒风,蘸着水磨起来,思想就潜入过去精雕细刻、引人围观称赞的木工世界和大师傅感觉里去了。后来瞅一个机会,弄到几个废旧包装箱,拆下可用的木板,做了一个箱子,糊上腻子后精心打磨,涂上油漆,画上花纹,比商店卖的还结实漂亮,毫不犹豫地送给了王大胡子。王大胡子大吃一惊龙颜大悦:“哟,你还有这把刷子?”于是大开方便之门,给他供应钉子、螺丝之类的“针头线脑”,甚至让领导签字,上供应库领出木料,支持他利用工余时间做这做那,施展才干。材料房的货架、食堂的碗柜、队部的连椅都是田木匠一丝不苟做起来的,宿舍坏了的门儿窗儿都是他精心修好的,为队上节约了资金,降低了成本,成了队干部逢会就表扬的好同志。队长说:“田大壮,一专多能,无私奉献,好工人呢。”黑板报上有一条醒目的标语:“队党支部号召,向田大壮同志学习、看齐!”每次年终评比,先进生产者总少不了他。不久,还让他加入了党组织。上级奖给他的背心、枕巾、毛巾被、喝水杯及笔记本、《毛选》四卷等,上面都印有“先进”字样,田木匠舍不得用,攒了一纸箱子。他想将来和某个女人共同使用这些光荣。为了实现这目标,田木匠将节约变成虐待,积攒每一个铜板,天天一身工作服,连衬衣也舍不得买一件。大冬天就穿着空洞洞的杠杠棉工服,腰间扎一根麻棕绳或几根芦苇编成的“腰带”,大伙都叫他守财奴。

别看田木匠长得像土匪,打扮得如乞丐,却特有心计,觉得光给集体做好事,得先进,会脱离群众,大伙儿不服气,危险。于是,筹集材料,精心设计,花了大半年时间,从作业一班开始,给全队四十八人每人做了一个小巧玲珑、美观实用的靠背椅。那年月,条件差,没有影院、大会场,职工开会看电影都是露天,大都在屁股下垫报纸、搁砖块,有的嫌麻烦,干脆屁股与大地直接亲密接触。即使个别人有凳子,也是偷偷用管线、铁皮焊的,死沉死沉,还难看。石油人艰苦惯了,没什么讲究。一次,采油指挥部召开新区勘探开发万人誓师动员大会,只有田木匠所在的作业队人手一椅,鹤立鸡群,雄赳赳气昂昂,惊讶了全场。宣传科一位小干事很敏锐跟踪采访,笔下生花,一篇题为《作业队里的业余木匠——田大壮》的长篇通讯,登上了《石油战报》的二版头条,轰动了采油指挥部。就这样,田木匠靠“没有节假日、不分白天黑夜,汗流浃背、吃苦受累”,每到年底都要稳进光荣榜。那时,工人们没什么个人竞争意识,大局观念很强,加上田木匠一个小小靠背椅的笼络,觉得田木匠的荣誉是属于大家的,跟着自豪。

应该说,田木匠这样的人,是不会有什么仇家的。

3

然而,世界上的事情谁能说清楚呢?

做完了公家的活儿,做完了私人的活儿,田木匠业余时间显得十分寂寞,常想他的荣誉,觉得应该找点新的活儿干干,发扬发扬成绩。他开始调研,终于发现食堂养的几头猪瘦得背尖、头尖、尾尖,像三角板,挤在几根废油管搭成的简易棚子里,上面灌雨,四面透风,可怜巴巴凄凄惨惨。田木匠想:都是生命,对不起猪们啊。接下来的半个多月里,他将同情转化为实际行动,利用废旧木料盖了一个配有漂亮栅栏的小木屋,还主动打猪草,猪在里面很温暖很幸福,随时准备迎接人类赐予的正常死亡。每次看到自己盖的小猪舍,田木匠十分陶醉,突发奇想,"我要当猪倌,为队上盖一个大猪场,养很多猪,为改善职工生活出把力"。心里却埋藏一个深不见底的小九九:当作业工太危险,整天和泥水油污、飓风暴雨、冰凌海潮、铁家伙们打交道,苦累不说,还容易断胳臂折腿丢性命,自己右脚的大拇指就是被油管头咬掉的,如今走路还不得劲;还有队上的李跛子、独臂大侠、遗属张大嫂多叫人可怜啊。当了专职猪倌,虽不能像齐天大圣养马那样官服加身、花翎顶戴,倒也落个平平安安,何乐而不为呢?他也觉得这种想法卑鄙,对不起组织,对不起先进称号,但又想,人心嘛,都会有暗处的,只要干好工作,为队造福,也算光明正大。不过这话,他从没告诉小林子,否则,小家伙会将自己看扁的。

听了田木匠的要求,队长心潮澎湃,队上工资最高的级别才二级工,每月加上野外津贴才五十多元,苦啊,要是能让职工多吃肉,还不花钱,岂不是大大的功德?一拍桌子:"好,指挥部正号召开荒种地,大搞农林牧副渔,拨你一笔钱,你就搞猪吧,将来自给自足,有把握吗?"

田木匠想,驻地头顶蓝天,荒原一片,到处是喂猪的饲料,好养呢,一拍胸脯,大嘴巴一咧:"一年之内,猪比人多,个比牛大。"

立下军令状一年多后,在田木匠修建的一排猪舍内,50多头各类生猪分栏而居,一个个活蹦乱跳。有一头种猪,个头像牛犊子,照片几次登上《石油战报》,旁边就站着田木匠。为了后续发展,田木匠在队上协助下,还开了不少荒地,种上黄豆,一年能收上万斤;又学会了做豆腐,人吃豆腐猪吃渣,一举两得。积存的黄豆,田木匠找农村老乡换回麸子、棒子面,拌饲料,猪胃口大开,一个个被胀得滚瓜溜圆。田木匠脖子上挂一口哨,将猪训练得遵章守纪:一声长哨开饭,猪个个争先恐后;两声短哨,猪立马睡觉,安心静养;两短一长,猪们开始活动,一派热闹,充满生机。田木匠吹:"我的猪,是一支训练有素的部队。"这个作业队,"猪比人多,个比牛壮"、"大块吃肉,大碗喝汤,免费!"在全油田传为佳话,吸引了不少领导和基层干部来参观。

因此,田木匠先进的级别更高了,名气更大了。有一年采油指挥部在露天广场召开"先代会",入场时,是指挥长点燃的鞭炮,党委书记给他披的绶带红花,一个漂亮姑娘给他坠的蹬,牵的马,然后在震耳欲聋的乐曲中与一批先进人物坐上主席台。领导原来决定要田木匠做典型发言的,宣传科的刀笔吏提前半个月将材料写好,让田木匠住进小招待所,别人念一句,他跟着背一句,终因记忆力太差背不下来,只好作罢。田木匠后悔死了,怪父母没让自己学文化,失去了做报告的机会。

田木匠更爱他的养猪事业了,更爱他的猪了。

就在这时,田木匠干渴的心田遇上幸福的甘泉,他看上了一个女人。

或许,仇家就是因此产生的。

4

材料员王大胡子是双职工,老婆在农村老家教书,来油田的调动正向成功迈进。一天,忽然挺着大肚子气度不凡地来到作业队,身边还跟着一个十八九的小妮子。小妮子高高大大,脸蛋黑里透红,发育得丰乳肥臀,尤其两条又长又黑又亮的大辫子,像是存心来撩拨折磨男人的。乡村教师是来油田休产假的,得待好长时间,小妮子是老师的妹妹,来照顾姐姐。

男人的世界里突然多了两个女人,大伙儿心里乐开了花。

乡村教师名花有主,人们饱饱眼福就过去了。小妮子含苞待放,作业工尤其是尚没婚配的单身小伙们对她的想法就像黄河解冻的春潮,汹涌澎湃,王大胡子代表老婆露出口风,打算在油田为小妮子找个人家,兴奋得有意者们摩拳擦掌蠢蠢欲动。其中,有两个人表现最突出,一个是先进田木匠,另一个是鼓眼蛤蟆。

为争取小妮子的好感,田木匠开始注意个人卫生,更换衣着打扮,首先是补上纽扣的杠杠服内不再空洞,贴肉的是一件印着"先进生产者"的背心和一件衣领板正的白衬衣,外加一个毛背心,形象很是英武。借着和王大胡子关系密切的优势,经常上门和小妮子套近乎,给小妮子送了不少存箱底、印有"奖品"字样的礼物,小妮子看田木匠的眼神,有时有点羞羞答答、含情脉脉的样子。田木匠心如灌蜜,高兴得每晚入眠艰难,似乎志在必得。

学徒工小林子知道后,说:"田叔,该喝你的酒了。"

田木匠高兴,很爽快地请了小林子一次,酒还是乌河大曲。

而鼓眼蛤蟆虽没有奖品送给小妮子,但年龄小田木匠一旬,虽五短身材,有点另类,但观感上不比田木匠差,且画得一手好画儿,无事就上门给老师和小妮子画素描,水平不怎么样,有点神似而已,却博得不少好感。据说有一天晚上,还用金鹿牌自行车驮着小妮子到几十里开外的钻井队看了朝鲜电影《看不见的战线》。鼓眼蛤蟆行动诡秘,除了王大胡子和乡村教师外,队上包括田木匠在内没有谁知晓。王大胡子夫妇也不想偏袒谁,就让他俩默默竞争吧,再说,选择权掌握在小妮子手里呢,一切随缘。

很快,学徒工小林子探听到情况,批评王大胡子这样做不对头,对田木匠不公平。王大胡子说:"你小孩子家不懂,三方都有权利追求,顺其自然吧。"小林子一想,觉得也有道理,也不想过早让田木匠伤心,将情报压下了,叹了一口气:"蒙在鼓里,也许是幸福吧。"

然而有一天,田木匠还是为小妮子鬼哭狼嚎了一场。

这天,王大胡子看乡村教师的肚子又大了一圈,小东西在里面频频用小手小腿向外发信号,王大胡子急了,就打着到供应站领料的旗号,带乡村教师坐进解放卡车的驾驶室上医院做胎位检查。本来小妮子要陪姐姐去的,可是有人搭车办公事,没地儿坐了,天又冷,只好留在家里了。说是家,其实名不副实。队上住房紧张,王大胡子近水楼台,将材料库内一个放杂物的套间清理出来做了家属卧室。屋里刚能放下一大一小两张床,小妮子睡小床,中间用铁丝挂块布帘隔一隔。大伙儿开玩笑，小姨子长得好看，姐夫有一半，王大胡子你别有用心。王大胡子立马严肃起来：“你们怎么说话的？毛主席教导我们，鸡犬之声相闻，老死不相往来。我理解要执行，不理解也要执行的。”大伙笑翻了，连说：“王胡子，断章取义，你他妈的经典，绝了！”

有好事者也许是真心也许是戏弄，来到猪场偷偷告诉了正忙乎得满头大汗的田木匠：“老田，小妮子今天一人在家，你不去会会？”田木匠高兴得心尖发颤，立马回宿舍洗脸更衣，还在脸上抹了一坨雪花膏，屁颠屁颠去了材料库；推开门，不见人，就大着胆子往里迈，掀开挂在套间的布门帘，喊了声小妮子的芳名，迈了进去……据好事者观察，只一小会儿，就见田木匠怒气冲冲出了材料库，一路小跑，回到养猪场，又踢栅栏又摔东西又吼猪，接着嚎啕大哭，搞得惊天动地，五十多头猪不知田领导发生了什么事情，吓得竖起耳朵，张着长嘴，一动也不敢动。

事发突然，领导此刻都不在队上，大伙儿虽然担心田木匠，但谁也不敢上前询问，怕惹出事端，不如让他自我冷却。

只有学徒工小林子心明如镜，不怕，赶紧去看田木匠，花了好长时间，不知费的什么口舌，田木匠才停止了悲怆。临走时，小林子说：“田叔，留得青山在，不怕没柴烧，只要树有叶，不愁鸟不歇。”

大伙向小林子打探真相，他就是不吐半字。

5

第二天，小林子为慰抚田木匠请他喝酒，才发生本文开头的一段：鼓眼蛤蟆的东西可能喂狗。但过了好多天，也不见田木匠有什么动静，照样扑在养猪场。小林子想，一时气愤，说说而已，又是酒话。但愿师傅提得起，放得下。

这天，田木匠突然风急火燎跑到队部报告：“队长，不得了，猪栏丢了一只小猪仔，属特殊品种。”队长心想，这家伙出了什么毛病吧？猪就是猪嘛，特殊个屁。可田木匠一脸严重，说这只小猪仔是他的科研项目，试验对象，个长，毛稀，皮白，尾短，十分漂亮。他发明了一种特殊饲料，要将它培养成只长肉不长膘的瘦肉型，搞成了，将来大面积推广，还要申请专利，为队领导争光，职工也不会提意见了。原来，大伙儿肥肉吃多了，有人说田木匠养的猪太肥了，做的红烧肉净是油，腻人。群众的需要，就是田木匠努力的方向，因此，培养出瘦型猪成了田先进的新追求、新目标。

田木匠很难过，朝夕相处，他和这只小猪仔建立了深厚感情啊。

田木匠很失落，他的表情显示，这只试验猪的肉一定鲜美无比，用当今的话，食后男人健身女人美容，具有科学价值，不知被哪个黑心王八蛋捷足先登了。

田木匠很愤怒，认为这是故意和他作对，破坏科学试验，是阶级斗争的新动向。

队长也觉得事情有点严重，说：“查，马上查，一经发现，严惩不贷！”但心里却有点反感：狗屁新动向，听都没听说你在搞实验，小题大做、虚张声势嘛。田木匠，你变了，骄傲了，翘尾巴了，图虚名了。只是口头支持，并没认真当回事办。

过了几天，田木匠学公安人员的口气："小猪案查得有点眉目了，不日将大白于天下。"

又过了几天，田木匠说："一旦抓住那贼，狗日的，老子一定不客气！"

这天上午，田木匠光身子重新套着那件脏得如锅贴样的杠杠服，扎着"芦苇腰带"，突然闯进了鼓眼蛤蟆的宿舍。鼓眼蛤蟆倒夜班正在睡觉，脸上溢着笑，嘴角的口水像条蚯蚓弯曲着，正做美梦呢。田木匠目睹这副尊容怒火中烧，一手就掀掉了他身上的被子。鼓眼蛤蟆喜欢裸睡，光溜溜如一只企鹅，就见裆里那个家伙正坚挺挺地竖立着，傲气十足。田木匠义愤填膺，一手将其逮住，使力一扯，大喊一声："蛤蟆，起来！"想将他押往室外。鼓眼蛤蟆猛地惊醒，一声"哎呀"，立马坐起身子双手护那地方，无奈被田木匠紧抓着，不由自主被牵引下地。待明白田木匠的意图后，才腾出一只手死死抓住床头，忍住疼痛，一步不动。

"你为啥偷我的科研小猪仔？安的、什么心？"田木匠吼。

鼓眼蛤蟆狡辩："我没偷、没偷！"

田木匠说："我调查清楚了。"

鼓眼蛤蟆说："你假公济私。"

田木匠吼："放屁！"一只闲着的手立马从怀中掏出藏匿的木工斧子，明晃晃举起，"狗日的臭流氓，老子今天剁了你！"正要落斧，小林子和几个工友冲了进来，抱住他，夺下斧子，掰开了那只抓蛤蟆的手。鼓眼蛤蟆早吓得半死，在大伙的提醒下，颤颤巍巍穿上衣服。

对田木匠反常、疯狂的举动，大伙儿议论纷纷。

"邪门，平日没见他俩结仇呀！"

"看这一出闹的？"

"田木匠，还先进呢！"

小林子和另一工友赶紧连扯带拖将田木匠塞进了养猪场。

小林子说："田叔，多大个事，你何苦？"陪了他一宿。

6

该说说鼓眼蛤蟆了。

这家伙也不是个善茬。他技校毕业，天不怕、地不怕，刚工作那年，曾带领一帮小兄弟打遍钻井，横扫油建，威震井下，蹲过派出所、受过处分。在公安及领导的严格管教下，近两年才有点转变。清醒过后，才深感田木匠对自己造成的后果有多么严重。

"奇耻大辱啊！"

他找队长，打算先礼后兵，与田木匠一决高下。

"队长，田木匠说我偷猪仔，一、时间？人证在哪？二、试验猪？一派谎言，谁能鉴定？三、猪栏有多少小猪仔？被偷前多少、被偷后多少，谁能证明？不能他一人说了算吧。就算这些都存在，他也不能对我这样下死手啊！四、我下身被他一抓扯一惊吓，起不来了，彻底毁了，一辈子，怎么办？还狗屁先进，欺负人！"鼓眼蛤蟆一条一条摆理，最后威胁，"否则，上告，再不行，大闹，弄个鱼死网破，谁怕谁？"

田木匠早被队长叫到队部，从珍惜荣誉、领导期望、群众影响几方面，帮助查找根源、总结危害，最后实在没词了，将他臭骂了一顿。田木匠还在队部没走呢，鼓眼蛤蟆就来告状了。听了队长的开导批评，想到党委书记给他戴大红花、姑娘给他牵马坠镫、半身像多次进光荣榜，田木匠已心生悔意。但看到鼓眼蛤蟆在队长面前“一二三四”，这么嚣张，一下火了，解开“芦苇腰带”，抖着胸毛，一脸阴笑：“蛤蟆，你，敢么，敢么？”

鼓眼蛤蟆将头扭到一边，不敢与田木匠对视。

队长贼精，见状心想，有内容，便半真半假骂田木匠，“瞧你这德行，哪还有点老先进、老模范、老师傅的样子？”接着，又吼鼓眼蛤蟆，“你不嫌丢人，我还嫌丢人，你去告呀，去宣传呀，去闹呀！狗屎不臭掀起来臭，还怕全油田不知道，你那地方毁了，不行了？”最后借用田木匠的话，“去呀，你敢么？敢么？”一副知道一切、胸有成竹的样子。

威胁恐吓加打压，鼓眼蛤蟆老实地垂着脑袋不吭声了。

队上想将此事压下来，但纸包不住火，上级还是知道了。老先进持斧行凶，这还了得？惋惜之余，出于爱护，对田木匠给了个党内警告处分，队干部也被通报批评。不久，将田木匠调到农副业大队水稻队，专为育秧室做蒸气育秧的小木盒，也算发挥他的专长。

是小林子送田木匠到新单位报的到。

“田叔，农业单位，在这儿等招工的女青年多，失去丈夫的娘们多，见到合适的，抓紧找一个。我还等着喊你老丈人呢。”田木匠笑了。小林又叮嘱田木匠，“叔，改改毛病，讲卫生，别邋邋遢遢的，娘们不喜欢。”

“小子，这么小，知道这么多。”田木匠拍着小林子的脑袋，“放心，叔知道。”接着又补了一句，“可惜，叔这辈没闺女嫁给你咯。”眼里，充满了泪水。

事情有了结果，鼓眼蛤蟆心满意足，表示愿意听领导的话，继续安分守己。

队长问：“蛤蟆，那东西，还潜伏着？”

“没。”鼓眼蛤蟆回答，小小声。

队长笑，“早知道！玩假的，还跟老子！”接着问，“你俩那事儿，有戏吗？”

鼓眼蛤蟆知道了羞愧，红着脸笑。

在水稻队，田木匠工作依然积极认真、任劳任怨，据说还革新了蒸气育秧的木盒子，秧苗长得更加茁壮，出棚时不怕风雨打、寒流袭，受到主管农业的副指挥口头嘉奖。

不过，胸前再也没有戴过大红花。

7

一晃多年过去了。一天，戴着红尖帽、身着李宁服的田木匠在油田文化广场放线飞老鹰风筝，忽听身后一声喊：“老田头！”一转头，只见头发花白的鼓眼蛤蟆牵着几岁的孙女，望着他笑。

“狗日的，笑，笑啥？退休啦。”田木匠送去一脸高兴，指着小孙女，“别说，真像小妮子呢。”

鼓眼蛤蟆脸显羞色：“隔代像、隔代像！”

“小妮子还好吧？在家干啥呢？”田木匠问。

“老太太总闲不住呢，天天卖凉皮，不嫌累。”鼓眼蛤蟆一脸幸福和满足。

田木匠假装生气:“当年,唉,那天见到你和小妮子在干那一腿,气死我了,你狗日真有一手,佩服。老哥我虽说气,最终还是讲情义,没揭发。那形势,你犯的可是流氓罪,要坐监的呢。”

鼓眼蛤蟆用手揉着老脸驱赶羞愧:“谢谢,不提啦,那天你报复诬陷整得我也不轻嘛,不提啦,你如今也儿孙满堂,有福呢。”

“那是吓唬你的,要真剁,你狗日的能有今天?”田木匠仰头大笑,“对,不提啦,不提啦,儿孙满堂,有福,都有福!”

手中的老鹰,已飞得老高老高,变成一个圆点儿。

(刘乐艺,山东省作家协会会员,出版中短篇小说集《神圣同盟》、散文随笔集《乐艺之呓》、诗集《一只笨鸟》。有作品被《小说月报》、《微型小说选刊》、《特别关注》等多种出版物选载。近年有中短篇小说在《地火》、《太阳魂》、《青年作家》、《佛山文艺》、《青年文学家》、《小说月刊》、《短篇小说》、《东京文学》等刊物发表。)

没地儿死

■茇茇草

腊八了。二狗子想，到年还有二十二天，娘都撑不过去，该怎么办呢？

老娘没地儿死，这是二狗子的心病。每天离了老娘的病床，二狗子就围着医院的墙根想办法，两只脚把乡镇的小医院丈量了三百个圈，依然没有想出个结果。抬头望望天，天上没有日头却分明一片灰白，明显是要作雪了。二狗子这样一想更觉害怕和寒冷，忙跺跺脚把两只冻僵的手揣进口袋，又拿出来，再揣进去，总之，无论怎样放置，从手到心都是空落落地凉。

他只好又把双脚移进重症监护室，要死的娘这会子却清醒着，竟抬着手让他走近些，直把二狗子吓了一跳，忙走过去抓住老娘的手道："娘，你好啦？"

娘的嘴角显现一个笑意，没回二狗子的话，清晰地说："找好我死的地儿了？"二狗子塌了一下眼皮说："没有，还没有。"二狗子感觉娘的手一下子没有了刚才的热度，垂了下去。

医护人员走进来，对二狗子说："7号病床，收拾一下东西，赶紧办理出院手续吧！"

二狗子转过脸说："医生，俺娘没地方去呀！"

"说什么话呢？"女中年医护人员用眼白瞪着二狗子说："你是她儿子不养老送终，还想往别处推呀？难道让你娘死在医院不成？再说一遍啊，趁老人还没咽气，赶紧出院！"咔咔，高跟鞋撞击着水泥地面，渐渐消失在医院走廊里。

是的，医院已经两天不救治老娘了，人躺在医院里其实就是等死。可在哪儿死呢？人还没有咽气不能送殡仪馆吧？家，没有家，姐姐嫁人，大哥不问，医院又不让死，二狗子想哭，抹了把眼泪，忽然想起了村长，便大步往外走，走到门口又拐回来看了娘一眼，娘也在看他。给娘掖了下被子，重走出去，刚才那个医护人员迎头就说："哎，你快点办手续啊，不要跑了——把人死在这里，大过年的！我们还要接纳新病人呢。"

三拐两磨，二狗子在拆迁村落的残垣断壁里，找到了五十多岁的村长。村长正摸摸这家的残墙，看看那家的旧壁，对二狗子说："我也是舍不得咱这几辈人的老宅基啊，没事就过来看看。你找我又有什么办法呢？当初，市区发展征地拆迁、按平方差价补房补款，大伙都签字画押同意了的，拆迁租房费也都按数挨家打了卡的，当时都无异议。"

"不是，"二狗子说，"俺娘要不行了，医院催着出院，我租住的小屋又不能发丧送终啊。"

"那倒是。"村长说，"当初，拆迁合同规定新房子一年内就出来，谁能想到，老房子一扒快两年了，没了动静呢。"

二狗子说："可我娘立即就得出院等死，我急得冒火。再说，你是村长，总比我能想到办法呀！"

村长说:“这个时候,你叫我有什么办法?我能有什么办法?找你大哥、大姐去吧!”

二狗子“扑通”跪了下来,双手抓住村长的衣襟,眼泪滴在膝下的砖头瓦块上,叫道:“村长,你是好人,你就帮帮二狗子吧,俺娘不能活了一辈子,临死了,没地方合眼啊……”

村长一听也是,就在风中挽起二狗子的双臂,向不远处临时搭建的两间板房走过去,那是花儿村村委会和开发商的拆迁办公事务处,开发商负责人不在,只有两个保安在说着“钱难挣屎难吃”的话题。村长问保安开发商张经理今天还来不来。

保安说:“我们又不是张经理的肚子里的蛔虫,不知道!”

村长就拨了张经理的手机号,里面说:“对不起,您所拨打的电话暂时无法接通,我们将短信通知机主您的来电,sorry……”

村长无奈,就领着二狗子去找他大哥大姐。走前,对保安大致说了二狗子的困难,张经理若来给转告一下意思,或者让张经理回个电话。保安说:“你们花儿村的人,愿意要钱的补偿钱款,愿意要房子的按1∶2的平方到时候赔付,一点也不会亏欠,现在对我们说这些,等于对驴唱歌对猪放X——没用。该找谁找谁去吧!”

“可你们过了合同期限,房子还没有一点动静,这怎么算?”二狗子叫道。

“哎呀”,村长拉上二狗子就走,说:“他们只是看家护院的,给他们说这些没用。”

二狗子说:“像这种不知道喝几两香油的人就该吃屎!”

村长没接话,另开个话头:“先去你大哥家吧。唉,真懒得过问你家的事儿!”

二狗子犹豫了一下说:“去,可能也是白去。”

两人就打的去了市内的嘉和小区,找到老大的家门,摁了门铃,里面的人就是不开门,女人只问“谁呀?”村长只得说是村长。

女人便开了一丝门缝说:“老妈子已把拆迁补的房子给了二狗子,就说明她没有这个大儿。我们已断了关系,你也调停了多少次,就别再费心了,她死哪里与我们无干!”说罢,几个人就被铁门“嘭”的一声隔在了门里和门外。

两人弄了一鼻子灰。

“人心不足蛇吞象。”村长说,“唉,你娘这一辈子,把钱都供了你哥的仕途学业,却落得这个下场。走,到你姐家去吧。”

二狗子说:“行,咱打的去,刚才是你付的钱,这次我来付。”

“干吗分得那么真啊?”村长说。

在新开发小区的一栋新楼里,二狗子的姐姐和姐夫正在自己装饰墙面,看见村长和二狗子进来以为是来报丧,忙说:“咱娘——她?”

“就等咽气了。”二狗子说。

姐姐听了眼泪便往下落,本来正给丈夫扶着梯子的手就松了下来,不再去扶,说:“没有你这样的,我娘都不行了,还不让我回去看看……”

村长就说了来意。丈夫一下子从梯子上蹦了下来,嚷道:“村长,你说这话我可不爱听。一,咱这儿规矩,没有老娘在女儿家发丧的。二,他们房子拆迁赔房子,我们也没落一个房角一块瓦。三,再说了,老人家两个儿子呢,怎么也轮不到我们做姑娘姑爷的……”

村长和二狗子又碰了一鼻子灰。二狗子没听完姐夫的一二三四,就像老牛一样“哞哞”地哭着跑了,丢下村长点了一棵黑黄山烟,感觉自己的方脸一下子变成了长脸,看着来来往往行人的脚，无语。

到了傍晚，一轮时隐时现的落日托在西南角的楼顶时，村长乘公交车回家经过旧村宅的残垣断壁，一群人正在旧宅基里吵吵嚷嚷，村长忙就近下了车往那边跑，斜刺里一人喊道："村长，我正到处找你，我老婆在医院生完孩子没地儿去呀，租人家的房子，没满月不让住……"

村长没理他，只看见拆迁委员会的那两个保安正在推搡一个人，走近一看，被踹的人正是二狗子，弯着个熊腰护着身下的一张单人床，床上躺着他老娘，老娘张着嘴巴睁着两眼，摸不准是死是活。

"赶紧把死人弄走，快点！"一个保安一边用脚踢二狗子因为抽着身子露出的臀胯，一边喊另一个保安把小床向外抬。

二狗子死死地护住他娘，边哭："娘啊，您活了一辈子，到老了没地儿死啊……儿子不孝啊……"又抬头求保安："你们行行好，就让俺娘死在俺家的旧屋茬子里吧，求求你们了，俺娘就要死了……"

村长看了看地势，面前被扒掉的地方正是二狗子家几辈人的老宅基，不觉一阵心酸，上前制止两个不听二狗子哀求的保安，说："有话好好说，这还是中国人吗？和一个要死的人过不去！"

一个保安说："你倒会说，人家开发商买下的地皮，还没盖房子，就弄个死人在这儿，晦不晦气？以后谁还到这儿买房子？"

另一个保安说："我们两个的职责就是护卫花儿村每一寸土地不受侵害，张经理知道了这件事，还不把俺俩撵滚蛋吃屎去？"

村长觉得自己的脸又长了一截。

围观的人，有的伸手试试老人还有没有鼻息，有人安慰二狗子说总有办法，有人叹气，有人激愤地说："就得上市政府上访告他们开发商去，看这房子拆得，新媳妇生孩子没地儿生，老人要死了没地儿死……"

不知谁打了110，民警来了，开发商张经理开着轿车也到了。这时，天色还剩下最后一道霞光，村长忙上前叙说了事情的原委，最后说："老人只剩下最后一口气，被医院催促强行出院，二狗子实在是无奈，才把老人拉到自家的旧宅基上。中国人讲究入土为安，咱得让老人死得其所啊……"

民警做了笔录，问开发商有没有什么主意。开发商张经理上前给老人掖了掖旧棉被，并把两个保安骂了一通，转过脸对大家说："新房产法下来，打算与我们合资的港商闻风抽资走人，上亿的贷款无法周转偿还，我们现在也是焦头烂额，想死没地儿啊！"

有人说："既然这样，就让二狗子就地搭个灵棚把老人送走算了。"

"不行！"开发商张经理说。大家一听都为二狗子犯了愁，捏了一把汗。二狗子两眼冒火，正欲拼命，谁知张经理接着说，"不过，大家别急，二狗子家的事情已经不是个案，今天去市里开会，就是关于拆迁居民办理喜丧事的妥善安置工作的。谁家没有老少呢，现在请大家把老人抬到那两间事务处的板房里给老人送终吧！"大家悬着的心这才放下来，二狗子就连忙爬过去要去给张经理磕头。这时，一个人说："不行啊开发商，还有我老婆生孩子的事儿没解决呐！"

张经理低头和村长交换了意见，村长舒展了表情，长脸恢复成方脸。大家一阵期待，就听张经理说："乡亲们，经和花儿村的村长商量，在新房子没有完工前，两间事务处的板房日常办公,平时一间专为老人发丧送终,一间专为生孩子的妇女过满月,行吧?就这样定下了!”

“好啊,张经理,我们也给你磕头了,你解决了我们家的大难处啊!”村长低头一看,是二狗子的大哥和大姐赶来了。张经理扶起两个人,连说使不得使不得。村长说:“使得使得,我们这儿的陋俗,为老人发丧跪恩为大。”

人们蜂拥着把老人抬到板房后,发现老人的眼睛和嘴巴早已闭上,嘴角显现着一丝笑意。天完全黑了下来,西北风还在悄悄地吹。二狗子却觉得天很亮,一双手无论放在哪儿,从手到心都暖暖的,即便夜里就飘起雪来,也不怕了。

(茇茇草,女,本名王巍,安徽省作协会员,已发表作品数十万字。)

爱情出世

■江　丽

飞机开始滑动的那一刻，我还是忍不住看了一眼手机，没看着老袁的短信，这次真的没有。平时只要我坐航班，他一定会来条短信，一般就一句话，祝你平安之类，丝毫没有文采，但我知道，第一，他肯定会发，第二，虽然丝毫没有文采，但他讲的是真心话。

自打认识老袁，就没见他特别为某件事动过情，总是淡淡地表达自己的感觉。“我爱你”这样的话，要说就是用英文或是法语，还是喝多了的时候。最有文采的时候，也就是一句：猫猫，祝你一路平安，句末也从来不用感叹号。老袁5岁以前是奶奶带大的，奶奶养过一只猫，这只猫的特点是会钻进他的被窝和他一起睡觉，老袁早上醒来的时候，总会发现躺在身边的猫。老袁觉得，我就是那只钻他被窝的猫。

我和老袁是那般不同。

他理科生，我文科生。

他在KTV会唱的歌不过五首歌，五音基本不全；而我是麦霸，从小学钢琴。

他内敛、含蓄，我直率、外露。

他求平淡守旧，我爱冒险求新。

他出生于一个传统干部家庭，没有家仇国恨。父母恩爱和睦，相敬如宾，一辈子没红过脸，把他养得性格温顺、平和。而我来自一个军人家庭，父亲因为政治形势的变化一蹶不振，脾气古怪，与母亲彼此怨恨却不离婚。我就这样在国恨家仇中成长。我承认，我敏感、自我、善变。

我在一家跨国食品公司就职。老袁在一家法资IT公司研发技术。十年前我们相识于一次同学聚会，结婚时，我们已认识7年了。但说实话，婚前我并不了解老袁，只是因为上一次恋爱让我疲惫不堪，又发现老袁很迁就我，加之再拖下去自己很可能迈入剩女一族，就这样，嫁给了老袁。

我一边看着手机发呆，一边想到我和他的种种不同，完全没有意识到空姐已经在我身边很不乐意地喊了两回：“女士，请您关掉手机！”

“喔，对不起！”新航空姐的腰身让我多看了两眼，也让我想起与老袁的另一处不同。从他的眼睛落到我身上的一刻起，只停留在我一个人身上，我是他的一片森林。而我却比他花心得多，靓男美女，我喜欢多看几眼。

有时我也认为，我就是那只转世投胎的猫。

航班飞往雅加达，我将从那转机，前往班达亚齐，一个位于苏门答腊岛的小城，并非热点旅游城市。我有意避开人群。

飞机上天的那一刻，我鼻子有点酸，昏昏睡去，扯碎的记忆在梦中游荡。

今天是12月22日。我与老袁已经结婚3年。

婚前我想象着婚姻就像是我拿着画笔，他一点一点铺开画卷。但生活被不同性格的两个人在打理，我们的人生经历不同，感受不同，处理事情的方法不同。

第一年，浪漫。一天上午约了九点见客户，竟没能被闹钟叫醒。睁开眼时，发现老袁侧着身子正含情脉脉地看着我。

“几点了？”

“八点四十。”

“怎么不叫醒我？”我生气地问。

他说晚上觉得我翻来覆去，肯定没睡好，早上听见我打着小呼噜，观察到我睡得很沉，舍不得叫醒我，就在一旁盯着，等我醒来。

本来气势汹汹的我，听他这么说一下子软了下来，感觉好极了。

第二年，不满开始慢慢发酵。老袁的心如同明镜，我讥讽或冷淡的语气，他介意；他的生活习性和个人特点，我介意。我尤其介意他作为男人有洁癖。比如，从钱包里拿钱的时候，他只用两个手指去碰钱包，用两个手指去夹钱，之后就是洗手。说到洗手，他反复洗手的习惯让我忍无可忍，以至于很想发明一个能通过输入密码启动出水的水龙头，密码由我掌控。

第三年起，我想移民。当了十年打工仔，我厌倦这里的气味和声音。京城总是在浑浊和嘈杂中开始每一天，我则开始与各大买办和官僚打交道，点头哈腰，卖着笑脸。我觉得自己是假洋鬼子。我厌倦这里的一切，我要去当真洋鬼子。老袁的平淡和洁癖则成为另外一个动机。他的平淡也表现在对于移民的态度上，他觉得现在的生活很好，他又是家里的长子，父母年事已高，他觉得父母在不远游。

“带你爹妈一起走。”我说。

“他们不会习惯的。”他回答。

我又说：“那我先走。”

“肯定不行，要走一起走。”他又回答。

转眼间已经是第四年的12月中旬，公司发生了一件事。英国伦敦超市冷冻意大利千层面和牛肉汉堡中检测出马肉基因，这些食品由同一家位于法国东北部的食品商生产，法国食品商从超市手中接过订单指派下辖的一家位于卢森堡的食品厂负责加工生产，这家食品厂随后向法国南部某肉食厂订购牛肉。法国肉食厂把这批牛肉订单承包给一家塞浦路斯的分包商，塞浦路斯商家进而去找一家荷兰贸易公司进货。荷兰贸易公司联系到罗马尼亚的屠宰场，这家罗马尼亚屠宰场说自己压根就没屠宰牛，是从中国直接进口的牛肉。12月17日这天，屠宰场的经营者接受采访一脸无辜地说，是从卡得隆（中国）食品公司进口的牛肉。分明就在撒谎！因为我就是卡得隆（中国）食品公司的政府关系总监，我知道他在撒谎。

于是，我开始没日没夜地给洋鬼子排忧解难。

12月19日，我又在办公室度过了一晚。第二天早上，我醒得很早，想去老板Peter的屋子里聊聊天，看看这件事能不能在圣诞节前结束。他是中国区总裁，平时言语中对我颇为欣赏和尊敬。走到门口，恰好听到一句英文从门没关严的屋子里传出来，“这些中国人不可信，Tracey也是中国人，很多事我不全信她的说法。”显然，Peter正在向上面汇报工作，不管他在说什么事，我怔住了，我就是Tracey，公司里就我一个人叫这洋名儿。我觉得自己很没劲，听下去也没什么意义。

我没有什么人生寄托，也没有孩子，工作多年来是我的寄托，对待工作我没有私心，Peter连我都不信，还会信谁，还能信谁？

我觉得胃里直反酸，转而走向卫生间。

盯着镜子里面形容憔悴的我，觉得人生很受打击。我不知道自己为什么在这里卖命，虽然也许对于老袁来说我像只猫，但对于卡得隆，我还是条称职的狗。Peter的话让我深受打击。其实我也知道，再多干几年，再干得好，中国区总裁不会是本地华人。

从卫生间出来后，我不动声色。晚上，我用某种方法让人看起来发烧了，Peter准假了。

进了家门，老袁一次次进出卫生间，反复流水的声音刺激着我，我把香皂盒狠狠地掼在地上，喊出一句：“你这个没出息的男人！”

老袁从不高声说话，也从不瞪着眼睛看我。那天，他瞪眼睛的样子使得面部扭曲地变了形，说话的底气足得让上下三层都听得见，“你说什么？你再说一遍。”

“你真的很没出息，我瞧不起你。洁癖改不了，你就永远都没出息。你就留在中国洁癖吧！”

“你有想法？”

“对，我有。我瞧不起你，我不想和有洁癖的男人共度余生，我也烦透了这里的一切！”

“你想干嘛？”

时间指向12月20日晚十点，我想逃。

整个晚上，我不断地上床又从床上爬起来，最后索性开始收拾行装。边收拾行装边想起动画片里的那只加菲猫。它把爪子几次试探着往院门外伸，始终不敢迈出一步。它觉得一旦走出主人的院子，就是厄运的开始。

我还没打定主意往哪走。

我知道，老袁也没睡着。草草收拾了几件衣物后，我昏昏睡去。

12月21日早上，我在路边瞎溜达，看到一家旅行社打出的印尼游广告。一个生活在印尼的荷兰客户曾经推荐过苏门答腊游，说如果想度假的话，可以帮我联系到很特别的住宿之地。我当即找荷兰客户的电话。下午，安排好一切出行细节。

我给老袁留了张条：“我出去几天。”这种事情没发生过，我也知道这样做的严重性，我想起了加菲猫的意乱情迷。

飞机颠簸得厉害，我从梦中醒过来，发现挎包滑落在地。恍惚中，脑海中出现一个场景，每次和老袁出门，我不太在意挎包是否关好，老袁会主动地检查或提醒我。换包搭配服饰时，我常会忘记把前一个包里的物品收拾干净，比如钥匙之类，导致有时出门前满头大汗地狂找。如果老袁在场，会默默地帮我找。我的毛病是，自己找不到，还会迁怒于人。老袁总是很悲惨地成为迁怒的对象。但他从不回应。

捡起挎包后,飞机已抵达雅加达,我要从这里转机去班达亚齐,亚齐省的首府。

在登机口排队时,怎么也找不到护照,绝望中,听到身后有人说英语:“这是你的护照吗?”回头,一个白种男人手里拿着我的护照。我突然想起来,飞雅加达时他就坐在我右边,曾经与我搭腔,我没怎么理他。

护照找到后我来劲了,白种男人不仅帮我找到了护照,还和我转乘同样的航班。

白种男人说自己是荷兰殖民者的后裔,叫 Emar,是个作家,祖先就葬在亚齐省。

我抽空仔细看了看他的脸,有些影星气质,身材细长,不够强壮,也不够阳光,绿色的眼珠透露的神情很古怪,有种阴暗。也许作家就是这样的?我安慰自己。

你去亚齐省干什么?”Emar 问。

“我……”

我撒了个谎,“我来帮公司考察印尼的牛肉,想做出口生意。”我向老袁咆哮的那天是因为牛,索性把牛当借口。

“你呢?”我反问他。

“我来这里旅游的。刚刚完成一部作品,想放松一下。”

和一个荷兰作家在异国他乡……我开始想入非非。

“你住亚齐哪个酒店?”我问他。荷兰客户帮我联系入住的地方叫拉米妮塔庄园,是荷兰人留下的一座百年老宅,平时不对外开放。这符合我的要求。

“嗯,还没想好,是个临时决定,想到了再说。”

我突然生出一个极不谨慎的念头,邀请白种男人和我同住拉米妮塔,并且马上为他联系到荷兰客户,临时给他安排了一间房。接下来,就是和他共坐一辆出租前往拉米妮塔。女人的不谨慎有时是难以想象的,然后就会为这种不谨慎付出代价,沦为一只流浪的加菲猫。

各自办完入住手续,尚存理智,我拒绝了 Emar 共进晚餐的邀请,决定晚上一个人在房间哪也不去。

房间里有果盘,各种热带水果鲜亮地趴在那里,我捡了个大芒果,但,怎么吃呢?一时间我想起了老袁。

每次出远门,我只管挑拣各种服饰,仿佛是去做时装表演,而老袁则提醒我带牙刷、牙膏、各种所需的湿纸巾等等。刚结婚那阵子,我尝试着做个贤妻为他收拾行装,结果不是忘记给他带修剪鼻毛刀,就是忘记带刮胡刀。老袁干脆不让我收拾了,甚至连物品的摆放他都包办了。再后来,无论他出门还是我出门,或是两人一起出门,我只负责带衣服,他负责衣服以外的一切。每次出门回来,老袁会把箱子清空,里里外外用湿纸巾擦个干净。

有一样东西,老袁每次收拾都不会忘记。我爱吃水果,而且削掉果皮,他总会在我的托运行李箱外侧的某个地方放一把瑞士军刀。放在外侧是让我容易找到。“关键时候还可以用来对付坏蛋!”老袁每次塞进去的时候,总要说一句。

这次行装是我收拾的。

我先是在那杂乱无章的挎包中翻来翻去,希望找到哪怕一把塑料餐刀——什么也没找到;又盯着还被打包带五花大绑的箱子,索性蹲下身来打开。

最后,试着打开外侧的口袋,发现一把瑞士军刀在那里躺着。

拿起刀切芒果的时候，我又想老袁了。

想归想，第二天，我还是答应了 Emar 共进晚餐的邀请。

12 月 23 日下午，班达亚齐仍然潮湿、闷热。房间里印尼香料制成的香氛剂开始发挥作用，空气中弥漫的味道让我透不过气来，我打开了房门。

看了看手表，时间指向六点三十分，Emar 说他七点敲我房间的门。打开电视，顺便削了个苹果，坐在床边，面朝花园，背对着房门，听着电视里的新闻，就这么坐着，一种奇怪的感觉渐渐升腾，孤独透不过气，有种不祥之感。

我无聊地侧过身子看了看电视新闻，接下来听到一段播报。这段英文我听得非常真切，"国际刑警组织 12 月 22 日发布'红色通缉令'，全球追捕残肢邮包案嫌疑人 LewesVanderbilt，这名色情明星涉嫌杀人并邮寄尸体残肢……"

新闻画面中出现了一张似乎见过的脸，Emar 灰暗的神情和这张脸极度相似。

看到那张脸，后面的新闻说什么我没心思去听。我看了看表，六点五十分。眼前的落地窗大敞着，夜幕已降临，我打了个冷战，迅速放下苹果，走上前关上了落地窗。

转身，想去关房门，一抬眼，看到了 Emar。不知道什么时候，他已经从半掩的门进来了。我刚才盯着新闻辨识那张脸，毫无觉察。此刻，他面目狰狞，我无处可逃。

幸好，这个伪作家不够强壮，和他过上几招后我仍有力气挣脱。我撞上了茶几，先是打落了啃了半口的苹果，茶几还稳在那，瑞士军刀没碰掉。刀，一把刀！此时，在我眼中简直就是一把大菜刀，让人很振奋。在 Emar 再一次发动进攻前，我用操大菜刀的力气砍向他的脸。

我逃出了房间。

他是个色情狂，但不是职业罪犯，不善于打斗，这使得我很快逃脱。

Emar 也逃了。

"关键时候可以用来对付坏人。"配合印尼警方调查的时候，老袁这句话不断在我耳边回响。

我执意向印尼警方说，要立刻订票回国，有什么事可通过电话联系我。我能用英语沟通，这使得办案过程顺畅得多。警方允许我第二天离开。

如同来时，我迅速地买了机票——我是如此地想念老袁。

12 月 25 日中午，我坐上了回北京的航班。上飞机前，我拨通了老袁的电话，半个字没说出来就哭了。老袁还是那么酷：连句安慰的话都没有，就说了四个字，一路平安！好像什么也没发生。

你见，或者不见我，我就在那里，不悲不喜。这就是老袁。你跟，或者不跟我，那把瑞士军刀就在那里，不离不弃。

但瑞士军刀没要回，警方要留下当物证。

上飞机前，我很用心地收拾东西，整整齐齐地摆放，我决心以后都这样。

我在挎包里小心地放好了护照，看了好几眼。我想，很有可能是 Emar 在我睡梦中从滑落在地的挎包中拿走了护照，然后借机和我搭讪。

离开酒店的时候，警方还在比对 Emar 是否就是 Lewes。这对于我已经不重要了。

12 月 25 日晚上十一时，我在机场见到了来接我的老袁。

和老袁在机场拥抱是众生相中微不足道的一个镜头，但历史这样记载我们破镜重圆的第二天:亚齐省位于印尼苏门答腊岛的北端。苏门答腊岛位于欧亚板块西缘,是欧亚地震带的一部分。12月26日,印度洋大地震引发的10米高海啸席卷苏门答腊西部沿海地区,造成严重破坏,在印尼就有超过23万人死亡,灾情主要集中在亚齐省和北苏门答腊省,造成有史以来最大的海啸劫难。

拉米妮塔庄园毁于那场海啸。

Emar之后再没人见过,国际刑警组织认为他可能已是一具被海水冲刷过的腐臭尸体。

老袁后来说，那晚是他悄悄把瑞士军刀放进了箱子，因为衣服牙刷唇膏以及我被不被Peter信任还有移民对他都不重要,他就希望我能平平安安地钻回他的被窝。

(江丽,女,武汉大学文学学士。1999年至今在《半月谈》、《北京晚报》和《读书》上发表多篇文章,曾在美国《世界日报》担任记者。现就职于中国检验检疫科学研究院。)

掌上小说

红炮线 绿炮线

■刘江龙

秃子来的时候，天亮和妹妹天华正在洗炮线。炮线都是从矸子山捡来的，灰灰的也看不清楚是什么颜色。等用水泡过后，天亮和妹妹用小手轻轻地一抹，炮线就会露出本来的颜色：红的，绿的，白的，黄的，还有几种说不上来的颜色。妹妹天华才五岁，说不出来什么颜色。天亮虽然八岁了，但是没上过学、没念过书，所以也说不出那是什么颜色。邻居家的董大哥知道。董大哥说，炮线一共有十种颜色，棕红橙黄绿蓝紫灰白黑，记住了吗？

董大哥在煤矿当技术员，他说的应该没错。但他说得太快了，天亮没记住。董大哥看天亮一脸迷茫的样子，就笑了，又重复了一遍：棕红橙黄绿，蓝紫灰白黑。这次，他在中间断开了，天亮就记住了。掰着小手指头一查，正好是十种颜色。天亮非常羡慕地看着董大哥。董大哥说，每一种颜色都代表一定的意义和作用。这个你不懂，等你长大了，我再告诉你。

虽然不懂得炮线的颜色代表什么意义，但这并不影响天亮去矸子山捡炮线。矸子山不让捡煤，其实也无煤可捡了。现在的煤贩子们不往煤里掺矸子就不错了，怎么还舍得把煤翻到矸子山上去。这话是爸爸活着的时候说的，天亮记下了。所以他去矸子山，只是为了捡炮线。炮线可以随便捡，因为炮线没什么用处。炮线为什么没什么用处呢？董大哥告诉天亮，炮线是井下放炮时用来做引线的，放完了炮，它就没用了。知道什么是引线吗？引线就是引子！看天亮茫然地瞪着眼睛，董大哥又解释说，药引子知道不？炮线的作用和药引子的作用是一样的。天亮知道药引子，父亲病重这几年没少吃药引子。但是，吃了药引子也没把父亲救过来，父亲最终还是走了。天亮明白了，用来做引子的东西应该都不是什么重要的东西，是一种利用一下就可以扔的东西。董大哥说天亮说得太对了，采完了这茬煤，巷道就没用了。地下全部掏空了，矿山就没用了。天亮问，地下怎么会掏空？不是说可以采一百多年吗？董大哥摸着他的头说，傻孩子，那是按计划开采。咱们这儿的上任矿长为了政绩，一年超采五百多万吨，现在他升为市长了，可咱们的矿山却垮了。对他来说，咱们这个小煤矿也不过就是个引子，没什么用了。这些你还不懂，长大就知道了。天亮听不明白，也没想弄明白，他只想用捡来的炮线给妹妹编一个漂亮的小筐，让妹妹高兴。妹妹小小年纪就经历了太多苦难，实在太可怜了。

天亮看过田叔叔编的小筐，基本上都是红炮线和绿炮线。红绿相配非常好看，红的鲜艳，绿的水灵。爸爸去世的时候，天亮看见妹妹哭得非常伤心，他当时就下了决心，一定要让妹妹高兴，让妹妹幸福。他觉得这是他作为家里唯一男人义不容辞的责任。自从爸爸没了，天亮就处处关心妹妹，他经常带妹妹到矸子山捡炮线，他们把拣回来的炮线用水泡后洗净，红的、绿的用来编筐，其他颜色的用来扎口袋、拴钥匙。

秃子来的时候,天亮正和妹妹洗炮线。秃子是天亮在背后叫的,当面天亮得叫他魏叔叔。妈妈说魏叔叔才42岁,天亮不相信。爸爸去世的时候40岁,头发很密。可这位魏叔叔才42岁,头顶就全秃了。天亮觉得他起码也有50岁了,可妈妈才32岁,天亮觉得妈妈不应该给他找个秃子做后爹,要找就找董大哥那样的,有知识有文化,还年轻,多好啊。他对妈妈和秃子交往很抵触。抵触归抵触,天亮在这个家里说了不算,也只能是无声反抗——当着秃子面,他还得喊他魏叔叔,天亮怕母亲不高兴。

秃子是骑摩托车来的,秃子在煤矿上修理摩托车,据说很挣钱。秃子不仅秃,腿还有毛病,走起路来一高一低的,所以四十多岁了还没娶上媳妇。有人把天亮的妈妈介绍给他,起初他还不愿意。他嫌对方有两个孩子,还有十多万元的外债,更嫌对方曾是煤矿工人的老婆,而那个煤矿工人竟然死于矽肺病。他觉得,这病是传染的。可是,当他一见到天亮妈妈,立刻就觉得一切都不是问题了。他觉得自己这块臭狗屎还真遇上了鲜花。

秃子虽说腿不好使,但驾驶摩托车的技术高。煤矿棚户区杂乱无章,道路几欲断绝,但秃子却能准确地把他的大摩托车开到天亮家门口。秃子下了车,母亲迎了出来,天亮喊了声:魏叔叔!天华没有喊,她的眼睛紧紧盯着秃子手里的包。秃子亲热地摸了摸天亮的头,然后从包里拿出两瓶饮料。天亮不用看就知道是酸奶,小洋人牌的。天亮想不要,但他怕妹妹哭,又怕母亲说他,就伸手接了过来,然后给了妹妹。天华拿到酸奶迫不及待喝了起来,天亮知道他们该出去玩了。他们这时就像炮线一样,属于引子,已经没什么用了,再待在家里,只能碍事了。于是,他对妈妈说,我领妹妹捡炮线去了。妈妈说,记得到点回来吃饭!天亮答应了一声,领着妹妹朝矸子山方向走了。

天亮的家离矸子山很近,天亮边走边想,这秃子真会做买卖,拿两瓶酸奶换人奶喝!秃子是来喝人奶的,这个天亮是知道的。有一次,秃子来了,天亮悄悄地扒门缝看,看到秃子紧紧地抱着妈妈吃妈妈的奶。他当时就想,这秃子真不要脸,这么大了还吃奶。妹妹才五岁,都断奶三年了;这秃子快五十岁了还吃奶,真不是好东西。但奇怪的是,妈妈好像并不讨厌秃子,妈妈说秃子替他们还饥荒,将来还要供天亮和妹妹上学,所以要听话,尤其要听秃子的话。

天亮挺讨厌秃子,他觉得秃子还不如田叔叔好。田叔叔和爸爸是一个煤矿的工友,现在看护矸子山呢。其实,矸子山也不用看护,因为已好长时间不翻矸子了,矸子都掺到煤里换成钱了。田叔叔说他也得了矽肺病,只不过比爸爸轻一些。矿上得矽肺病的矿工可多了,他们联合起来把小煤窑告了,现在正在等待赔偿,好去看病。可是,病一天比一天重,赔偿的事却杳无音信。有许多工友都像天亮的爸爸一样,等不及赔偿就死了,真可怜。田叔叔一说到这里就哭,天亮不知道怎么安慰他。田叔叔告诉天亮,长大后,做什么也不要做矿工。田叔叔还告诉天华,长大后不要嫁给采煤郎。田叔叔说采煤那活儿不是人干的,四块石头夹一块肉,糟践自己身体不说,也让老婆孩子受委屈啊。非要在煤矿讨生活的话,一定要去国营大矿,千万不要到私营小煤矿啊,小煤矿的安全没保障啊!

田叔叔经常唠叨这些话,天亮听得似懂非懂。不过,他觉得田叔叔这人不错,不仅对他和妹妹好,手也特别巧。他屋子里到处是炮线编织品,有托盘,有提篮,有钥匙链,那些个五颜六色的炮线在他手里很是听话,他把自己的小屋编织得十分灿烂,经常自问自答:谁说这炮线没用了?到处都可用啊!他称天亮和他妹妹是小炮线。他说小炮线早晚都会有大用处的。天亮就是跟田叔叔学会用炮线进行手工制作的,他的第一件作品就是给妹妹编织一个小提筐。

矸子山脚下的路很不好走，坑坑包包的极易摔跤，天亮让妹妹在一边等他，他自己则灵活地在矸石上跳跃，在矸石缝中寻找炮线。他一边快乐地跳跃一边想：如果让秃子来这里捡炮线，一定会摔倒。想到秃子摔倒的狼狈相，天亮就笑了。

忽地，在两块大的矸石中间，天亮发现了一团崭新的炮线，他一伸手就把它们拽了出来，那上面有一串圆圆的纸筒，天亮不知道是什么，就抡起胳膊向矸石上摔，一下、两下、三下……

"孩子！别摔！那是雷管！"田叔叔大声喊道，可是已经晚了，只听"轰"的一声巨响，矸子山脚下冒起一股浓烟。田叔叔怔住了。

就在此时，一个身影在矸石间跳跃向小天亮奔去，他头发不多，腿有残疾，但那拼了命的奔跑，却让人以为是一个健全的人。没错，是秃子，他来喊天亮和妹妹回家吃饭，遇此情景，便奋不顾身冲了过去。当秃子跑过去抱起小天亮时，天亮嘴角流着血，脸上露出天真的笑容，手里还紧紧地握着两根炮线，一根红炮线，一根绿炮线。

（刘江龙，1965年生，中国煤矿文联平煤作协会员。1984年开始文学创作，曾在各类报刊发表小说多篇，代表作有《矸石山下的情思》、《供暖服务员》等，获第五届、第六届中国煤炭文学"乌金奖"。）

惊蛰

■赵长春

狗娃放羊，一踅摸就到了袁店河岸上。

黑妮洗衣，一拐扭就到了袁店河水边。

黑妮洗衣的时候不说话，一下一下，把心事揉进水里，河水如同砍不断的忧伤——爹妈把地撂下去了广东，说是"拾破烂也比在家种地强"；一晃这么多年过去了，给她添两个妹妹后，终于生下了弟弟。队长带着乡里人来好几趟了，说得缴罚款。爹妈干脆不回来，好几年了。

狗娃和黑妮一样，爹妈都去外头打工了。爷爷奶奶年龄大了，干不动了，作为家里的老大，狗娃和黑妮就都留在了家里。

黑妮想弟弟妹妹的时候，喜欢到袁店河边洗衣裳，一年又一年。狗娃想爹妈的时候，就爱到袁店河上放羊，一年又一年。

狗娃放羊的时候，老想在城里打工的爹妈，还有妹妹和弟弟，想着想着就唱歌："河水开花了么，妹子心大了呀，家里留不下了啊……"

狗娃瞅见黑妮的时候就不唱了，就在心里默歌词："门楼开花呀大路开花呀石头开花呀，桃花那个红了杏花花白，姐呀你咋还不来，你一来百花就开开……"见啥唱啥，一遍又一遍。

正晌午头，日头把树影、人影都弄得短短的，狗娃跟着七八只羊下河滩了。过年前后，可以赶着羊进地啃啃麦根儿、踩踩麦子,麦子开春会长得更旺。路过麦地的时候,麦子已经长得青汪汪了,一踩,发出新鲜的青味儿,像在叫疼。不能再进地了,狗娃就下了河滩,边走边唱:“风开花来水也开,妹子你就洗衣来。小手手红啊胳膊白,大辫子一甩……”没唱完,看见黑妮了,脸红彤彤的。

黑妮早早悄没声地在一丛芦苇后洗衣。黑妮红着脸,湿着手站了起来,低着头,心扑腾着。不知咋回事,黑妮越来越想在这个时候让狗娃看见自己。她觉得这是自己最好看的时候,水灵灵的,好看得黑娃不敢看她,歌也不敢唱了。

你咋不唱咧?

可唱。见你不能唱。

为啥?

你是姐。

我比你只大一个月。

我当你是亲姐!你是我亲姐哩……

黑妮就有些气恼,把衣裳扔进水里。狗娃赶紧撵着牲口往林子里去,离黑妮不远不近。再唱时,声音恰到好处,让黑妮听到又听不到。

衣裳洗完了,花花绿绿地晾在草地上,黑妮就洗脸,不远不近地听狗娃唱歌,还说话,说着说着,把两人扯近了。

啥都开花呀?是,啥都开。你说说都咋开?云彩开花水里漂,蝴蝶是飞来飞云的花,还有蜜蜂;弦子开花吱哇响,小羊开花就叫娘,石头开花凉又凉,地里头开花啥都长……

木头开不开?

木头开,开了就能顶起天,就能撑起房。

你开不开?

我也开。嘿嘿,我开了,就能看见好多好多花。

“那你看见我没有?”黑妮说着,又向前了一步。

狗娃不说话了,蹲下,在湿沙地上挖了一个坑,脸盆大,水很快汪了出来,清亮亮的,满盈盈的,像一面镜子。

两个人看镜子。风来捣乱,一扯水皮儿,人影乱了;风走了,水面上两个人影看着对方的眼珠珠;风又来了,人影子又晃了。平静与晃乱之间,狗娃和黑妮看着对方的眼睛。

都一笑,想说点啥。

突然,一条蛇从苇草中出来,前半身昂着,眼睛水亮,红红的信子一伸一缩。刺溜,蛇跑进草深处,看不到了。黑妮抓紧了黑娃的手,又急急地松开。

“咋会有长虫咧?”长虫是袁店河方言中蛇的叫法。

“今儿个惊蛰。惊蛰了,啥都动了。”黑妮说着,脱了鞋袜,“试试水还凉不?”往水边走去。

白生生的胳膊白生生的腿,白生生的脚,水灵灵的。一串小巧的脚印在沙滩上,湿湿润润,耐看着哩!

狗娃觉得身上热腾腾的,脱了鞋袜跟过去。看黑妮没回头,就踩她的脚印,一个又一个,脚心儿一痒一痒的。狗娃的脚比黑妮的大,把黑妮的脚印踩坏了,狗娃心疼,舍不得踩了,沙滩上并排两行脚印,一大一小。水很快渗出来,细看,有一蕊两蕊青黄的芦芽或菖蒲芽,顶着一滴水，圆圆的，滑嫩嫩的。小风凑过来，一晃，就是下不来。

惊蛰了呀！啥都动起来了，啥都准备开花。风甜水香，云白天蓝，水清沙润。狗娃想唱歌儿，却唱不出来。羊以为发生了什么，围了过来，像一片云……

（赵长春，河南南阳人，曾用名春子。有作品发表。小说集《我的袁店河》由大众文艺出版社出版。现供职于河南科技学院。）

西域记

■周良宗

龟兹 大庙 苏巴什

我是无意中走进那片神奇的土地的，我甚至幻想，如果走进的是那雄霸西域一千多年的古国，我拿不出进关的文牒，守城的武士当如何处置我。

那是今天的库车。从乌鲁木齐到库车坐汽车要一整夜，如果不坐汽车坐火车的话，在火车上要一整夜才能到达库尔勒，从库尔勒再到库车还要坐半天汽车，所以到库车是一件不太容易的事。

库车是一座美丽整洁的城市，一点不比内地城市逊色，位居新疆四大城市之列，况且还有漫长的西域历史和自然风光、美丽的维吾尔族姑娘和英俊少年，还有遍地西瓜哈密瓜葡萄和满街的烤羊肉串、奇异的雅丹地貌和女儿国传说……历史上，它还有一个奇异的名字：龟兹。

那是一段走马灯般的历史：龟兹国诞生于公元前，早年臣服匈奴，后来东汉班超把皇威带到西域，征服匈奴，龟兹才真正降服。汉设立西域都护，已是公元91年。历史变迁，汉灭隋兴，到了唐朝贞观年间，已经553年，唐大军进攻龟兹，擒下了国王，建立唐朝的安西都护，龟兹于是成了唐朝统治西域的政治文化经济中心。到了790年前后，吐蕃打过来，占领了龟兹。当回鹘势力强盛的时候，最终归附喀什葛尔汗，皈依伊斯兰教；直到清朝乾隆大帝把它纳入大清版图，才彻底改姓更名为库车。

想龟兹当年何等的强盛，北枕天山，南临大漠，西接疏勒，东邻焉耆，称雄西域三十六国。看如今一切灰飞烟灭，仅剩下一段低矮的土墙——龟兹国古城墙。

周良宗 中国国土资源作家协会会员。云南大学中文系毕业。发表各类文学作品数十万字，多次获奖。出版有长篇小说《罂粟花报告》、纪实文学《高考忧思录》等。现供职于中国地质科学院探矿工艺研究所。

我并没有探寻龟兹的计划，在去游览库车大庙途中偶然看见这段土墙，才知道了龟兹。蓦地，我为自己无意中进入了龟兹地域而激动。我知道，那是和龟兹的缘分，未来的时光里，我将梳理那一段未曾认识的历史，深刻认识龟兹。

龟兹之后有库车大庙，那是库车的骄傲，是库车的标志。

新疆有无数这样的伊斯兰教大寺庙。在乌鲁木齐有汗腾格里大寺、陕西大寺、白大寺、南大寺、巴里昆寺、吐鲁番寺、塔塔尔寺。这些大寺庙的建筑分两类：伊斯兰古代建筑和现代建筑风格相结合，中原建筑艺术与西域伊斯兰教相结合。带穹隆圆顶的大寺统领着伊斯兰教建筑风格，重檐挑梁的大寺显然是带着中原汉民族风格，不过其中已经染上浓重的西域伊斯兰教色彩。

库车大庙是新疆最著名的大庙之一，它是典型的维吾尔族伊斯兰教大庙。据说修建于1922年，寺院1165平方米，一次可容纳5000名穆斯林做礼拜。大庙建在一个高地上，让人仰视的时候产生敬畏。大庙外墙是土红色的，木门是深绿色的。四根巨大的石柱构成建筑外立面最醒目的支撑，每一个柱顶都托着一个圆球，圆球上有一支钢针托着一轮弯月直指蓝天，四个圆球拱卫中是一个巨大穹隆，呈铜绿色。

这是伊斯兰教在西域兴盛的标志，是伊斯兰教在绿洲大获全胜的旗帜。

高高的围墙上，几只白鸽嬉戏，“咕咕咕”叫着，一撒翅，“扑楞楞”飞向天空。

大庙俯瞰着热斯坦街，那是库车老城最具维吾尔族特色的一角：狭窄的街道，弯曲寂静的小巷，低矮的土房，每一户人家都有一个小院，院子里绿树红花，还有葡萄架绿叶中一串串马奶子葡萄，生活宁静淳朴。从带花园的小院子出来，走几步就到了库车大庙，走进去，可以获得心灵慰藉。

库车，维吾尔族语写为：kuqa。

距城北20多公里的戈壁沙漠中、库车河两岸、雀尔塔格山南麓，残存着两座土塔，几段残垣，一地旧足迹，任风雨烈日蹂躏，任黄沙冰雪洗刷，任世间冷暖炎凉相向，只是用残躯承接着太阳的金辉，冷眼看着众生苦海，那就是苏巴什。

曾经的西域佛教中心万众向佛，曾经的晨歌梵唱暮鼓轻吟，遍地佛声，曾经的玄庄讲禅、鸠摩罗什说法让兰花如雨红霞满天，隋唐时期的鼎盛犹在眼前耳旁，满山遍野修建佛教庙宇，那就是苏巴什。

兴衰沉沦中楼宇坍塌，烽火连天中血流成河，佛音萎靡佛眼不开佛法隐退，从九世纪的战火焚烧，到十四世纪的彻底废弃，不再说佛，只剩过去的佛说，那就是苏巴什。

确切地说，那就是苏巴什佛教大庙遗址。

据记载，苏巴什佛教寺院初建于魏晋时期，发达于隋唐时期，废弃于宋元明时期，一条河把苏巴什寺院分成东西两处，总面积约18万平方米，佛殿、佛像、佛塔一应俱全。荒废时日既久，如今看见的只有可供想象的土建筑了。

是库车大寺的兴起导致了苏巴什的衰落？还是苏巴什的败退成就了库车大寺的兴起？我不得而知。佛教、伊斯兰教、天主教、基督教、道教，都是一种信仰，信仰的变迁有着历史、地域、民族、文化、政治、经济原因，兴起与衰落都是自由的选择，都可以让人观赏非物质文化和物质文化的灿烂与凋谢。

还是龟兹。花与果在龟兹，光与影在龟兹，兴与衰在龟兹，历史与现实在龟兹。我记起了季羡林先生一句话：龟兹是古印度、希腊—罗马、波斯、汉唐四大文明在世界上唯一的交汇点。

我踏上了这个交汇点，终生不忘。

辽远 大漠 胡杨

想去喀什,可是不行,太远太远。

想去喀纳斯,也不行,更远更远。

从成都到乌鲁木齐,我在火车的摇晃中睡着,又在摇晃中醒来,睡着醒来,醒来睡着,足足两个夜晚两个白天,准确地说是47小时。那是47个丈量高山、河流、沙漠、戈壁的过程。从乌鲁木齐南行到库车,经过库尔勒到轮台,我在长途卧铺汽车上颠簸了一个长长的夜晚,风的呼啸和沙漠戈壁的呻吟伴随着汽车狂奔。从库车再南行,一直走到大漠中的克孜尔石窟,在灰白偌大的石窟前,一尊黑色的雕塑竖立在蓝天下,那是行吟在丝绸之路的佛教大师鸠摩罗什,他高高地蹲坐着,手臂托腮,静静地参悟着。他像一个黑色的巨大坐标,让我西行的脚步戛然而止。

印度婆罗门族后裔鸠摩罗什大师走到苦难的克孜尔,一千年后我走到了他的脚下。

漫漫时光,漫漫长路。

行路的摇晃颠簸可以使行者获得许多感悟。如同人生旅途,用飞行的方式迅速到达终点,远比漫长而坎坷的缓慢行走遗憾,那要少获得许多应该获得的人生慧果,包括幸福与痛苦、欢乐与忧伤、解脱与尘缠……

我看见了沙漠、胡杨。遥远的库车之行,大多是沙漠和戈壁相伴,胡杨就在车窗外,不慌不忙跟随你,偶有胡杨探头过来张望,她绿色的笑容顿时令人一叹。

我看见了山。黑色的远山,宛如一道屏障,隐隐站在大漠戈壁那一边,注视着你,车行它也行,车停它也停,无论急躁的汽车如何狂奔,它都死死地围在车的前方,与沙漠戈壁一同圈住你,从早上到晚上,让你无法得知什么时间才能突出重围。

我看见了大漠的冷酷。黄沙茫茫,无边无际。它的形成恐怕要千万年,可记载的岁月里,高昌古城仅残存一座废墟,龟兹也只留下一截断墙,楼兰更不堪,只剩下几点遗迹,供后人推断猜想。岁月悠悠,黄沙作证。那也是一段路,生命死去,自然留存。我才知道,行路有时候很可怕。路走不完可以再走,走不出的路真的让人失望让人恐惧让人连同生命一起放弃。可是再想想,如果真的不走了,又怎么知道走不完呢?

我看见了历史。万里赴轮台,征衣冷似铁。从边塞诗里读到过边关明月,只知道那是僻远的寂寞,不知是如何僻远如何寂寞;也曾读到过塞外金戈铁马,只知道那是戍边的艰苦凶险,不知道是如何艰苦如何凶险;还读到过流放徒行,只知道那是远行的惩罚,却不知道是如何行走如何惩罚。

古代的辽远拉开了距离,拉开了幸福,拉开了欢乐,也拉开了悲苦的大门;于是,辽远变成了痛苦,变成了离散,变成了幽怨,变成了一去不复还。

今天的辽远少了许多古代的可怕。

新疆有166万平方公里,占国土面积的1/6,与8个国家接壤,中国最高、最热、最冷的地方在这里,还有最长的内陆河、最低的凹地、最大的沙漠,也在这里。如此这般,怎么行走?再用47个小时,也走不出它的手掌。

好在，辽远之后还有胡杨。即使在辽阔的大沙漠里，在生命迹象缺少的地方，只要有一点水，就会有胡杨。它用生命抗拒死亡，用生命和死亡记载岁月。生也千年，死也千年，千年之后风化成一片一丝，那也留在沙漠里，与沙漠一道与时间对峙。让那些行走在沙漠里的生命，看见希望。

在大自然面前，人生犹如一粒渺小得不能再渺小的芥子，生命脆弱得犹如不能再脆弱的风中肥皂泡。即使如此，人生依然美丽：芥子可以容纳胡杨和沙漠，可以容纳高天和长河，可以容纳戈壁和城市，可以美丽和丑陋。容纳万象的芥子是美丽的，是快乐的，是满足的，即使是芥子，又有什么关系?是这样的芥子，她的生命虽然渺小却无悔无憾。生命哪怕只有一分钟，她也会飞向高处，在那个位置可以观看美丽的风景，领略那一分钟的美丽，足矣。只是看她是不是敢于容纳是不是敢于高飞。

没有永恒，就不必去追求永恒。

我看见了辽远，看见的辽远颠覆了我想象中的辽远，颠覆了我从书上读到的辽远……

雅丹 烽火台 克孜尔石窟

我的心久久地、久久地盘旋在那一片戈壁之上。

我无法想象在那么遥远的地方，还有如此美丽的自然创造和人类创造，时间越久，那种美丽就越灿烂，空间越远，那种奇观就越突出，对城市化思维的冲击就越沉重。

雅丹地貌是一种奇异的地质现象。我的感觉是，沙漠里的风如一把雕刻刀，把沙漠里的山雕出了深深浅浅的峡谷，雕出了魔鬼呼啸的城堡，雕出了亭台楼榭和宫殿，雕出了奇峰怪壁，雕出了蘑菇石笋，雕出了满是洞窟的一片片石墙，雕出了人工无法雕刻的艺术聚落。那把雕刻刀实在太大，人类无法把握。

从库车往北走，在沙漠古河床和盐水沟峡谷里穿行，我看见了如此奇异的雅丹地貌，那不是一座山的变化，也不是孑然独立的一个景观，那是蔓延几十公里的地貌。千姿百态，一会儿是山壁如栈道般的深沟，一会儿是如叠的山墙宛如波涛起伏的凝固大海，一会儿是一朵朵坚韧的蘑菇，一会儿是斑斓多彩的石画，还有一座“小布达拉宫”……我无法不惊讶。说好是去看烽火台和克孜尔石窟的，结果在途中，就被雅丹地貌深深吸引了。

还有山谷里古龟兹与别国的交关隘口。

我相信，没有谁不被这样的自然创造所吸引。想想也是，人类雕刻地球才用了几千年，自然雕刻地球，何止千万年？用功之久，用心之专，用器之利，怎么可能不创造出振聋发聩的惊世之作？毕竟，人类还是渺小。

可是，人的不渺小却在于可以欣赏这些，享受这些，歌唱这些。

人创造的遗迹与自然同在。在古老的库车河床旁，古时候当是河水奔腾的岸边山崖上，一座古老的烽火台孤独地矗立在漠漠天空下。烽火台已经历了两千年，风蚀雨打，土垒的高台风化了，台角坍塌了，墙皮斑驳了，可是它依然傲立在山崖上，眺望着远方，警惕地注视着大漠。虽然不再点燃烟火，虽然不再吹响号角，可是它依然履行着自己的天职。

土红色的烽火台在蓝天下格外醒目，远远地从古老河床的那一头就能看见。

这座烽火台有一个让人难忘的名字：克孜尔尕哈烽燧。这座建立于西汉宣帝年间(公元前73年—公元前49年)的烽火台距今已有2000多年。我不知道它还会不会再屹立2000年？继续用非烽火的方式传告历史，传告苦难与欢乐，传告生命与死亡？

不知道古时候有多少烽火台屹立在龟兹大地，不知道多少次狼烟号角声飘扬在古老的大漠里，铁骑的声音在回想中隆隆地敲打大地，如今残存的只有破旧的土台。

可是，毕竟它是人类的创造，身上遗留下太多人类生命的痕迹、文化艺术的气息、政治军事的沟辙。我们喟叹：人类创造远比自然造化伟大许多。

克孜尔石窟佐证了我们的喟叹。

从克孜尔尕哈烽火台脚下沿河床西行，进入拜城县克孜尔乡，在明屋格塔山木扎尔特河岸北悬崖上，在茂盛的绿树陪伴下，克孜尔石窟已经默默等待我们1600多年了。

我们看见了一座白色的山崖，傲立在大漠戈壁中。山崖胸部上雕刻着一个个洞窟，迎面的石窟门洞经过修葺，搭建了屋檐，修建了门廊，设置了供参观者舒适行走的栈道廊桥，石窟的外观因此而改变，蓦然望去仿佛山腰镶嵌了一座宫殿。我知道，那种装饰一是为了遮风挡雨，一是增强它的观赏性。未加修饰的原始石窟是一个黑色的大洞，外观与没有内容的山洞毫无二致，可是石窟的洞中别有天地，从万里千里辗转而来的八方游客，渴望看的就是这个洞中天地。

在中国四大石窟里，许多人知道敦煌莫高窟，知道大同云冈石窟，也知道洛阳龙门石窟，却鲜知克孜尔石窟，这不是人们的过失，实在是因为西域路迢迢。

克孜尔石窟按照功能分为两个部分：一是僧侣居住与坐禅，一是僧徒拜佛讲经说法。按绘画内容大致分两类：小乘佛教与大乘佛教。从艺术风格上也可分两类：受佛教发源地印度犍陀罗地区影响而体现出的印度、希腊造型风格；受龟兹本地文化影响而体现出的浓郁地域风格。

这就是特色了，这就是其他石窟无法窥见的别有洞天了。站在雅丹地貌中，站在烽火台前，站在时空交汇在拜城和库车接壤的大漠戈壁山谷，我无法述说克孜尔石窟那些艺术上细致的美丽。我历来以为，面对佛的时候，感悟从来因人而异，面对美丽的自然人文景观时也如此，无法表述是唯恐亵渎了别人的感悟，让别人感悟你的感悟，受你的感悟约束。

那就不说。

许多事，佛说；更多的事，佛不说。不说是一种至高境界。

世俗小人成天叨叨叨，做不到不说；脱俗之人成天教诲别人而不倦，也做不到不说。我也做不到，但是我努力去做，于是打住，不再说。

不说的难度很大，感觉上不说比说困难得多。

香梨 博斯腾 罗布人村

深度游是一个没有边际的概念。

我看见了沙漠里的石窟算不算深？石窟后边还有沙漠。咬了一口1500年衍生到今天的果子算不算深？1500年的前边还有胡杨汁，胡杨有1亿年以上的生命史。我以为我够深度了，用脚把身体搬进西域沙漠，用眼睛搜索西域美女，用耳朵聆听西域的声音，用牙咬食西域甘果……

香梨是一个好东西。在走进库尔勒之前，我只知道有香梨而不知道库尔勒还有别的美妙。其实，不怨香梨功高震主，遮掩了库尔勒的光彩，实在是因为它太甘甜、太细腻、太嫩滑、太水灵、太爽口。想想，在戈壁滩上行走，来一口香梨会如何？在沙漠里行走，来一口香梨会如何？在烈日烤干你身躯里最后一点水分之前，来一口香梨会如何？

那会销魂，会飘然如仙，会死了就死了。

香梨是西域库尔勒特产，种植期已经有1500年历史，漫长的岁月使它日益甘美迷人，如醇酒日益芬香。据记载：有一年，法国举行万国博览会，各国送去了1432种梨子参展，最后的评比结果是金奖属于法国白梨，银奖属于库尔勒香梨。呵呵，主办国的东西我们肯定要让一让啊，银奖也不算委屈。那是1924年。

在香梨的陶醉中，我走向博斯腾。

巴音郭楞大草原有许多美丽的景观。这是一座辽阔的自然人文博物馆，面积48.27万平方公里，相当于江苏、浙江、江西、福建四省面积之和，是我国面积最大的地级自治州，号称“华夏第一州”。它有新疆最美的草原、最迷人的慕士塔格雪峰、最茂密的森林、最危险的罗布泊沙漠、最著名的博斯腾湖。

巴音郭楞有56条河流、96个湖泊，蒙语意为“富饶的河流”。博斯腾湖是巴音郭楞的骄傲，它戴着“中国最大淡水湖”的桂冠，把珍贵的淡水献给了辽阔的草原沙漠。据记载，博斯腾湖面积1200多平方公里，水源主要来自雪山。

那是一座沙漠里的大海，那座大海水天一色，浩瀚无边。海里生长着美丽的睡莲，白色的夏花盛开在湖面上，白色的水鸟飞翔在莲花上，白色的云朵倒映在水中央。海里生长着绿色的芦苇，高高的，密密的，分割着水面，形成狭长的芦苇通道，迎接着风驰而过的游艇和游人。芦苇约3万公顷，芦苇色调夏绿秋黄冬白。芦花飞扬的时候，秋天已近尾声。

博斯腾湖景区入口有一座青铜塑像：骏马少年。塑像基座雕刻了一个故事。

传说，这里原先是一片草原，草原上有一个美丽的少女，叫尕亚。草原上有一个英俊的少年，叫博斯腾。少年与少女深深相爱。可是天上的雨神也爱上了尕亚，要强娶尕亚为妻，尕亚誓死不从，雨神大为震怒，连年滴水不降，草原大旱。少年挺身而出保护爱人大战雨神，雨神失败了，少年却付出了生命的代价。尕亚痛不欲生，望天长泣，泪水化作长湖，最后投湖自尽。人们为了纪念他们，把这片湖叫做博斯腾湖。

我顿时泪眼朦胧。从无边无际的沙漠戈壁走来，我渴望看见绿洲，渴望看见河流，没有生命迹象的沙漠戈壁令人畏惧，在代表死亡的沙漠戈壁里行走既久，渴望生命成为本能的渴望。当博斯腾湖蓦然出现在眼前的时候，当她蔚蓝的水面摇动波光散发清凉气息，她浩瀚的水面绿苇茂密和白色水鸟飞翔，读到这样一个美丽的传说，那一刻，我想哭泣，想放声长嚎。

我看见了什么叫做美丽。

我们迫不及待乘船进入湖心，进入沙洲和睡莲盛开的区域。从莲花湖出来，又赶往阿洪口；游完阿洪口，又立即去白鹭洲。坐在湖边沙滩上，仿佛坐在大海边。博斯腾湖太大了，我无法沿着湖岸线走一圈，只能用眼睛眺望它的无边。

那时，我还不知道，在与它相邻的地方，是塔克拉玛干大沙漠，那个沙漠淹没了无数王国和村庄，剩下一个沙漠村寨，叫罗布人村。

告别博斯腾湖，回到库尔勒的第二天，我们去了罗布人村。

塔克拉玛干大沙漠北缘，有一个县名叫尉犁，西域古国，班超张骞时期归顺汉朝。在尉犁西南边缘沙漠里有一条河叫塔里木河，在塔里木河与沙漠间有一群人，叫罗布人；在沙漠、河流、胡杨、渔船、田野、湖泊、草原之间，有一个沙漠村寨，就叫罗布人村。

罗布人从罗布泊沙漠走出来，在这片土地上过着与世隔绝的原始生活。不耕耘不放牧，靠小舟捕鱼为生，他们的图腾里有鱼，村寨的大门有鱼的图案，不过那图案是用木头雕刻的。这是一个食鱼的部落，单一的食品带给他们长寿和欢乐，使他们生生不息。

饥食沙漠鱼，渴饮胡杨汁，那是何等的逍遥！

我们走进了沙漠中这个原始的村寨，看见了木头架造的八个图腾：生育希望灾难疾病财富风雨日月。村寨的房屋是柳条加黄泥建筑的，很结实很凉爽；村寨的楼房是木头架起来的，有纳凉的露台，当塔里木河泛滥的时候，露台就成了诺亚方舟。村寨里有木廊一直通往河边，那是著名的塔里木河，河水从村寨边流过，河上有一座索桥。过了桥就是沙丘，登上沙丘就可以看见塔克拉玛干大沙漠。据说，这是塔克拉玛干大沙漠里最高的沙丘。

朝霞、落日、春绿、夏花、秋红、冬雪陪伴着这个遥远的部落，他们没有自己的文字，没有自己的语言，却有自己的表情和精神。

我从村子里走出去，走过摇摇晃晃的索桥，走进沙漠，沙很深，我脱去皮鞋，赤脚走向沙丘，可是才走了几步，脚底灼痛，犹如踩在烙铁上，我急忙退下来。那时，沙漠的温度达到了摄氏 50 度之高。

于是，我丧失了一个高度，从此无缘俯瞰塔克拉玛干大沙漠。

身体里的弹弓

■杨永康

一

三弟小我一岁，弹弓做得特别好。不是用铁丝做，也不是用小木棍做，而是直接用三角形的树杈做。弹弓的皮筋是用自行车内胎做，至于弹丸嘛，是用捡来的新鲜羊粪蛋子做的，射程极远。

当然再远也有个谱。从村里射到学校应该没有什么问题的，同伴们没有一个信的。没有人信，好，露一手给你们看。上学的路上，有一个家伙提议，若射中了树上的鸟，他手中的一瓶水就归三弟了。水中有好多红的绿的樱桃，三弟看着眼馋，只眯了一下眼，树上的鸟就一个跟头栽了下来。鸟是射下来了，但不服气的更多了。有一个家伙说要是能射中操场边上那口铁钟，就彻底地服了。三弟说这有啥难的。只听得嗖的一声，一颗新鲜的羊粪蛋子就射了出去。

铁钟被新鲜的羊粪蛋子一射而中。美中不足的是，那高速行进的羊粪蛋子击中铁钟之后，变成碎片四散开来，有一片正好粘在了老师脸上，不巧的是碎片里渗出一滴水珠来。那水珠滚到老师的嘴边，突然停了，远看极像一颗透明的痣。讲课的时候，那颗痣就在老师的嘴边，随着他讲课上下滚动，同学们都担心透明的痣会突然消失。课自然上不下去了。老师叫起一个男生来，男生不肯说。老师又叫起一个女生来，女生也不肯说。

这时，三弟站了起来。三弟问老师上课之前是否经过铁钟？老师说是从那经过的。三弟又问老师经过时是否发现什么异常？老师说没什么异常。三弟让老师再想想。老师想了一会儿说，响声有些沉闷。三弟说，想想看，一口好好的铁钟，怎么会突然变得沉闷了？老师用手敲了一下自己的头说，对对对，有一团黑色的东西撞在钟上，然后沉闷地散开。三弟说有味道否？老师下意识伸出自己的舌头在嘴边舔了一会儿说，好像有一股羊膻味。三弟说这就对了。边说边从口袋掏出弹弓，双手交给了老师。

老师挺生气，罚三弟用树枝做107根教鞭。三弟一次做了34根教鞭送到了学校。没有人敢收，那年月正“反潮流”呢。老师躲在厕所里死活也不出来。三弟蹲在厕所边上，想做更多的教鞭，做到107根，每班发几根。老师明白，再做下去，他这个老师肯定做不成了。

三弟执著，一直做到后半夜，梦里还在做呢。校长出来巡视，见一个孩子在月光下边打呼噜边忙乎，走到跟前一看，是三弟在削数枝做教鞭呢。老师怎么也摇不醒三弟。做到106根的时候,三弟醒了,醒过来一看还差一根呢。

二

我与三弟并不在一个班上课。不过那时候老“开门办学”,要给学校割猪草。全校几百号人数三弟割的草最多,数我割的最少。倒不是我懒,我总是找不见草,即便站在草堆里也找不见。太少,脸面上不好看。三弟完成了自己的任务,就帮我割。割多了,背不动。三弟办法多,反正到校门口我的猪草重量就增加了。

有些同学不服气,有一个同学假装来帮我背猪草,左一摇,右一晃,塞在草里的石头不到校门口就掉出来了。三弟想揍那同学一顿,被我拦住了。三弟说,不揍就不揍。有一天称猪草,那同学的草捆里突然掉出几块石头来。学校罚那同学再割一捆回来。

那时候狼多,那同学胆小不敢去。正磨蹭,三弟自告奋勇要陪着去,老师觉着两人是个伴,就让他们去了。猪草倒是很快割够了,那同学急着回去,三弟说不急不急,他撒泡尿。那同学在一人多高的青草里等三弟,左等右等就是不见三弟回来。正要回去,一样东西搭在了他的肩膀上。一摸,毛茸茸的。那同学很纳闷,以为是三弟在搞什么鬼,喊了一声三弟的名字。没有动静,心里有点发毛了。好端端的手怎么会毛茸茸的?别不是碰上狼了?想回头又不敢回头。大人们说,遇到狼,千万不能回头,一回头就完了。那同学两腿正打哆嗦,只听得“嗖”的一声,那毛茸茸的东西就连哭带嚎地跑了。那“嗖”的一声是三弟手中的弹弓发出的。那同学早已瘫在地上。三弟连人与草一块儿背了。

三

三弟在另一个村子上的初中,班上有一个女生,辫子挺长,同学们都叫她铁梅。有一个男孩老欺负铁梅,欺负的办法是:老用火柴烧铁梅的辫子。一节课下来那辫子肯定少了一截。那男孩挺壮实,就坐铁梅的后面。同学们都义愤填膺,就是没有人奈何得了他。班上的几个男生想教训那男孩一顿,反而被人家教训了一顿,个个鼻青面肿好几天不敢见人。

三弟不服气,把那男孩约到操场上。那男孩根本就没有把三弟当回事,一个劲地歪着头掏耳朵。三弟气坏了,一头就撞了过去。三弟个子矮,只能用头撞他的腰。那男孩哼都没有哼一声,头照歪,耳朵照掏。三弟憋足了劲,第二次撞了过去。这次三弟的头撞在了那男孩的头上。他摸了一下头说,要不要来第三下?三弟牙一咬,又一头撞了过去。那男孩见三弟使出了浑身力气,身子向旁边稍稍地一歪,三弟的头就向一面墙撞了过去。那男孩正等着看三弟头破血流呢,谁料铁梅出现了。三弟只能撞到铁梅的怀里了。那男孩沉不住气了,想拼命。不拼命以后还怎么混?

那男孩就从口袋里掏出一样东西来。三弟一看放下心来。掏出的不是别的,是弹弓。三弟说,这东西咱也有,说着也从口袋里掏出弹弓来。那男孩不屑一顾地说,想比试比试?三弟说,比试比试无妨。怎么比试?用辫子比试。用辫子怎么比试?后退五十步,射中铁梅辫子者赢,伤人者输。输了就不能再欺负铁梅。那男孩觉得自己的手艺不算赖,有赢的胜算,伤着人正好解解气,答应得挺痛快。

那男孩先拉开了弹弓,轻轻地吸一口气,一块小石头就射出去了。辫子射中了,人嘛也没有伤着。还挺得意。到三弟了,三弟也轻轻地吸一口气,拉开了弹弓。只听得"嗖"的一声,小石头就射出去了。那石头先轻轻地撞到土墙上,然后反射回来,击中了辫子。那男孩不服气,说三弟是瞎碰的,不能算赢。三弟笑一声说,不算赢就不算赢。再来一次给你看。说时迟那时快,只听得"嗖"的一声,又一颗小石头飞出去了。那小石头先射在了土墙上,然后反射回来击中了那男孩的头,又反射回去击中了铁梅的辫子。围观的同学一片喝彩声。

此后,那家伙再没骚扰铁梅。

四

以前铁梅喜欢去学校围墙外读书,那里有几排白杨树,个个光滑白净。偶尔树干上会出现一只眼睛,或者嘴巴,甚至耳朵什么的,都没有什么稀奇,那都是风吹日晒的结果。

一个在树下早读的同学读了一会儿书,有点无聊,便对着一棵白杨发呆。这一呆,吓了他一大跳。树干上竟然长出一条辫子。越看越像。细看下方是几个歪歪扭扭的大字……我爱辫子。好多树上都有。一传十,十传百,把学校惊动了。

那时候谁敢这么新潮地说爱呢?谁说爱,谁就是流氓犯。爱老婆也不行。难怪那时候生出那么多的恨。班上的一个男同学,看了《红楼梦》,说他爱上了林妹妹。有人给班主任打了小报告。班主任是个代生物的老师,四十岁还没有结婚。一听说林妹妹丹凤眼挺漂亮,兴奋不已,非要那同学告诉他林妹妹是哪个村的。那同学死活也不肯说。班主任又上纲又上线,那同学有点害怕,就说了实话。《红楼梦》是一本书。

书里的也不能随便爱。那同学硬是被当作流氓犯处理了。所以出了辫子的事,当然不是小事了。各班都在查。最后查到铁梅身上了。铁梅死活也不肯说出真相。实在顶不住了,就偷偷地来找三弟,希望三弟认了这件事。三弟说,又不是我干的。铁梅说她知道不是三弟干的。三弟说,除非说出真相。铁梅说,是老师干的。三弟一听气炸了脑,拿出了口袋里的弹弓。铁梅鼻涕一把眼泪一把地求三弟说,有啥用啊,身子都是他的了。三弟果然认了。学,自然也上不成了。

五

三叔父是队长,有威望。三叔母会过日子,有吃不完的粮。三姐是教师,有工资。三弟回家不长时间,就有人上门为三弟提亲了。第一个订了婚不长时间又退了婚,问题不在三弟,也不在姑娘,三叔母嫌那姑娘个太矮。不久有人介绍了现在的弟媳。三弟很快就结婚了。三弟媳接连生了两个男孩,三叔父、三叔母、三姐、三弟都很高兴。孩子稍长大一点后,三姐在一个工厂子校为三弟媳找了一份教师工作。三弟在家里待着。三弟媳性格开朗,人缘好,难免有闲话传到三弟的耳朵里。时间长了三弟心里不踏实了，两人见面少，可架并没有少吵，不是在自己家里吵，而是在二姐家里吵。

三姐又给三弟在厂里找了一份零活干。收入没有弟媳高，三弟正觉着窝囊，一家中专学校的校办印刷厂看中了三弟会印刷的手艺，招了三弟。月薪挺高的，就是离三弟媳的子弟学校挺远的。还好那个子校没有几年就解散了。学校解散了，三弟媳就回家了。以前是三弟不放心三弟媳，现在轮到三弟媳不放心三弟了。三弟说，不是不放心吗？那整天看着好啦。三弟媳说看着就看着，整天守着三弟。领导找三弟安排工作，三弟媳跟着；领导与三弟出差，三弟媳跟着。三弟没法干工作，三弟的领导也没法干工作，三弟只好辞了工作。三弟媳整天闲着，三弟也整天闲着，整天闲着就吵架。一吵架三弟媳就躺着不做饭了，不是一天两天，而是十天半月的。没有人做饭，三弟脸上很没有面子。

一个大雪天，三弟拿着绳子要去上吊，突然想起得把小时候的弹弓带上，便回家去找弹弓。一进门，发现三弟媳已经中风了。治疗了一年多，半边身子总算可以动了。又一年后，可以说简单的话了。第三年可以做简单的饭了，全家人都挺高兴。这时候，三叔母中风了。看了一年多病，三叔母的身体总算有了知觉。但出现了幻听幻视，老听见死去的人说话，老看见死去的人。开始三姐陪着三叔母睡。老这样幻听幻视，三姐不敢陪三叔母了，三弟便白天晚上陪着三叔母。三叔母还是睡不踏实，老说墙上有蓝色的火焰，老说三弟身体里有弹弓。三弟说，身体好端端的哪来弹弓？三叔母就是不信。为了让三叔母睡得安稳，三弟把家里各个角落都找了个遍，就是没有弹弓的影子，也没有蓝色火焰。三叔父去庙里要了符，夜深人静时在院子里烧了。三叔母从此安静地躺在床上。到了第六年，三弟媳再次中风。那天三弟与三弟媳妇在院子里种黄瓜，三弟媳突然说弹弓弹弓，就头向下倒在新挖的泥土里。三弟媳就这样离开了三弟。

一天，三弟在院子里的梨树上发现了一只弹弓，小时候的弹弓。三弟伸出了手，可怎么也够不着。搬来了凳子，搬来了梯子，只够着了一朵白色的花。三弟开始使劲地摇那棵树，先摇落了树上的花，接着摇落了树上的叶子。没有叶子的树没有花的树，远看多么像小时候装在口袋里的弹弓啊！此刻，距离三弟的身体是那样近。

（杨永康，男，中国作家协会会员，中国散文学会理事，鲁迅文学院第22届高研班学员。曾获第四、第五届敦煌文艺奖，第一、二、三届黄河文学奖，第二届在场主义散文奖，第三届冰心散文奖。著有诗集《满手汉字》、散文集《再往前走》、《咖啡馆渐次消失》等。现供职于甘肃省庆阳市陇东报社。）

大寨畅想

■赵　凡

一个寨子的故事

2014年农历正月初一晚上，山西省昔阳县城公路两侧火树银花，街边商店、银行、会所、饭店及办公楼现代气派十足，建筑工地的塔吊也显示出房地产业正在牛市。如果不是亲眼看到，我不会相信，这就是因大寨而闻名天下的昔阳县城。

要论起昔阳县城的历史悠久度，大寨哪里是一个档次！公元前500多年，这就是肥国都府。但老城一直并未释放出很大的影响力，反过来，现在人们来昔阳是路过或者歇脚，大寨才是目的地。

从昔阳县城到大寨，公路宽敞平坦，汽车里程表显示的公里数6公里多，几分钟就到了。

"为昔阳骄傲，为大寨自豪，为人民服务"，从公路边一闪而过的一行大字，直接将昔阳和大寨进行了红色联系。上世纪60年代，"农业学大寨"的口号风靡。这句话当时是被奉为毛主席最高指示的。学大寨，学什么？当然要亲临现场，亲身体验。而昔阳县城，跟着大寨村沾光就这么火了。

一进大寨村，三层办公楼门口挂着三块条牌："大寨村村民委员会"、"大寨村民兵连"、"中国共产党大寨村支部"。站在门前，很像站在一条沟的底部，由梯阶型的房屋建筑环绕，中间的小广场，两棵老树叶子早就落光，粗壮的树干和光秃的树枝。

大寨村本身有宾馆，挺高档的，就矗立在"大寨欢迎你"的大招牌边下。从60年代中期开始，大寨以不同档次的招待场所，接待了形形色色各类人群，他们当中有：18位外国元首，上千万国内慕名学习参观人员和2.5万名以上国外游客。大寨礼堂在六七十年代，度过了极其辉煌的黄金时期，座无虚席的会议不断，演出一场接一场，文工团吹拉弹唱，人才济济。

不到500人的大寨，能在上世纪夺了昔阳古城的名头，是有背景的。60年代初，我国连续三年困难时期，加上频繁的政治运动，国家经济状况之糟糕，现在人可能难以想象。

1963年，一场大水毁坏了村里几乎所有的房屋和庄稼地，大家全都蒙了。可大寨人挺硬气，不要国家支援口粮，白天抢救庄稼，晚上抢修房屋，不分昼夜，不分男女，靠着铁汉子和铁姑娘的拼命，真把日子挺过来了，谱写了时代的英雄曲——"高山挡不住太阳，困难吓不倒英雄汉；脚踏岩石头顶天，大寨人民意志坚。”

这样的故事，一经各级汇报和媒体报道，被提炼总结出一种精神，叫“自力更生，艰苦奋斗”。毛主席很是高兴，在多种场合表达出要把大寨作为样板的意思。1966年8月12日，党的八届十一中全会公报正式提出了流芳后世的“三个学习”：“工业学大庆，农业学大寨，全国学人民解放军”。此后10多年间，大寨的影响遍及中国每一个村落，成为中国政治版图上的重要标识。

可这样板是以人民公社为基础。上世纪70年代末，安徽小岗村式包产到户开启了中国农村改革开放的新模式。一个时代的落幕伴随着很多人情感和命运的大起大伏，大寨不情愿地接受了自留地，也接受了从辉煌到被冷落的现实。

大寨人当然很快想到了用自己的金字招牌。上世纪90年代后，大寨办起了羊毛衫厂、酒厂、饮料厂……大寨的产品开始出现在不同的广告牌中：“大寨”牌核桃露、“大寨”牌黄金饼、“大寨”牌白酒……大寨的窑洞改造成了接待游人的“农家乐”，虎头山公园景区树木茂密，道路平阔，门票年年攀升，如今已经高达48元一张。

在今年“两会”上，已经68岁的郭凤莲有句发自肺腑的话令人印象深刻。她说：“大寨这个名字不是工商局注册的，是毛主席送的金字招牌，我感到不用就太可惜了。”

面积只有1.8平方公里的大寨，经过上下两度颠覆，逐步平静下来。在被全国学习的日子里，大寨享受到了足够的荣誉，而今天，全国人尘封的记忆被一点点地转化为旅游产业，它的精神衍生品，于村民，是实惠和恢复过来的自信；于游人，是对青春的缅怀和不断滋生的热情，如我，作为偶过的游者，一边查寻记忆，一边呼吸山林的气息。

大寨人的故事

说大寨，最令人感慨的可能是大寨人的故事。地方不大，人口不多，但是命运却跌宕起伏到全国乃至全球瞩目，什么样的魔力棒在起作用？

命运是偶然的，如果你用最感性的部分体会；

但也可能是必然的，如果你把事物理性地串联起来。

春节期间，游在大寨村，我见了三个人。

大年初一，夜幕降临，又是阴霾天。晚上大寨的村办公楼空荡荡的，“农家乐”旅馆饭店倒是红灯闪烁，满是福字春联。一位穿红衣裳的中年女老板被唤来，打开门锁进院，窗花贴得热闹而灿烂，炕头被褥叠得方方正正，只是太冷清。“过节，不生火了，谁家都一样的”，她抱歉地笑着说。这女子看年龄应该是70后人。

面对客人种种好奇的提问，她并不情愿地支应着。“是的，我是土生土长的大寨人”，“老一辈人的事情我不太清楚”，“过去来的人多，现在少多了”，“我当然要下地干活，走路上山，呶，就在那座山上”。她随便地往院外高处指了指。她补充说“夏天才是这里的旅游旺季，现在没什么可看的”。

初二一大早，我从昔阳县城再次赶过来，找到大寨人民公社的旧址，刚想进去拍摄，不料被狂烈的狗叫吓住。一汉子路过，说“里面是私人住家”。

大寨的民居建筑，只有村办公楼和中心广场占据狭长的平地，如干涸的河流，两岸逐次上行，呈梯阶状，一层建筑的上坡是另一层建筑，感觉很像梯田。大寨公社旧址、大寨名人博物馆、大寨酒店，都在第二层梯状建筑群中。没人的晌午，行走在空巷的山坡路上，脚步都很寂寞。

透过大寨礼堂收发室的窗玻璃，看到一中年男人的脸，正对着电脑微笑，哦，那不就是刚才的过路人吗？他走出来招呼，一边打开了礼堂的门锁。

礼堂的门牌如今已成“昔阳县文工团”，礼堂内黑黢黢的，勉强看出里面堆满了桌椅。只有挂满墙面的黑白老照片，提醒人们，这里曾经是多么鼓乐齐鸣、人声鼎沸。

闲聊中，看门人不无羡慕地说，这里60岁以上的老人，每月能有300元的养老补助，孩子从幼儿园到小学免费上学，考入大学的村里每年发放奖学金，“都享了老一辈战天斗地创业的福了！”他说自己不是本村人，所以没有这个待遇。

一个特殊的时代，将“战天斗地”四个字，刻印在大寨人的形象上。而要说到大寨人“战天斗地”的传奇，两个男人和两个女人是其中最耀眼的主角和配角。他们是从大寨走出的共和国副总理陈永贵，主动让贤陈永贵的贾进才，全国人大常委会委员郭凤莲以及大寨第一位妇女干部宋立英。四个人当中，除去任职很多的郭凤莲实际很少来大寨村，其他三人，陈永贵和贾进才已经长眠在虎头山上，唯独宋立英，仍然在大寨村。她就是我在大寨遇到的第三个人。

清晨，村头连排的砖房已经洒满阳光，上面几个醒目的大字是：“记忆传承梦回大寨”，这便是当年的谷仓了。一侧的民居院落，有女人正掀门帘，端碗出来，又进正房。初二女儿回娘家，大多数北方农村都保留了这个习俗，大寨也应该不例外，端饭的女人应该是这家人的女儿。隔壁是陈永贵旧居，再隔壁，是“宋立英土特产专卖店”。

阳光直射店面前用大红纸写成的对联。对联写得很官方，昔阳县满大街都是，而且内容特与时俱进：上联是“新年新气象描绘新蓝图”，下联是“好人好风尚传递正能量”，横批“春满昔阳”。一位老太太迎面出来。“我就是宋立英”，她落落大方地招呼，随后过来的儿媳妇连忙打开专卖店。

不大的屋子里，货品琳琅满目，从印有“文革”时代印记的瓷缸、军挎包，到大寨历史的书籍、邮票和录像带，从日用品、食品，到杂粮煎饼、核桃等土特产，还有满墙的旧照片。宋立英指着照片讲解：“这是我丈夫贾进才。”“那是我当年。”说这话时的宋立英，已经84岁。

在“农业学大寨”时期，赫赫有名的大寨女性是郭凤莲。而大寨的第一位女党员和第一个妇女干部其实是宋立英。宋立英和丈夫贾进才一直是劳模形象：干活卖力不惜命，甘当二把手不争功。她的两个手指，据说是为保护公家财产被切掉的。

握着宋立英的手，我看到了两个残指，她并不忌讳，主动提出要售书签字，握笔时手很稳，字也写得不错，“是当年上识字班时学的。”她说。

宋立英的小超市是小儿媳妇的，她大女儿，应该和郭凤莲是同龄人，也曾是原汁原味的“铁姑娘”队员，如今生活工作在河南。两个儿子，大儿子也在河南，小儿子在昔阳县。穿着暗花的红棉袄，宋立英的干脆利落劲，与她见过世面和有故事的女人身份很贴。她不停地叙述着当年，上世纪60年代初的那场大水，毁坏了大寨人的生活，房屋倒塌，庄稼地被淹，大寨的铁姑娘和男人们一样，凌晨就到地里，将苗一株一株地扶起来。晚上又去修水利盖房子，半夜才收工，一天只休息三四个小时。

是一辈子的劳动还是半辈子的光荣,让84岁的宋立英腰板直挺,神情矍铄。她送我们出门时低声说,不行了,现在腿经常疼。

离开大寨村时,忍不住回头看,远远地,有人举着扫把在扫地,太阳光洒在她身上,一晃一晃地,正是宋立英!

连着两天,在昔阳和大寨之间走了两个来回,让我不禁萌生疑问:为什么这个山沟里能长出如大寨这样的产品?能够让大寨走出大寨的元素是什么?依照我的理解力,有三个理由可能是成立的:

——有改变贫穷的潜质。在距离繁华并不是绝对远的空间范围,人们对改变命运的前景肯定是有期待的。比较那些地处偏远又穷山恶水的地方,如果未来全在绝望中,出刁民的可能性会更大。有希望,就是心中最大的正能量。

——有能人存在和发挥能力的土壤。将大寨领入巅峰的陈永贵和领大寨重振旗鼓的郭凤莲,没有人能怀疑他们是大寨能人吧?可这两人,从根上说,都是从别处流落迁移过来的。大寨村以宽阔的胸襟接纳了很多同类的外乡人,当外乡人显露出比本村原住民更高一筹的才华和能量时,他们的态度是:接受且提供发展空间。以这样的逻辑,我才能更通顺地解读陈永贵、贾进才、郭凤莲和宋立英四个人的故事:贾进才,大寨最早的党员干部,最早组织合作组,但当他意识到陈永贵这个后生肯吃苦、勇担当、有组织能力的时候,主动将陈永贵推举到前台。宋立英,大寨最早的妇女干部,无论在16岁的姑娘郭凤莲任铁姑娘队长的时代,还是在郭凤莲回乡带大家重新创业的时代,她都甘于默默做一个女劳模。试想,如果大寨人是封闭的、排他的,这个村的命运可能会和千万普通落寞的山村命运一样。

——有朴实却不迂腐的性格。咬牙猛干活,凭实实在在的劳动投入,不是所有人都能够像大寨人那样,愣是打出不要外援旗号的。但他们是傻干活吗?不是。傻干活的人很多,大部分人都不可能成为学习的榜样,反而会不停地以别人为学习榜样。当机遇到来的时候,大寨人不仅迅速抓住了机遇,而且把机遇尽可能地放大。

虎头山上还立了郭沫若和孙谦的墓碑,他们都不是当地人,但大寨用这种方式,感恩曾经为大寨扬名而作出贡献的文化人。

一片土地的故事

以现在的空间距离推测,很难想象大寨能贫穷、艰苦到什么程度,只有走近它,才明白贫穷真的可能存在。

一座山,又一座山,山不高,然而碎到很难看,一块凸出去,一块凹下来。地处太行山腹地,大寨周边山形几乎全是这样的一道道深浅宽窄不同的山沟和一道道高低长短不一的坡梁,所谓"七沟八梁一面坡"就是这个意思吧?现在的人擅长经济用山地,所以你如果沿途看山,景致并不美,因为大片大片都是新修的墓地。

可当年的大寨,想的就是在这样的碎片地里种庄稼,难度有多大,收获就有多微。从上世纪50年代初到70年代初,大寨人利用传统的冬闲时节,先后治理了白驼沟、后底沟、小背峪沟、狼窝掌、背峪沟、麻黄沟、老坟沟等荒山野岭,在寒风刺骨、滴水成冰的冬天,用大寨精神改变大寨地貌。

早在1953年治理白驼沟时，他们采用的方法还比较原始：石头砌坝，然后填土，三年下来，修筑几十条石坝，造了近40亩地，粮食由过去的亩产不到200斤达到1956年的亩产349斤。这种原始的方法，后来在“三战狼窝掌”时遭遇挑战。狼窝掌，听上去就是狼群出没的地方，是大寨最长、环境最恶劣的荒沟，所谓三战，是因为前两次的土地整治，都被洪水击垮，水下来，辛辛苦苦垒砌的石坝全被冲走。陈永贵从大寨窑洞的弓形中得到启示，于是，第三次治理时，筑起弓形坝。就这样，大寨可以耕种的土地越来越多，地块越来越大，原来分散的4000多块地，小的只有几厘，大的不过一亩多，变成了小的也有一亩多，大的会到20多亩。

大寨土地整治的这段历史，给我们的印象有三：

第一，改天换地的热情很重要；

第二，战天斗地的干劲更重要；

第三，改天换地或者战天斗地的智慧尤其重要。

土地，在中国人眼里，特别在农民眼里，地位是与天齐高的。如果说，在“农业学大寨”时代，人们首先学了大寨精神，那么其次，就是学了大寨土地整治的勇气和智慧。

虎头山上有座著名的渡桥，也是农业学大寨时代的产物，但是今天走上去，感觉有点异样。冬季，干枯树枝头上突然传来一阵鸟鸣，不是农村熟悉的麻雀或者喜鹊声，相比之下更清脆、悦耳、悠长，如置身森林公园。是的，如今的大寨，生存发展的途径，拓展到了农业之外，比如工业，比如旅游业。据统计，大寨现在的农业收入仅占总收入的0.3%，而工业收入和旅游收入分别占到了56%和30%。

从屯兵之“寨”，到“红花遍地开”的人民公社，土地的主题经历了荒岭到耕地之变。今天，大寨村土地的主题经历了另一场变革——从农耕到生态农业。

渡桥下面，具有标志性的巨石上刻着“和谐大寨”四个字。大寨村的耕地，在退耕还林后，还保留了400亩，由30人的专职队伍用统一机械耕种、统一水利灌溉、统一购买种子肥料、统一提供科技服务的方法耕种，目的已不单纯是收获粮食，还有为游人提供层层梯田的大美风光。

就在这块梯田的公路入口，我看到了一个高耸的铁架子，上面的牌子写着“大寨基本农田整理项目区”。这个项目区的土地面积80.41公顷，参与整理的面积78.61公顷，相当于1179.15亩。目标是通过土地整治，新增耕地3.52公顷，即52.8亩。

这个目标对于大寨村，象征意义大于实际意义。大寨人更感兴趣的，更像是项目涵盖的另一些与生态有关的内容，包括土地平整工程、农田水利工程、田间道路工程和林网工程。他们要通过对田、水、路、林、电进行统一整治，让田成方、林成网、路渠更加整齐通畅。

不拒绝任何一种方式，让土地更美好从而让生活更美好，这很符合郭凤莲说的大寨的大梦！

（赵凡，女，天津南开大学世界文学硕士，中国国土资源报社总编辑，中国国土资源作家协会会员。有散文、诗歌、报告文学等作品发表于《读书》、《读者》、《21世纪》、《新生界》、《大地文学》等刊物。）

苏州往事

■成铁军

老吃客

吃货、吃客、美食家虽然具有爱吃会吃的相同点,但在美食文化的修炼上却差别明显,平心而论,吃货人人能当,好美食而成家殊为不易,至于吃客,一般来说介于两者之间,但因为“吃在苏州”享誉天下,古城被美食文化浸润了上千年,所以如果是苏州老吃客,那更有可能离美食家只有一步之遥了。

苏州老吃客讲究老字号。初春季节的时令佳品酱汁肉,只认定曾祖父辈所推崇的“陆稿荐熟菜店”,而在百年老店“松鹤楼”宴请亲友方显隆重,闻名遐迩的松鼠鳜鱼将给足宾客双方面子;购买松子糖等苏式糖果要首选道光年间始创的“采芝斋”;糖年糕猪油年糕非中华老字号“黄天源”的不要,于是就出现这种状况,每年春节前“黄天源”店门前总是排起一条长龙,而其他门店则是冷冷清清,真是金字招牌无价;有不少老苏州爱喝上几两加饭、善酿(均为黄酒),他们只认“元大昌”的,终身不改。同事老徐,73岁了,从小在山塘街长大,从地质学校毕业后在辽宁、内蒙古从事测绘工作20多年,人在塞北,却常常梦见家乡“元大昌”的黄酒,年过四十终于调回苏州,起先他家住干将路,距“元大昌”观前街店很近,差不多每周都要提着加仑桶到“元大昌”零拷黄酒,后来搬到了南环路,他儿女不放心,让他就近买瓶装黄酒,别路远迢迢地赶到观前街打酒,可老徐就是不听,他就认准了“元大昌”的,说就这家店的黄酒醇正,其他地方零拷的喝不惯,家里人拿他没办法。

苏州老吃客对食品种类、鲜活、节令颇有讲究。比如苋菜要选状似木耳、叶大肥嫩的“木耳苋”;体型大、每荚能剥出四粒豆子的“牛踏扁”蚕豆才受欢迎;青菜本是大路菜,但老苏州对上口微甜带糯的“矮脚青”情有独钟,满桌佳肴,“矮脚青”往往先被一扫而光;立秋后上市的芡实是营养丰富的清补,但老苏州只锁定苏州南荡产的芡实,所以凡是开店设摊或挑担走巷的都必称所卖芡实产自南荡。上世纪60年代,被老苏州称为南荡的黄天荡完成围湖造田,南荡芡实不复存在,从此只能留在记忆之中了。举凡荤腥特别是河鲜,苏州老吃客对鲜活二字近乎苛刻,“鱼要蹦,虾要跳”是选购河鲜的底线,鱼虾的个头小点可以接受,鲜活却不容商量,就是糠虾熬酱,也要毕活鲜跳。至于节令,韭菜要吃头刀的,螺蛳和田螺清明前的最为上乘,肉嫩味鲜,过了清明,壳内会孵出小螺蛳,肉质也降了一个档次。

很多苏州老吃客对蔬菜河鲜或者主食会命名一些非常雅致的名词，让人听了垂涎欲滴。比如，明明是面条煮糯米圆子加上一撮葱花，老吃客称之为“雨夹雪”，形象生动的名词怎不让人食欲倍增？如果听到老吃客说哪天吃“罐头肉”和“独脚蟹”，你千万别误以为他加餐了，其实那只是两种家常菜，罐头肉是螺蛳，独脚蟹是发芽的干蚕豆，因为烹调得当，也确实可以做出美味来，让其名副其实。苏州老吃客反感将空心菜称为“无缝钢管”，认为这破坏食欲，也不喜欢称空心菜，习惯叫白梗和青梗两种蕹菜，并坚信白梗蕹菜更胜一筹，事实上确实如此。吃年夜饭时，黄豆芽因状似如意而叫“如意菜”，青菜则因色彩青绿而叫“安乐菜”（吴语中绿乐同音），这叫讨个口彩，皆大欢喜。

我的叔叔大概可以称为一等一的典型苏州老吃客，符合苏州老吃客的各种要件，老人已耄耋之年，但气色良好，血压血糖血脂等指标均在正常值范围，百岁寿辰可期。老叔叔与我们晚辈聊家乡美食是一套又一套，但眉飞色舞之间，也不时会蹦出营养学、养生学甚至是运动学的名词。从苏州老吃客的吃经中可以悟出，他们讲究吃得清淡、新鲜、时令、适量，这恰好契合现代科学膳食的要求；同时，苏州老吃客能够与时俱进，以良好的生活方式，既享受美味，也注重健康。

青年会

如果要撰写苏州文体场所发展变迁史，应当大书一笔位于苏州市中心北局的青年会。到青年会去看球、听歌、学歌是少年时代的一大享受，青年会无疑就是苏州的娱乐大世界，给当年我们这些中小学生带来过无穷乐趣。

上世纪五六十年代，苏州市的机关、学校乒乓球运动开展得已很普遍，青年会堪称全市乒乓球活动中心，各单位名将云集此地，彼此交流切磋过招。我记得青年会一楼平时放置两张球桌供爱好者练球，球桌很少有空闲的，观众在四周围成一圈。周末就更成球迷的节日，因为每周几乎都安排一场苏州乒乓球高手的对抗赛，通常有五到六场对垒，犹如擂台赛，压阵的擂主当然是苏州当时的顶尖球星了。这时，场内的球桌撤为一张，球迷们聚焦心目中的球星，期盼他们打出精彩的对攻。

我那时最爱看削攻对局，削球防守一方叫殷成基，他能够远离球台，将对方的攻球一一送回，有时你来我往达十几个回合，让人眼花缭乱，目不暇接；当攻球方开始急躁，攻球下网出界时，殷成基依然不紧不慢面带微笑，从容回球，观众则已经乐不可支。稍晚，两位国家一级运动员徐菊生、宋振海等回到苏州也经常亮相，记得徐菊生右推左攻，是左撇子版的小李富荣；宋振海身高力大，两面开弓，被誉为庄则栋的打法、周兰荪的力道，只要听闻徐、宋出场，球迷一准早早赶到青年会，占据有利位置，晚到的只能踮起脚看半景。

青年会也充满了音乐氛围，口琴队、合唱队都在此扎口训练，平时晚上和星期天全天，音乐发烧友汇聚一堂，我们同学几个站在场外看热闹，也学到了很多音乐名词，什么声部、和声、高八度、切分音符等等，还了解了不少音乐大师的代表作，补充了我等贫乏的音乐知识，记住了贺绿汀、刘天华以及肖友梅以及华彦钧等先生的名字。

爱好音乐的小学生也可以在青年会学新歌，当时二楼有个大厅专门教新歌，凡有兴趣者无论年龄、职业、文化程度均是受欢迎的上宾,老师不厌其烦地一句一句教,我们当中有五音不全的,然而却一本正经地跟着唱,居然也学会了不少当时的流行新歌,现在回头来看,都是慷慨激昂的红歌。

喜好到青年会去固然是因为活动丰富多彩,另一个重要原因是可以享受免费的“馅饼”,青年会的活动项目都不收费,那当然是囊中羞涩的我等学生求之不得的。试想,要是进青年会要买门票,恐怕一大半球迷、音乐迷要被拒之门外了。至于学唱歌,一张歌谱回收一分钱的纸张成本,完全是象征性的。青年会地处黄金地段,放到现在出租,恐怕租金不菲,虽然青年会早已不复存在,但是如果考虑社会效应,还是应该保留这样的公益性文体娱乐场所。

缩脚语

上小学时,有个远房表姐到了谈婚论嫁的年龄,单位里有两个小青年追求她,表姨父要她作出决断,问表姐到底是喜欢“蜡插焦”,还是中意“一本万”?我正好在场,表姨父所言根本就听不懂,顿时有如坠入五里云雾之中,小孩子又不好当面多问,感觉表姨父好像地下党在用暗语接头。后来在我央求下,一位长辈总算给我破译了涵义,“蜡插焦”指那个小青年姓王(吴语王黄同音,所以说王黄不分),而“一本万”则是指另一个小青年姓李(利李同音)。

这可能是我第一次获得的缩脚语入门教育。原来缩脚语就是把一个成语或常用俗语的最末一个字隐去,只讲前面3个字,利用最后一个字与要表述的字同音,虽然对方有时候听了会愣一愣,但一般马上就能会意。

使用缩脚语可以使对话变得风趣生动,避免呆板。比如老彭出差了几天,就有善于即兴创作缩脚语的邻居询问其太太彭师母:怎么几天没见到你家的“修缸补(甏)”啦?意思就是牵挂老彭了(吴语中甏彭同音),语境显得十分亲昵。

对话时使用缩脚语的前提是对方能听懂,而且彼此之间关系比较熟悉,套用一句缩脚语,就是你得掌握对方的“七高八(低)”,也就是彼此知根知底,如果对话方不熟悉缩脚语或者彼此关系并不融洽,千万忌用慎用,否则要么把你当成怪人,要么引起误会。

也有用缩脚语发泄不满的,比如某人很得意,另一人不服气,就会在背后说:别“咪花眼”(笑)得太早,到时候教你“狼嚎鬼”(哭)都来不及!缩脚语更要用对场合,有个小孩一次考试成绩差,他老子不好好教育,开口闭口地责骂儿子不用功读书,是个小“笔立四”(直)的坯子,就是小贼坯子的意思(吴语中直、贼同音),那个小孩被骂急了,竟回骂其老子是老“笔立四”(直)。

缩脚语使用场合不当,其教育效果就可想而知了。“文革”中的1967年苏州武斗升级,那时候市民最害怕造反派策划“风吹浪”,这句缩脚语意味着要哪个造反派头目嘟囔着要“风吹浪”了,那么一场血腥的打砸抢就可能开场。而当下“雀战”蔓延在街头巷尾,如果有人喊三缺一聚一桌,那就意味着老苏州讲的一场“结葛摞(躲)”开始了,吴语中躲、赌同音。

1971年国庆前夕,坊间开始传闻“九一三”事件,因为中央文件还没有正式传达,谁都不敢胆大包天地公开非议林彪“副统帅”,但是老苏州们对这件事情又实在难抑好奇心,于是有了非老苏州根本听不懂的对话,有如谍战片的接头对话:“听说原始森一家门鸡毛掸哉!”(原

始森指林，鸡毛掸指走，帚走同音）

“俚笃跑到啥地方价，老人家勿是蛮相信原始森格么，连乌苏里搭俚也穷好格，还搭俚拍仔蛮多照片勒（‘俚笃’为他们，‘乌苏里’指江青，‘搭俚’指与他，‘穷好格’指关系很要好）。”

“听讲跑到外蒙古去哉，飞机也炸脱哉。老人家响勿落，上了原始森的当哉。乌苏里原来搭原始森俚笃家之婆秋风扫表面上蛮好的，搭原始森拍照也赛过是做戏（‘响勿落’指无话说，‘家之婆’指妻子，‘秋风扫’指叶群，这是一个五字缩脚语）。”

“原始森起脱仔下趟阿会安逸点，一日到夜斗来斗去的穷兵浜，弄得国家也勿太平，倷想想看卯金刀老早第二大得来，说敲脱就敲脱（‘起脱仔’指完蛋后，‘下趟’的意思是今后，‘穷兵浜’为象声词，‘卯金刀’指繁体字的刘即刘少奇，‘敲脱’指下台）。”

“倷讲仔卯金刀，吃苦头的人是多哉，倷掰掰指头看老的还剩几个哉（‘倷’指你）。”

到10月中下旬，中共中央关于林彪反革命集团的文件已经传达完毕，那时候可以痛痛快快地大骂林彪不是东西，骂叶群是臭婆娘，还有不少人说早就看出林彪是一脸奸相，倒颇有先见之明。“九一三”事件在百姓中的流传越来越广，也越来越变形。据说，有些地方以讹传讹，将事件传为：“林彪和另一个（林立果——谐音，下同）老婆都摔死了，摔的地方温度热得出汗（温都尔汗），林彪的三角裤衩（三叉戟）都摔破了，后面跟着一群（叶群），死了好多人……”以及：“林彪想害毛主席没得手，开上飞机往苏联跑，临走时还把马克思的大衣给偷走了，又带着老婆一大群（叶群）结果没跑掉，把三叉骨（三叉戟）给跌断了。”

（成铁军，中国国土资源作家协会会员，曾在报纸杂志发表散文等文学作品多篇，现供职于江苏省地矿局第四地质队。）

田野六章

■李哲强

故乡，是一首牧歌，总在不经意间，悠扬地在心底响起。童年，是一场不愿醒的梦，虽然早已远逝，却仿佛还在昨日。我的故乡，是冀中大平原上一个叫大寺庄的村落，在那片田野里干农活，让我度过了美好的童年。

——题记

麦子

麦子曾一直是家乡大田的主角儿。

我喜欢种小麦的场景，那就像打仗一样。拖拉机在后面拖着一挂犁，犁深入像海洋一样的土地，在田里掀起一道道的浪花。我像一个赶海的孩子一样，跟在犁的后面，因为掀开的田地里，还有不少上一茬儿的作物，仔细找总能得到一兜红薯或者一两捧花生。耙地时套上一匹马，后面拉上一个用荆条编的耙子，人站在耙子上把犁起的那一浪一浪的土地弄平整。

当然也有我比较喜欢干的活儿，播种机在地头儿上试着每转一圈儿可以播多少麦种，我喜欢给大人们数麦种的个数，然后算一米播多少籽，再算一亩地播多少籽，很有意思。不过，我总是多算一个零或者少算一个零，被有经验的大人们大笑地否定。一直到最后，我都不认为自己已上学的水平，会低于没上过学的叔叔。

冬天的麦子，没什么生机，尤其是一层白霜之下，它们就像犯错误的小孩子一样，蔫着小辫儿。一到春天，它们立刻成了要迎接将军检阅的部队，一排排地挺直了腰板，“风将军”来了，它们集体地立正，向右看，有模有样儿。

眼看着，要春灌了。浇麦子时，邻家的桃子也半熟了。摘上几个，在垄沟里洗，经常在洗时，一脚陷进垄沟里，这下过瘾了。桃子没了，把脚在垄沟里洗净，然后坐在麦子地头上，用干土一遍遍地把湿鞋和湿裤子弄干。坐在地头上也不会闲着，拽几个饱实的麦穗，放在手里搓，直到把麦皮和麦芒搓掉，轻轻一吹，只剩下几十粒绿色的麦仁，放在嘴里大嚼，很筋道，香香的有一丝甜，当然，也有一丝草的味道，麦子本来也是由草变来的，在它成熟之前，不经意就把自己的身世泄露给我了。吃个半饱时，裤子也干了，再拽一些麦穗，回家放在米粥里煮着吃，麦粒饭比搓的麦仁更好吃。

麦粒饭吃着吃着，麦子就黄了梢儿。黄了的麦浪比绿的麦浪更美丽，因为此时的麦浪散发着成熟的味道。在地头儿上，先把麦浪割开一块，用碌碡把土地碾硬，这里就成了一块打麦场了。在打麦场上，一捆一捆整齐的麦子，在脱粒机里一翻跟斗，就流出了麦粒，出来的麦秸像疯子的头，乱蓬蓬的。这些麦秸堆成麦秸垛就靠在地头的那棵枣树边。这可把我美坏了，可以不用费力地就爬上枣树，摘那些并不成熟的绿枣妞妞，在嘴里没有味道地干嚼着，直到嚼得实在撑得不能再吃了。

我顶喜欢月亮下的打麦场了。大人们都走了，留下我一个人看场。一堆堆的麦秸垛，黑黑的枣树枝，还没来得及运回的装小麦的蛇皮袋散放在场内，我躺在蛇皮袋上，麦子里的温和气儿一阵一阵地在我后背散发，很是舒服。蟋蟀一个劲地叫着，伴着月光，伴着我。

玉米

麦子被割走了，麦秸垛在地头儿上，用泥巴糊起来沤肥。地里，则留下一行行麦茬，高高低低，像被剃坏了的一个疤瘌头。而种玉米，就像在这个疤瘌头上点戒疤。

肩上挎一个书包，里面装的是拌了农药的玉米种子，手里拿一个点播器，用脚把点播器的小铲子踩进土地，用力一撬，就露出一个窝儿，在点播器的口儿上放进三四个玉米粒，哗啦哗啦，玉米粒就落到窝中了。再用脚一踩，把小窝的土盖上，玉米就在那个小窝里安家了。

玉米苗钻出小头，麦茬也就沤得差不多了。用铁锨一翻，沤了的麦茬就直接肥地了。地头儿上的麦秸垛，慢慢地瘪了，瘪成了黑黑的肥，上到地里去。施了肥的玉米地，几场透雨一下，玉米苗也就舒展开了叶子，像半大小子一样，个子一蹿，就半人高了。雨后的玉米地，人站在地头儿，如果仔细听，甚至可以听到玉米嘎巴嘎巴拔节的声音。

半人高的玉米，容易烂芯，把炉渣灰和一种农药搅拌在一起，给每一株玉米撒上一点。这活儿倒是轻省，但从玉米地里出来，手和胳膊上，免不了被玉米叶划出几道血印来。

眼看着，嫩玉米就长成了。掰上几个嫩玉米，抱回家。扯去绒毛，扒开绿色的皮儿，使劲一撅，一个泛着荧光的棒子，就握在手里了。清水下锅，一会儿，灶屋里，就溢满了香甜的味道。

玉米熟了，全家都去掰玉米棒子。大叔开着拖拉机，我坐在旁边，拉着一车玉米回家。大叔的眼睛总是在那掰过的玉米秸上扫射，看见漏掉的玉米，他就停下车，把玉米掰下来，顺手丢到车上，笑着对我说：又捡了一顿粥。

玉米收回来，在房顶上，顺着平顶的房檐，挑出大个的玉米棒子，叠起十来个高的两排，两排中间，把不成器的小玉米棒杂乱放进去，像一条黄色的长城，大玉米守护着小玉米，直到一场冬雪到来。冬天的夜晚，父亲装一筐玉米下来，倒在堂屋的笸箩里，在蜜黄色的电灯下，一家人围着笸箩，父亲把一穗玉米攥在左手，右手拿着锥子，在玉米上冲下相间的几排，我和母亲用光秃秃的玉米棒儿在这穗玉米上一碾，金黄的玉米粒就落到笸箩里了。

碾了玉米，把玉米面下到锅里煮成粥，吃了，很舒服。直到现在，我最喜欢喝的，还是玉米粥。

谷子

谷子的生命被谁唤醒？一定是布谷鸟。

“布谷布谷，懒汉扛锄”一声声传来，从那弥漫着生长气息的春天田野，这个勤快的精灵，处处催着春种的人们，也在催万物生发。

一眨眼，谷子的小手一顶头上的土块，就探出了黄毛一样的嫩头儿；从土地母亲的怀里钻出来的小谷苗，在风中细听着曾经召唤自己的布谷声，与土地母亲怀里听到的确实有些不一样，空气中的布谷声仿佛更清脆，更悠扬，更悦耳。

一眨眼，布谷鸟的声音稀了，谷子苗就稠了。

一眨眼，间过后的谷子苗又稀了。

一眨眼，谷子苗一蹿，就半尺多高了。

一眨眼，谷子拔出谷穗了。

奶奶对我说，反正喜欢疯跑，谷子吐穗了，就到谷子地里去跑吧，还能吓一吓麻雀，只是别踩坏了谷子。于是，我就在谷田的中间，开始了无拘无束地穿梭，麻雀仿佛也看出我只是个小孩子，和我捉起了迷藏。我跑到谷田这一头儿，它跑到谷田那一头儿；我跑到中央，它们又四散了；我坐下来歇一会儿，它们又从远处聚过来，真不知道自己是在赶麻雀，还是和麻雀比耐心。每天回家，脸上都是一道一道的汗印儿，这是我在谷田干活的见证。

很高兴麦草人能够接替自己的岗位。这些谷田的守望者，有点济公的样子，顶着一顶破草帽儿，穿着一件很不合体的破衣服，单薄地站在一根竹竿上，在风中永远摇着手里的扇子，直到秋天。和麦草人作对的不止是小麻雀，还有我们这些小孩子，那是一种乐趣。初夏的午后，跑到谷地里，冲麦草人做个鬼脸，然后把它手里的红布条扯下来，做风筝的尾巴，或者把它的扇子解下来，自己美美地摇几下，偶尔碰到主人来谷田里干活，立刻把扇子随手丢在谷田里，像麻雀一样四散而逃。当然，我们只敢到别人家地里去鼓捣麦草人，自己家地里的麦草人却丝毫不敢动，因为如果自己家的稻草人“负伤”了，父亲会第一个怀疑我。

麦草人褪色时，田里的谷穗也就黄了。谷穗收回来时，麦草人还在田里站着。

黄豆

一直很钟爱黄豆。

很小的时候，黄豆就成了我的笑柄儿。母亲带我到生产队去干活儿，她给我一根棍子，希望我帮助她干活，可是，不一会儿，她就看不见我了。因为我怕热，一个人躲到黄豆棵下乘凉去了。从此，我的懒就和黄豆联系上了。

午后去田间锄地的时候，我喜欢锄杂草。锄头活像一个道士帽儿，锄地的感觉就像用手按着一个落魄的瘦道士啃地皮，道士的牙齿并不弱，锋利地把地皮划开一道道口子，杂草的根发出“啵啵”被割断的声音，偶尔遇到和豆棵的根长得很近的草，就弯腰把草拔出来，这时俯下身子，草茎汁液和黄豆花的味道混合在一起，淡淡的清香把人的鼻子挠得直痒痒。一身透汗的我，再也不愿意起来，再次钻到黄豆棵下，歇会儿就歇会儿吧。

太阳下去了，我要回家了，当然，手里不会少了一棵黄豆。母亲把青绿的豆荚摘下来，放在大锅里的箅子上，蒸上一会儿，一粗瓷大碗的黄豆就摆在了大家面前，两手抓住月牙儿一样豆荚的两头儿，朝嘴里一挤，三四个豆子就滚入口中了。仔细咀嚼，豆子上仿佛还带着傍晚新泛的露水儿味道。

黄豆叶子枯了，黄豆也就成熟了。连根拔回来，放在房顶上，用棍子敲一顿，再把豆秸用叉子挑起来，下面就是一层黄色的珠子，每天敲一顿，每天收一捧。一捧捧的黄豆收到布口袋里，黄豆开始睡觉了，直到换豆腐的梆子声把它们一个个唤醒。

冬天的早晨，在被窝里听着一阵阵清脆的梆子声远远地来了，近了，又远了。起来后，一块白白的鲜嫩豆腐就像一位老太太一样颤悠悠地站在碗里了，碗底儿上已经渗出一小汪儿黄色的水。真是奇怪了，黄豆能做成这么白的豆腐，但是它流出的水却是黄的。也许世间的东西，可以改变容颜，但本性的东西并不能改变。

家乡的黄豆除了一小部分用来换豆腐外，大部分都做了豆豉。

夏天数伏的时候，把黄豆煮了，摊放在一张大席子上。三五天后，豆子长出绿色的毛儿，一抖席子，仿佛一席的绿毛毛虫在爬。然后把这些“绿毛毛虫”收到小瓮中，加西瓜瓤儿，撒上盐。豆、瓜瓤儿与盐的比例不但决定咸度，也能决定豆豉的色泽。盐少，豆豉透亮；盐多，豆豉暗了许多，但更下饭。小瓮用一块白布蒙上，每天中午，在太阳地儿里，揭开白布，阳光照进来，一晾，再用洁净的竹竿子搅上几搅，天天如此。过不了一段时间，它们三者就结合成美味的豆豉了。

立春的时候，用一只瓷碗把豆腐和豆豉混合在一起，把葱的叶子剖开，中指和拇指一捏，食指操纵着葱叶的方向，葱叶就像一只绿色的蜻蜓一样，在碗上飞来飞去，葱、豆腐、豆豉一起吃很美。很快，豆豉就只剩下一个底儿了，再用葱一划，碗里就会露出一道瓷白的碗底儿，豆豉很快又把这道白印盖上，直到把碗底擦得透亮。

现在，母亲从老家来，问要带点什么，妻子总会说，什么也不要，但别忘了带瓶豆豉。

棉花

在儿时的记忆中，棉花就像乡间的母亲一样，仿佛一生下来，就是为了我们的衣服，而乡间的母亲种棉花也像做衣服一样仔细。但棉花并不太好侍弄。记得很小的时候，当棉花苗那银杏叶状的两片叶子拱出地面时，我就跟着母亲，拎着一个用麻绳拴的玻璃瓶子，用自制的棉签在瓶子里蘸一点药水儿，再点到棉花苗上，防治棉铃虫。棉铃虫长什么样子，我没记忆了，当时觉得这种活儿很有意思，像过家家一样，很有趣。其实，大人点棉铃虫是很累的一样活儿。

点着点着，棉花就长大了，还要打花杈、打尖儿，防止其疯长，希望它开出更多的花，长出更多的棉花桃子。粉的黄的棉花花落了，润泽的青桃子绽开了，再有几个毒实一点的好天儿，四个桃子瓣就马上变老了，张开，变得很硬很粗糙，桃子尖上还有些扎手，像老人干瘪的手一样，不过，这双手里捧着四团洁白的云朵。

收棉花也是很费力的活儿。在地头上，将一个装衣服的包袱像扎围裙一样，先把相邻的两个角绕到腰后系住，再把垂下的另两个角提上来，系到腰间。这样，在身体的两侧，包袱就张开了两个大嘴巴。带着这个大包袱，在棉花地里弯腰行进，手指迅速地把棉花从棉桃中拽出来，如果没全部拽出来，还要再从棉桃的根部仔细掏残留的那一点棉花纤维，然后把手里的棉花顺手装进包袱的两个大嘴巴里，直到身体上的包袱变成大肚子。

母亲嫌包袱装在男孩子身上难看，就把我上学的书包腾空，让我在她一侧，她摘四垄，我摘一垄，但我还是经常跟不上母亲。棉花桃子不是一下子就开的，所以棉花要摘好几次，我觉得有点烦，心想为什么这些桃子不能一块成熟呢？更烦的还有，桃花叶子都枯了，并且很脆，经常夹杂在棉花中，这需要一团一团把它们拣出来，我没有耐心侍弄棉花，干不了一会儿，就跑到果园里摘葡萄吃去了，留下母亲一个人在那里仔细地择。

我很喜欢开花时的棉花，不仅因为开花的季节不用干活，还因为我觉得棉花的花确实很漂亮。没有多少人会把棉花当一朵花，更没有多少人仔细观察这朵花开得漂亮与否。其实如果你稍一留心，在棉花花开的时候，那些粉色和嫩黄的花，也很漂亮，只要你把棉花当成一朵花，这朵花其实也不丑，甚至也有几分自然而朴素的美丽，就像母亲同样有过美丽的青春一样，只不过它不仅是曾经美丽的一朵花。

割草

田野里，不仅有庄稼，更有野草。庄稼，原本也是由草变来的。只不过，庄稼比草更勤快、更庄重一点，或者说更有理想一点。而野草呢，却是田野里最顽皮、最随性、最自由、最顽强的主儿。不用播撒，冬天的地缝儿一弥合，那些草籽儿，就立刻绽放自己，从土里钻出来，无边无际。

从某种意义上讲，野草，才是田野真正的主人。

农家孩子学会的第一种农活儿，估计都是割草吧。

夏天的傍晚，放学回家后，饿极的我把布书包往做饭的厦房里一放，踩着凳子，踮着脚从梁上吊下的一个篮子里，取出一块凉馒头，用菜刀切成两片，在馒头上蘸点香油。如果没有香油，就干脆从装猪油的小瓮里，用勺子挖一小块猪油抹在馒头片上，再撒点盐，像小磨一样蹭几下，再把两片馒头一合，成了。我边吃馒头片，边掀开水瓮的盖子，舀一瓢凉水，咕咕嘟嘟，一气儿下肚。吃饱喝足了，从敞棚里取下家里最小的筐和最小的镰刀，到地里去割草。

找到一片没人种的荒地，这种荒地并不多见，大部分在枣树下或者地头上。趁着露水儿还没上来，小镰刀“唰唰”地扫着草根，声音很好听。有一种草的茎上满是根，细长，错综复杂，得先把茎提起来一部分，用镰刀划开草根，再提起断了的这一部分，再划开草根，直到全部割完。现在，每每听到“草根”这个词，我就想起这种草：不起眼儿，顽强。这种草并不好割，但羊和猪都喜欢吃。有一种非常好割的，羊却不爱吃。世间的事物真是公平。

我是左撇子，老家的镰刀都是给右手设计的，所以我一直试着用右手使镰刀，但总是不熟练，在小伙伴中永远是割得最慢的。姥爷曾说过，给我打一把左手用的反镰，但好像一直也没打。也许，在乡间，大人从来不把我们这些小孩子的事情当一回事。

有时天黑得晚，割好一筐草，时间还早，就去逮蟋蟀，逮到后抽出草的一根硬茎，把它们串成一串儿，回家喂鸡。看到夕阳落山，我才匆匆把镰刀别在草里边，把那一串蟋蟀吊在筐沿上，扛上满满一筐草，吃力地回家了。

回到家里，把鲜草给小羊和猪，小羊和猪都挺高兴，尤其是小羊，头一摇一摇地从我手里“抢”走小草，小嘴一咧，露出一口的小牙，大嚼起来。把一串蟋蟀一只一只地取下来，每次只扔一只到鸡笼里，我看着一群鸡抢吃蟋蟀，一群鸡看着我手里的蟋蟀，觉得自己真是一个小主人。

吃不完的草，在院子里铺开晒干，再用机器打成草末儿，装进大麻袋。冬天里，在手电的亮光里，把一家人洗碗的泔水倒入食槽，再给它添上一葫芦瓢的草末儿。猪很聪明，它总是最先拱着吃浮在泔水上的草末儿，看着猪“吧嗒吧嗒”地吃着，我心里，和猪一样美。

（李哲强，男，中国水利作家协会会员，鲁迅文学院第22届高研班学员，现供职于河北省水文局。）

远去的大杂院

■鲁胜利

说起大杂院,人们还记忆犹新,而且有着许多谈不完的话题。然而,随着城市建设日新月异,一座座高楼大厦如雨后春笋崛起,一个个住宅小区错落有致,昔日陪伴人们的大杂院却像秋风扫落叶一样被刮得不知去向,渐渐淡出人们的视野。

我的童年美好时光是在大杂院里度过的。记得小时候的大杂院门楼气宇轩昂,院内几十间青砖黛瓦的起脊房屋,虽年代久远略显破旧,却古朴典雅别致,听老人们说,这大院建于清末民初,原是当地一户大家的豪宅,新中国成立后由政府代管。

后因人们在院内搭建了一些杂乱无章房屋,整个大院变得狭小起来。大院里住着二三十户人家,俗话说,远亲赶不上近邻。住在大杂院里的人们每天朝夕相处,谁家有困难互相帮忙,相互照应,既有亲情,又有友情;邻里之间相处得非常融洽,东西可以随借随使,青菜酱油随借随用。如遇刮风下雨,无论主人在不在家,院里晾晒的被子、衣服或摊晒的煤球,邻居们都会跑出来帮忙收拾。

特别是每当生火做饭时,家家户户忙里忙外、人声嘈杂,锅碗瓢盆相互碰撞就像一首大自然的交响曲,回荡在整个大院上空。如遇到谁家改善生活做了好吃的,首先想到的是给邻家的孩子送点过去。那时没有电视机,平时,每当吃过晚饭后,邻居近些的就互相串门,张家长、李家短地拉起家常话来。而孩子们则聚在一起,借着淡淡的月色在大院里相互追赶捉迷藏,直到大人们喊着回家睡觉时才不情愿地慢慢散去。

在那个物质匮乏、商品紧俏的年代,大院里也经常来一些手摇拨浪鼓、肩挑担子卖针头线脑卖“糖人”或收购废品的小商贩。每当这时,大人们围在一起挑选着自家需要的东西讨价还价,而孩子们却看上了喜欢的玩具缠着喊着让大人付钱,年龄稍大的则是跑回家翻箱倒柜,找出破旧的塑料鞋底、废弃的牙膏皮或废书、旧报纸换几本小人书,大家围坐在一起,兴高采烈地翻看或交换,喜悦的心情无法形容。

日久天长,邻里之间也难免会出现一些磕磕碰碰的事情。大院里曾有一棵老槐树,每年五月,一串串槐花像银链、似玉朵,相互羞笑,随风飘散出淡淡的清香,整个大院都弥漫着沁人心脾的香气。这个时候,孩子们会争先恐后地爬到树上摘槐花,拿回家让大人们拌上点面粉蒸蒸吃。记得有一次,一个小伙伴不小心从树上掉下来嗷嗷大哭,却说是另一个小伙伴碰下来的,两家大人便立即争吵起来,后经医生看了看,并无大碍。事隔几天,两家大人仍在一起说说笑笑,就像这回事没有发生过一样。

“文革”后期,院子里的孩子大部分在学校加入了红小兵,有一年暑假,他们模仿大人们,组织起来到城外扒砂礓，支援公路建设。住在大院里的一位作家就根据大院里的人和事，写了一本小说《向阳院的故事》，后来还拍摄成电影在全国上映，影响非常大，全国不少地方纷纷建起了向阳院，并掀起了一场学雷锋、做好事的运动呢！

我时常想起童年的大院，眷恋着大杂院，它是那么温馨、祥和，生活气息那么浓烈。记得唐山大地震那年，大杂院里家家户户建起了防震棚。每到晚上，人们纷纷住进棚里，而孩子们大多聚在一起，听大哥哥、大姐姐讲故事。有一次，有个大哥哥讲了小说《烈火金刚》中"肖飞买药"的故事，讲得绘声绘色、引人入胜，孩子们听得非常入迷，直到大人们喊着快去睡觉，依然恋恋不舍。防震解除的那天，我竟想，如果防震时间再延长些该有多好呀。防震虽然解除了，但各家各户的防震棚却没有拆掉。再后来，谁家占的地方慢慢变成了自家厨房或简易房屋，大杂院的空间由此变得越来越狭小了。

时光流逝，大杂院的生活一去不复返。如今，人们的住房条件和居住环境虽然比较优越，但我还是时常想念童年时住过的大杂院，它带给我许多美好的回忆和无尽回味。

（鲁胜利，男，现供职于安徽省亳州市国土资源局。）

我的生命之旅

■尹 艳

2008年5月12日，因为地震，北川唐家山堰塞湖阻断了进入北川关内的唯一通道，是解放军武警部队和第二炮兵官兵冒着生命危险打通了一条“生命通道”擂禹路。2013年2月5日，随着省道任禹路试通车，北川关内群众也从根本上解决了出行难的问题，擂禹路也结束了历史使命，成为人们永久的记忆。

翻越雪宝顶

2008年5月12日，因为大地震，北川关内12个乡的交通、通信全部中断，为了及时调查掌握各乡灾毁耕地和地质灾害情况，5月30日，我带着6位同事和省上派来的专家，共15人分乘3辆车开始了地震后第一次关内之行。

震后的四川余震不断，泥石流、滑坡、崩塌时有发生，我们要进关内须从绵阳出发，围着北川县境外绕一个大圈，绵阳—江油—平武—松潘—茂县—北川墩上一共600多公里。我的6位同事中，两位在地震中失去了唯一的儿子，一位和妻子阴阳相隔，一位父母与房屋一起消失，而我的父亲和婆母也深埋在县城废墟。家没有了，亲人永远离去了，我们强忍着伤痛，背负着责任与成都水文队的专家们一起出发。

沿途我们经过了平武受灾最重的南坝镇、松潘地震遗址叠溪海子、茂县两河口等十几处，和仍然不停崩塌滑坡的山体；我们拿着对讲机，不停地与后面的车辆联系“保持距离”，“快速通过”。一路上，看见道路两边被乱石砸坏的车辆，望着随时可能垮塌、掉石的山体，我心里怕极了。地震虽然过去了十几天，我们心灵的伤痛和对地震的恐惧还没有完全消除，那种后怕那种压力，没有置身其中的人是难以想象的。

松潘境内的黄龙寺、川主寺是有名的旅游景区，这条旅游线路我从来没有走过，可我们没有时间也没有心情去浏览风光景色，就想赶快到达北川关内。

汽车沿着曲折的山路缓慢爬行，终于开上了海拔4769米的雪宝顶，空气显得很稀薄，雪宝顶上堆满了尚未融化的积雪，五彩的经幡随风飘扬，星星点点的淡淡紫花美丽无比。我深深地呼吸吐气，我想大声呼喊，忘却曾经美丽的县城、曾经温暖的家园；仰望大山积雪，我想寻觅对生命最贴切的理解和感悟，活着就好，活着就有未来，活着就有希望……

回头望望已经走过的路，记忆里的每段过往都留下了深深的烙印。这600多公里的路需要十几个小时。我常常想,假如我不是女人该多好,假如地震不发生在这里该多好,假如……我知道没有什么可以假如,我还是我,唯有坚强地面对灾难、面对伤痛、面对失去的一切……我对自己说:走过去,给自己一片阳光;走过去,北川的明天依然美丽。

唐家山堰塞湖

"5·12"期间,举世瞩目的唐家山堰塞湖,库容1.45亿立方米,坝体顺河长约803米,横河最大宽611米,顶部面积约30万平方米,湖上游集雨面积3550平方公里,是地震时形成的危险性最大的堰塞湖。

2008年10月10日,在漩坪乡桐子坝码头,我们一行5人登上了去往禹里的渡船,这是我第一次乘船进北川关内, 想象不出应该是一种什么样的心情。这个在地震时撼山移河、令国人牵挂、危机四伏的最大堰塞湖,已经没了当初令人望而生畏的恐惧,平静的湖面犹如一面明镜。

船行湖中,我在记忆里搜寻着湖岸边曾经去过的山村,叹惜那些还浸泡在水里的农舍,沿湖的枯木树梢一直在眼前晃动,偶尔一两只黑鹰从湖面掠过,犹感凄凉。貌似平静的湖水,在慢慢地咀嚼着我心里的伤痛。

第二天,我们改乘快艇去了堰塞湖大坝,站在唐家山堰塞湖大坝上,放眼四周,陡峭悬险的裸岩一片灰白。大坝上遗留的机械、集装箱、帐篷,让我仿佛看见了那29天排险的惊心动魄,看见了喇叭口炸开那一瞬间逐浪滔天的震撼场面……

我多灾多难的北川,地震震不垮、洪水冲不倒的坚强北川。

地震后的这几年,随着恢复重建,堰塞湖两岸渐渐有了生气,一栋栋独具特色的木楼新房建好了,一个个依山傍水的美丽村寨映入眼帘,老百姓舒展了眉头绽放了笑脸。地,有人种了;茶树,有人摘了;生活又重新开始了。靠勤劳的双手建设自己的家园,日子越过越好了。

我的生命之旅——唐家山堰塞湖。渡船、快艇,我一次次穿梭在这宽阔的湖面上,卸下沉重的心灵,聆听枯木吐露新芽和着清风吹来飘荡的湖水,犹如弹奏一曲自然天籁,心不再纠结,似漫步于云水间舒缓淡定。

生命通道——擂禹路

2008年12月,通往北川关内12个乡的生命通道——擂禹路终于打通了,进关内不用再绕道十几个小时了。

我们第一次走擂禹路,是2009年1月16日。这条全长才36公里的路走了近3个小时。清一色的越野车和大货车盘旋在崇山峻岭之间,55个回头弯更显擂禹路的艰险, 海拔2000多米高的冒火山上常年浓雾缭绕,能见度很低。多年来,虽然我已经习惯了走颠簸陡峭的山路,但走在这条"5·12"大地震后,由解放军武警部队和第二炮兵官兵冒着生命危险打通的擂禹路上,心里还是紧张和发虚。

川藏公路的险是众所周知的,而有人说擂禹路不是川藏线胜似川藏线。4年多来,我在擂禹路上来回了几百次,我眼里的擂禹路已经不再是人们描述得那么恐惧,我甚至庆幸有那么多的机会在这条“生命通道”上穿行。

擂禹路,给我留下了许多难以忘却的记忆。

2009年10月30日,因为晚上的一场小雨,本是泥土路面的擂禹路更加泥泞不堪,一辆载满货物的大卡车,因防滑链断掉在陡坡上打滑怎么也上不去,道路两边的农用车、大货车、越野车排成了长队。怎么办?两边的车堵得太多,挖掘机、铲车根本无法靠近救急。这时候,有人提议叫一辆越野车把车拖着往上拉,在现场的驾驶员们再用绳索一起往上拽,“一二三,加油”、“一二三,加油”,大家一次次努力,终于把车拉上去让开了道,我们小车可以通过了,谁知道才走了两三公里,又一辆车坏在了路中间。从早上8点出发,直到下午两点我们才赶到禹里。

擂禹路上我已经不记得了有多少次险象环生,又有多少次被困山上蜷缩在车里熬过漫长的黑夜。生命只有在那一刻才感觉多么可贵……远处,雨色空蒙,群山笼罩在层层水雾中,如梦似幻。

2010年3月8日,走在擂禹路上,漫天飘舞的雪花好美,像一朵朵绽放的礼花,是大自然给我的一份特殊馈赠。三八“妇女节”我没有理由拒绝这份礼物,任雪花亲吻我满是沧桑的脸,经历了大地震、经历了生死离别、经历了伤痛,我的笑亦淡然恬静。

雨后的擂禹路偶尔会在云雾笼罩前,呈现一番美妙风光,冒火山上爽翠清新,白云环绕,难逢一见欣然落脚,如同云海漫步。远离了城市的喧嚣,你会感悟到生命更深层次的意义,感悟到爱和希望……

生命之旅,我还行走在擂禹路上。

驿站禹里

禹里是治水英雄大禹的故里,是古羌文化的传播地,这里聚集着1.4万多羌汉民族后裔,拥有红军碑林记载着红色历史;这里曾经是北川的老县城,在经历了“5·12”大地震和被唐家山堰塞湖淹没的双重灾难以后,正在发生着翻天覆地的变化。

地震后我第一次到禹里,因为交通中断,所有的物资运不进来,走出去的老百姓还没有返乡(暂居在绵阳九州体育馆)。当时的禹里和老县城一样到处是残渣瓦砾,一片消毒水和腐烂的味道,显得格外凄凉落魄。每天晚上住在乡上安排的帐篷里,没有灯、没有热水、更没有电视,我每天用冷水在帐篷外简单洗漱一下,住了一周连袜子都没有脱过,一直这样和衣躺在钢丝床上,等到了天黑又等天明,直到完成我在禹里所有的工作。

史书上有记载“禹生石纽”,我不清楚,如果大禹知道4135年后他的出生地会发生毁灭性的大地震,且险遭水淹而不复存在,他还会“三过家门而不入”吗?

关内12个乡,禹里正好处在中间位置。2008年10月,我选择了把片区办公室设在禹里,从此禹里成了我们联系其他11个乡的大本营,成了我在关内最稳定的“家”。

5年了,我在禹里度过了一个又一个不眠之夜,开始我一次又一次生命之旅。

特别是2010年的“8·13”、“8·19”两次大暴雨。因为下雨禹里早停电了，惊雷和暴雨重重地捶打着我的心，闪电也把漆黑的夜空撕得惨裂。窗外的雨，时而像一群脱缰的烈马俯首猛冲；时而像一群巨大猛兽昂首嘶叫。滂沱大雨，致使因地震本已松动的千枚岩山体发生泥石流、崩塌、滑坡等地质灾害，造成关内12个乡的交通、通信、水电等全部中断，禹里两次成了孤岛，关内与外界完全失去了联系。

紧急时刻，我们没有忘记责任和使命，不管雨有多大，不管路有多险多远，我总是第一时间出现在发生险情的地方，置自己的生死于不顾，最大限度地保护老百姓的生命和财产安全，实现了地质灾害“零”伤亡目标。

在禹里5年，我见证着这里的变化；见证着山东省滨州市援建禹里血浓于水的真挚情感；见证着废墟上拔地而起的新居民房；见证着老百姓舒展眉头吐露笑脸……

越来越多的人开始关注禹里，越来越多的人翻过了擂禹路把视线投向了北川的副中心——禹里。禹里在一天天变化，禹里在一步步走向繁荣！

禹里——我生命之旅中最难忘的驿站。

（尹艳，女，中国国土资源作家协会会员，现供职于四川省北川羌族自治县国土资源局。）

野蔬淡淡香

■张海峰

涝藜菜

家乡的田野里、村头巷尾,甚至房前屋后,随处可以看到涝藜菜。涝藜菜也叫灰灰菜,这种菜不挑地方,有土就能生长,旱涝都不怕,很难除尽。

母亲说,上世纪六十年代初闹自然灾害那会儿,地里粮食虽绝收,野菜却特别多,到处是涝藜菜、甜茎菜、蒲公英、马齿苋等,尤其是涝藜菜、甜茎菜,采了没多久又长出来,人们看到了生存的希望,硬是靠吃野菜、树皮、糠麸度日,顽强地活了下来。说天无绝人之路也好,说人性顽强也罢,涝藜菜等野菜是立了大功的。

涝藜菜大多被当成猪草。在我小时候,母亲买来一头小黑猪仔喂养。我和哥哥经常放学后去采涝藜菜,拌在猪食里。站在猪圈外看着小猪吃得欢,一家人都很高兴。有母亲的精心喂养,小猪一天天长大,食量也大起来。我和哥哥乐此不疲,采来更多的涝藜菜喂它。卖猪那天,眼瞅着自己喂养大的黑猪被捆着四蹄,"嗷嗷"直叫被抬上车子拉走,念初中的哥哥当时就流出两行热泪。

日子一天天好起来,鸡鸭鱼肉已经成为家庭常见菜肴,人们又想起那些田间野菜。绿表红眼、口味鲜嫩的涝藜菜又被人们端上餐桌,不是因为它有多大的营养价值,更多的是一种田园情怀。择嫩涝藜菜头,在毒毒的日头下晒上两三天,就能完全干透,收起来,随吃随取。

知道我们爱吃涝藜菜,母亲隔些时就会给我们做,她把干涝藜菜用沸水焯熟,放入葱、姜、蒜、盐、味精等调料,倒上刚熟好的麻油,最后倒入陈醋。相比其他野菜,油和醋会多放一些,母亲说这样吃着才香,才好吃。

母亲每次吃涝藜菜都不多吃,说尝尝鲜就行。我知道,她不是吃鲜,而是咀嚼生活中一段无法忘却的记忆。

地皮菜

地皮菜好吃，却不是想吃就有，要等到下了雷阵雨,才能在村头潮湿的草地上捡到。

迎着雨后清新的空气，相约三两伙伴去捡地皮菜是一大趣事。地皮菜耐干旱,生命力特强,平时缩成一团,不易察觉,只有经过雨水滋润,才会萌发生机,舒展开来。

走在干渠两侧没有污染的林间草地上，一片片黝黑中泛着青绿的地皮菜蜷缩在湿润的地皮上，样子很像木耳,用手触摸,湿漉漉的有点黏滑感。为了比同伴捡得更多,我往往捡地皮菜时,连同粘在一起的柴末、草棍一并装进竹篮。

地皮菜吃着香,却很难择干净。要仔细剔去夹杂的柴末、草棍和小砂粒,反复用清水淘洗,丝毫马虎不得。择不净的话,等菜做好了,吃着牙碜,辛辛苦苦捡来的美味就算白瞎了。可那时的我只顾着玩耍,根本没那么大耐心,择不大一会儿,就开始嘟囔:"太难择了,要不咱别吃了,扔掉算了。"

"捡的时候眉毛胡子一把抓,择的时候也不好好择,还嫌我不够忙啊,就知道给我找活儿。"母亲这话当然是气话,她才舍不得把那么多辛苦捡来的地皮菜扔掉,她得把这些菜做成美味佳肴,给一家人吃呢。

地皮菜可以做汤吃,凉调着吃,和山药蛋烩着吃,和腌菜丝、山药丝包莜面饺子吃,也可以和鸡蛋炒着吃,味道鲜美,既增进食欲,又明目益气。等锅里的油热了,母亲将搅匀的鸡蛋液倒入锅内拨拉着炒。少顷,倒入水发洗净并沥好的地皮菜一起翻炒,加入盐、味精,再撒上小葱段,起锅盛盘,端上饭桌。看着黄黄的鸡蛋,墨绿的地皮菜、翠绿的小葱拌在一起,不用说味道,仅此美色,就让人垂涎欲滴。

雷雨天气到来的时候,我就按捺不住心中的兴奋,悠悠的地皮菜香就会不经意间袭来。那是来自生活的清新恬淡,是来自大地的馨香。

苦臧菜

苦臧菜的学名叫升麻，是一种药材，嫩时茎叶可食。这一称谓我是后来才知晓,一直以来,家乡叫它苦臧菜。

苦臧菜生长在东、南两边的山上,每年的5月就能上市。苦臧菜刚刚冒出地皮,山里人就趁早把白白的嫩茎采下来拿到城里卖,图个好价钱。等到苦臧菜绿紫色的嫩叶长多了，价钱会稍逊一筹。再老的话，除了根茎可入药，其余的只能做烧柴。山里人大清早赶到县城的菜市，随便找个可以摆小摊的地方，铺上一块方布，从袋子中倒出一点苦臧菜码好，其余的都留在袋子里防止晒蔫，白白绿绿的看上去很新鲜，也让人觉着舒心。然后，自己或圪蹴或盘腿而坐，瞅着买菜人从眼前过来过去。吆喝，在这里是多余的，识货的自然主动过来询问价钱，讨价还价，卖家挣个辛苦钱，买家尝个新鲜，两划算。会做买卖的，更是把苦臧菜做到了县城的大小宾馆、饭店，省心又省事。

母亲是不会买刚刚上市的苦臧菜的，虽然现在父母从村里搬来县城居住，但依然勤俭节约。他们会在苦臧菜价格回落的时候买一点，打电话叫上孩子们一块儿吃。母亲把苦臧菜择净，撅成一段一段的，放入沸水中焯熟，捞出置冷水中浸泡激凉。说是撅的嫩，用刀切的吃着显老。吃时，取适量苦臧菜，放食盐、酱油、老醋，再浇上滚烫的花椒油，只听"吱啦"一声后，一家人就可以尽情享用了。

苦臧菜味苦，清热下火，最适合与小米粥同吃。吃一口苦臧菜就一口小米粥，嘴里的苦味立时变得甜起来，从淡淡的到酽酽的，越吃越甜，越吃越香，越吃越想吃。往往一顿饭下来，别的菜剩下了，一盆苦臧菜连菜带汤全部报销。

焯好的苦臧菜，连同焯过的水晾凉后，一起装进塑料袋，放在冰箱里冻成一个个冰疙瘩，留待冬春时节吃鲜。当屋外寒气逼人的时候，一盆绿翠白玉般的苦臧菜摆放在亲戚或客人面前，屋子里凸显一股浓浓的暖意。

苦臧菜苦中有甜，甜中带苦，吃起来唇齿留香。苦甜之间，品味的是我们再平常不过的生活。

(张海峰，中国散文学会会员，中国国土资源作家协会会员。散文作品散见于《新华副刊》、《中国国土资源报》、《大众阅读报》、《大地文学》、《散文选刊》、《散文风》等，有作品获奖并入选多种选集，现供职于河北省蔚县国土资源局。)

那眼老井

■杨 跻

我老家在关中平原的西部，对于远离河流的乡亲们来说，井就是人们赖以生存的生命之源。

我家的那眼老井，没有人知道是哪个年代掘就的。在我的记忆里，夏季时吊上来的井水清澈透明，喝一口甘甜润口；冬季时井口冒着热气，吊上来的井水，用手一试温乎乎的，真是温馨宜人。

那眼老井，有十五六米深，井台是用各色条石铺成，青的，暗红的，暗绿色的，上面还雕刻着各种花纹，既美观又防滑。每天打水时，从井台上排水槽流出的水，就会直接排到老井北侧的那片园子里，根本不用专意浇水。

那是一片用篱笆围起的园子，每年开春，勤快的母亲便在园子里不是种瓜就是点豆，拟或在园子的周围，点几窝向日葵，其间夹杂着种一些指甲花、喇叭花什么的。每个不同的季节，总会采摘到各种新鲜蔬菜，欣赏到形态各异的鲜花，颇有点田园意味。

老井本身并不具有诗情画意，只因与人类生活息息相关又代代相传，便有了几分灵气。

那个时候不管家里再穷，也会备一对水桶、一根扁担、一口大水缸。水桶是用白铁皮打制而成的，桶的上端是一个用细圆钢做成半圆形的把手，每个桶的容量约 15 公斤。扁担一般是用柞木做的，柔软耐用，扁担的两头用铁皮包裹，每端固定一个长约四十厘米、铁环相扣的铁链，下端有一个 U 形的钩子。每天的生活用水，就是用水桶先从井里打上来，再用扁担挑到厨房，倒进水缸，供一家人用。

由于农活忙，作为家里长子，我每次放学回家，都要帮父母干一些力所能及的家务。但父母从不让我干挑水那样的重活，怕我年小力薄，出现意外。越是这样，我越发不甘心，便背着父母，偷偷去井边打水。记得第一次打水，学着父亲的样子，把桶放入井口，摇着辘轳开始一圈一圈地放井绳。那个时候，我个头才高过辘轳，放井绳的时候，每次辘轳把转到最高处，都要踮着脚，才能够着。直到缠在辘轳上的井绳快放完时，便听到从井底传来“咚”的一声，沉闷的声响打破了井底的宁静。感觉到桶就像一艘沉没的轮船，轰然没入水中，刚才还弯曲得像麻花似的井绳，突然拉得笔直笔直。感觉到桶里灌满了井水，接着开始往上摇，感觉一点也不重，觉得父亲的担心是多余的。当水桶露出井口时，才发现费了半天的劲，只打了半桶水。然后很不满意地把半桶水倒入井旁边的菜园子。经过反复练习，我终于掌握了打水的技巧，虽然辛苦，内心却充满了快乐。

村里的人们来我家那眼老井，除了担水，更多的是洗衣或洗菜。老井最热闹的日子是每年的夏季。每天天刚麻麻亮，母亲便早早地打开院门，村子东头半条街的女人们，便陆陆续续涌到了老井井台旁。

俗话说,“三个女人一台戏”。每天的热闹,就从这里开始了。女人们一边洗着菜,或洗着衣服,一边拉着话,离老远就能听到朗朗的笑声。女人们总是有着洗不完的衣服和洗不完的菜,其实她们更有着说不完的琐事,家里的或邻里的。什么家长里短,婆媳不和,妯娌纷争,都在这里得到了宣泄。男人们很知趣,每天在这个时候,很少有人去挑水。不过,也常有懒散的男人,忘记了给家里的水缸蓄满水,直到第二天早上,被自家的女人发现空空如也的水缸后,便一边训斥着男人的懒散,一边逼着男人去挑水。自知理亏的男人,只有耷拉着脑袋,担着水桶去老井挑水。男人的出现,便成了妇女们调笑的对象。每到这个时候,再怎么逞强的男人也会一声不吭地从老井迅速吊上水,挑起水桶慌慌张张地离去。

那个时候,乡亲们的日子过得紧紧巴巴,连维持正常的生活都有些困难,老井便成了庞大的天然冰箱。每年夏季,我家若有剩余的饭菜,便用盆或碗盛起来,放在桶里,然后将桶固定在井绳上,缓缓地将桶沿井口吊下去,放到离水面很近的距离时,再将辘轳固定好,盖上井盖。第二天早上,再将桶从井里吊上来,饭菜仍然原汁原味,没有一点儿变质。老井的冷藏功能,简直可以与冰箱媲美。乡亲们被母亲的发明带动,便在每天傍晚,纷纷将自家剩余的饭菜,用桶提到我家的院子。有时前来冷藏的人太多,母亲便来一个固定一个,顷刻间,井绳便像结满瓜的瓜蔓似的挂满了各式各样的水桶,最后由母亲把固定好的桶吊入井去,第二天再吊上来,依次由乡亲们取走。

最艰难的打水季节是冬天。特别数九寒天,打水时桶里溢出的水,瞬间便在井台上结成冰,像玻璃一样光滑,走在上面战战兢兢,一不小心就要摔跤。可水是要吃要喝的,挑水是每天必做的功课。记得有一次,我把刚刚打满水的桶,小心翼翼地从井口挪到井台边,转身去取靠在井台上的扁担时,脚下一滑,便来了个仰面朝天。水桶被我打翻在地,一股寒流透过厚厚的棉裤,顷刻便传遍了全腿。顾不得被摔得生疼的屁股,我急忙从地上站起来,看着弄得湿漉漉的棉衣棉裤,伤心委屈的泪水一下子夺眶而出。

我傻傻地在井边站了半天,才提着水桶和扁担,一拐一瘸地向屋子走去。泪眼模糊中,看到父亲站在窗前,对我的摔倒,他无动于衷,我不禁有些伤心,觉得父亲一点儿也不疼我。当我赌气从父亲身旁走过时,只听见父亲说:“男子有泪不轻弹,你只是摔了一跤也值得哭?真正的男子汉,应该经得起磨炼和摔打。”我当时没能理解父亲的意思,后来经历了生活的磨炼之后,会时时想起那次父亲说的话。父亲早已去世多年,每当我遇到困难和挫折的时候,总会感到冥冥之中,父亲的目光在关注着我,鼓励着我,使我在生活的磨炼中挺了过来。

随着农村饮水条件改善,院子里那眼老井被填平了,取而代之的是引到家家户户的自来水,人们再也不受担水之苦。家乡的人们也能像城里人一样,享用着自来水带来的甜美生活。老井没有了,这也许是一种进步。人都渴望着平安顺心地生活。其实,能体会生活的艰辛和危难,对人生未必不是一件益事!

(杨跻,陕西省岐山县人,中国国土资源作家协会会员、渭南市作家协会会员 ,在《人民军队》、《西北军事文学》、《大地文学》、《黄河文学》等发表小说、散文200余篇。现供职于陕西省渭南市国土资源局。)

农民代表

■川　原

（上接卷二十一）

68　日　内

农户院子里，一中年农民正在粉碎玉米。

王支书走进院子：袁哥，正忙呢！

中年农民停下手里的活：支书，坐坐。

王支书：不坐，挨家挨户地看看。加一点玉米料，猪长得更好。

中年农民：刘教授说的。我也觉得给小猪仔加些粮食，长得快。

王支书：母猪的奶水也多了，质量更好。哎，现在有多少小猪仔？

中年农民：七十多个。

王支书：好。下工夫喂。今天我来主要是给你说，一定要做好猪的防疫工作。别的几十户都安排完了。一开春，是畜疫高发时间，要打预防针，我来就说这个事。你忙，我走了，还有事。

王支书出了院子。

从屋子里出来一位妇女：支书刚来了？

男人：是的。

妇女：你咋不留住吃饭？

男人：他说有事。

妇女：他来干什么？

男人：叫给猪打预防针。你今天到镇上买药去。

妇女：哪有钱啊？那预防药也贵着呢。昨天我问了好几家，他们都嘴上答应，实际上没去，不打算打针。

男人：那万一有瘟疫，不是连窝给端了？

妇女：哪有那么巧就赶上瘟疫？再说，别人家里要是不防疫，咱一家打针能防得住？

男人：那就再等等看。

69　日　外

初春的麦苗有些枯黄，王支书和二喜站在地头边。王支书，忧心地：今年太旱了。

二喜：昨天晚上刮黄风，整整一夜啊！

王支书:那就是沙尘暴!

两个农民跑过来,一个说:王支书,快去看看,我家的猪死了一大半。

另一个眼泪快流出来了:支书,我可惨了,老的小的全都趴下了。

二喜:啊?你说的是人还是猪呀?

那人说:是猪么!

王支书锁紧眉头:快去看看,可能是瘟疫。

70 日 外

王支书和农民跑过村子大树。几个村民围住王支书。

“我们家的猪快死完了。”

“支书,我家也没有几个活的了。”

“支书,还有没有办法呀?”

王支书:你们叫兽医了没?

“几个兽医忙得不停脚,到处看,说是猪瘟,没得治呀!”

71 日 内

王支书走进一农家院。一位农妇坐在猪舍前看着死去的猪哭泣。

王支书走到猪舍前,表情凝重。

农妇擦了一下眼泪:贷的借的几万元,这可咋办呢?

王支书沉默。

农妇:喂了好几个月,眼看要出栏了,这一个个都躺下了。真恨不得它们都好好地活着,我躺下!

72 日 内

一位农户家,王支书站在猪舍前。

一位中年男人低着头:连窝端了!

王支书:你是不是也没打预防针?

中年男人点点头。

屋子里出来一位妇女:给娃娶媳妇的钱就这么打了水漂。

73 日 内

一农家院。

一妇女:支书,我当初说啥也不想养猪,可是你们村上领导三番五次劝我们养猪,这下可把我们害惨了!

一边沉默的男人:胡说啥呢?支书也是一片好心。眼下这个样子,那是天灾!

74 夜 内

王支书家,支书躺在炕上。

妻子站在炕边:掌柜的,快起来吃些饭。

王支书面容憔悴,睁着眼睛不说话。

妻子:天大的事也要吃饭呀!你这两天两夜一碗饭不吃,一口水不喝,不把人给急死吗?天灾人祸,谁有办法?

支书的父亲走进来:起来吃饭!只要是天没有塌下来,就得活着。不就是赔了些钱吗?有多大的事？日月常在，咱还可以从头再来嘛！

王支书一下子坐起，看了一眼父亲：我真的有些饿了！

75 日 外

村口大树下坐着十几个农民。

“这瘟疫谁又能想到呢？”

“依我说，咱没有那发财的命！”

“要说支书给咱找到的这条路确实是条好路，可天灾就没法预料了。”

“全村的猪死得差不多了。”

“干脆把死猪杀了卖了。”

“那有人要吗？”

“有啊，已经有人来过了。”

“那不是害人吗？”

“可不是吗？王支书已经通知过了，要把死猪统统销毁，不允许卖的。”

老刘和袁大爷走过来。

袁大爷抽着烟锅，看着情绪低落的人们：都连窝端了！

“可不连窝端了！”

“赔大了！”

袁大爷吐出一口烟：支书多次让我养猪，我就是不养。

“还是大爷你英明呀！”

袁大爷：咱农民么，天生就是种庄稼的，就是个土里刨吃的。做人要本分。

“大爷，你这想法也不对，今年是遇上了瘟疫，要不然效益不错的。”

袁大爷：你就是再高的利润，遇着一次猪瘟，不还砸到里面了吗？俗话说，家财万贯，带毛的不算！不就是这个理吗？

老刘：做事还是要想长远些！

袁大爷：要说这良良确实是个好小伙子，可就是想入非非，不安分守己，害了自己也害了别人。我听说好几天没吃饭了。

老刘：都是自找的！

76 夜 外

高原的夜晚，一钩弯月挂在树梢；满天星星，仿佛伸手可摘。涝巴里倒映着星月。王支书坐在垂柳树下吹着悠扬的《牧羊曲》。

二喜轻轻走过来，坐在支书身边。

王支书回过头，看见二喜：家里安顿好了？

二喜：现在也没有什么做的了。到这来吹笛子了？

王支书：这里安静，喜欢这里的夜色。

二喜：咱农民一忙起来，再好的风景也看不见。有时，一个人心里什么都不想了，找这么个地方坐坐，还觉得挺好！

王支书：这也是为啥到城里待几天，就急着想家的原因，舍不下咱们从小一起玩过的地方。

二喜指着不远处：咱小的时候，那里有很多果树，肚子饿得不行，咱们几个娃娃跑到里面偷着摘梨吃。我吃得太多了,晚上回去就尿炕了。

王支书:树林后面是农业社的菜园子,咱们把背心往腰里一扎,晚上爬进地里,把队里的西红柿装进背心,结果让看园子的武大叔发现了。

二喜:还是你跑得快!

王支书:摔了一跤,结果把柿子压烂了,衣服也弄脏了。

二喜:武大叔眼看要追上了,又停下了。

王支书:现在能理解武大叔当时的心情了。

二喜:他是个好人!

王支书:好人多呀!可我就是觉得没有什么回报他们。

二喜:我觉得养猪这事还得长期做下去。

王支书侧头看了一下二喜:真的?

二喜:难道你都不相信自己了?

王支书:我在想,人也许经受的挫折太多就不自信了。

二喜:好多能干成事的人,就是因为迈不过这个坎变成了庸人。

王支书:你说咱们到底能不能走出一条路子?

二喜:能!

王支书:为啥?

二喜:因为咱们还没有死心!

王支书笑了一下:我的笛子吹得咋样?

二喜:曲子让人听了不来劲!

王支书:那就吹一首《走进新时代》。

王支书吹起了笛子。二喜和着曲子唱起来:让我告诉世界,中国命运自己主宰……

77　日　内

虎娃家的猪舍前,虎娃媳妇正和父亲说话。

老人蹲在地上:原指望着猪出了栏给小鹏寄点学费,这倒好,全给死了。

虎娃媳妇:是老天跟咱过不去。

老人:我今儿来是想给你说说,看再想啥办法给小鹏弄点钱。

虎娃媳妇:我也不知道能想啥办法!

老人:要不你给虎娃说一下,把三轮车卖了。

虎娃媳妇:爸,三轮车用处大,往地里送肥、拉粮食、碾场,平时还给别人跑一跑,要换零花钱的。再说,猪死了,他心情不好,这话能说吗?

老人生气地:我心情就好吗?你如今过得好了就不管你弟了?你是要看着我急疯了才高兴是吗?

虎娃媳妇:爸,你……

老人推着车子出了大门。

78　夜　外

月光下的高原,田边停着一辆农用三轮车。

胡子和三个人把埋在地里的死猪刨出来,放在车厢里。

夜色里传来几声犬吠。

79　夜　外

三轮车在道路上匆匆行驶。

80　夜　内

村部。王支书和二喜几个人在灯下谈话。

王支书:一定要做好群众的工作……

一个小伙子跑进来:王支书,胡子带了几个人,把死猪刨出来拉上车走了。

王支书:追!

81　夜　外

夜色下,王支书骑摩托车带着二喜出了村子。

82　夜　外

摩托车追上了三轮车,停在三轮车前面。

坐在车兜里的二喜跳下车跑了。另一位青年也跳车后消失在夜色中。

王支书向三轮车走去:你是哪里人?要把死猪拉到哪去?

司机下了车:你管得也太多了吧?

王支书:这事我咋能不管?死猪是要销毁的。

司机:我们拉到外地换几个零花钱。

王支书:你这么做,会给玉寨人造成什么样的影响?

司机:你放心,我们绝对不说是玉寨的猪。

王支书:这是坏良心的事!无论谁吃了,都影响身体呀!

司机:又吃不死人,你怕啥?

王支书:拍拍良心!拉回!

司机站着不动。王支书取出手机:你不拉回去,我就报警!

司机:好好好,我这就拉回。

王支书看着三轮车调转了头,对二喜说:回去彻底销毁。

83　日　内

王支书站在地边望着远处,耳边响起那句诗:为什么我的眼里常含泪水,因为我对这片土地爱得深沉。

二喜骑着自行车,到王支书身边停下来:支书,啥时候回来的?

王支书:今天早晨。我正想找你呐!

二喜:还是要说养猪的事?

王支书:是的。我去兰州找了一下刘教授,他过两天来。

二喜:养猪户虽然赔了,可还是觉得这是条致富路,就是担心以后再遇上这天灾人祸。

王支书:这不是天灾,确切地说,是人祸。刘教授说了,这是咱们没有科学喂养。瘟疫是可以预防的。这里面的学问多着呢。原以为知道一些就够了,其实不是那回事。我想,等刘教授来了,召开一次党员干部动员大会。

84　日　内

村部召开大会。王支书和二喜坐在下面听刘教授发言。

刘教授:上面讲了这么多,用一句话总结,就是只要农民朋友严格地按照科学方法温棚养猪,就能很好地预防瘟疫,确保猪健康成长,取得好的效益。我说完了,看大家还有什么要提问的吗?

一位农民站起来:刘教授,您说的是真的?

刘教授笑了笑:你放心。你们王支书叫我来讲课,还要我好好地给你们指导。我打算在这里待上几个月,看着玉寨温棚养猪产业发展起来。

一农民:可您是城里人,迟早要回去呀!

刘教授:我把养猪知识毫不保留地传授给你们。再说,你们王支书已经组织起一批年轻有文化的人学习技术,随时指导你们。说心里话,我很喜欢咱们玉寨这块地方,喜欢咱们这里的人!

"刘教授,有时间上我们家去看看吧!"

"刘教授,改天上我家吃顿饭。"

"刘教授,您就在我们玉寨多待些日子。"

王支书:告诉大家,刘教授已经答应了长期做我们玉寨村的技术指导。

一片热烈的掌声。

王支书:几个月来,大家都情绪低落,对养猪产生了畏惧心理。今天,刘教授消除了大家的担忧。我们以这次为教训,振作起来,不能一朝被蛇咬,十年怕井绳。要哪里跌倒,从哪里爬起来。我们玉寨养猪产业必须从过去的随意养殖转移到工厂化、集团化、信息化和产业化,要造大船。大船经风浪啊!要从仔猪、饲料、防疫、销售等环节实行一体化服务,最终形成仔猪繁育、规模养殖、生猪销售、饲料经销和技术服务五大产业体系,取得更好的效益。我最想说的一句话就是,我们党员干部要带头。只要我们心里装着老百姓,就是遇到挫折,群众也会理解的,也会支持的。另外,乡上和县上的领导已答应给我们经济扶持和帮助。

会场上一片掌声。

85　夜　外

夜色下的村子小路。王支书和二喜边走边说。

二喜:哎,志良,我有个想法。

王支书:说啊!

二喜:你看,福厚哥在外面打工就是养猪,现在回来给自己养,有技术,有经验,还很热心。我想咱们村里的养猪协会就让他当会长,你看咋样?

王支书:好好好!

86　日　内

王支书陪刘教授在青娃家猪舍前。

刘教授看了看猪舍,对青娃爸:猪舍是个干净地方,做好卫生工作,还要及时消毒。

青娃爸:好的。

青娃妈脸上带着笑:刘教授,还给猪舍消毒?

刘教授:那当然!平时不让人进去,外来的人进猪舍前一定要消毒。

青娃妈:教授该不是骂我们吧?

刘教授笑:怎么会是骂人呢?

青娃妈:咋说,猪还是个猪,难道还比人干净?

刘教授:可不是吗? 别以为猪有多么脏,它最讲卫生了。不消毒猪就会得病。

青娃爸:教授说得对,养猪手册上是这么说的。

刘教授:要相信科学啊!

王支书:你们两口子今晚继续参加学习!

87 日 外

陈乡长带着王支书等六人走进村子。

陈乡长:先去武虎娃家,计划生育政策好像与他家无关一样。

88 日 内

虎娃家。武大叔坐在院里的小马扎上,一边捻“毛线”,一边和陈乡长一行说话;虎娃开着三轮车给老袁交粮食,媳妇不在家。

王支书:大叔,她没有说到哪去吗?

武大叔:没说。

陈乡长:你估计她到哪去了?

武大叔:很可能到娘家了。他娘家爸三天两头来要钱,还不让女子结扎。这事,我都给虎娃说了几次了,他说媳妇不去。

王支书:你知道为什么吗?

武大叔:那谁知道? 那老汉心眼多。

王支书:大妈呢?

武大叔:蕾蕾妈又外出打工了。你大妈给老大看家,我给老二看家。

王支书:这么生活都不方便呀!

武大叔:那有啥办法呢?

陈乡长:那咱们去虎娃老岳父家。远不远?

王支书:不远,也就不到十里路,和刘组长一个村子。

89 日 内

虎娃岳父家。

虎娃岳父堵在锁上门的窑洞前,对着陈乡长一行:我女子就不结扎!

王支书:大叔,虎娃两口子有儿有女,为什么就不结扎?

虎娃岳父:我女子身体不好,不想动刀子么!

陈乡长:政策规定两胎后就要结扎。咱们全乡像你这种情况的,我还没有见过。身体不好,我们带去检查。

虎娃岳父:我说了,我女子再不生娃就行了,就是不让她动刀子!

陈乡长:你这没有道理。让开,今天我们就是要把人带走!

虎娃岳父:谁敢带人? 我就死给他看! 说着躺在地上打滚:乡长是土匪啊! 乡长是流氓!

几个人看着老头寻死觅活。

王支书:陈乡长,咱还是先回吧!

陈乡长示意大伙离开。

陈乡长:没见过这样的老牛筋!

王支书：我看别着急，回去再想办法！

90　日　外

高原的早晨。一轮红日从地平线上慢慢升起。玉寨村传来几声鸡叫。

王支书走出自家大门，迎面跑来二喜。

二喜：支书，出事了！

王支书停下脚步：出啥事了？

二喜：武大妈让火给烧死了！

王支书瞪大了眼睛：咋回事？

二喜眼睛有些湿润：昨晚她给老大看门，估计是炕烧得热了，炕上的被褥着了，把房子点着了。村里老师早上经过时才发现的。

王支书急忙向着村口跑：把人拉出来没有？

二喜跟在后面：已经烧得失了人形！

91　日　外

一处陈旧的庄院，塌下来的屋子冒着青烟。

武大妈被盖上层布，放在门板上，虎娃两口子跪在地上号啕大哭。

王支书也跪在门板前，大声哭叫：大妈——

92　日　内

王支书和二喜坐在村部办公室里。

王支书表情凝重：大妈多好的人，可怜被火给……

二喜脸色阴沉：她走得太惨了！

王支书：那么偏的庄子，黑天半夜叫谁呢？

二喜：武大叔几天没有吃饭。虎娃也垮了！

王支书：我这几天想，要是村里能统一盖房子，人都住到一起，彼此也有个照应，有个什么病和灾的，起码有人帮忙。

二喜：那当然好了，还节省耕地。

王支书：住到一起，生活各方面都方便，再把医疗卫生搞起来就好了！

93　三年后

94　日　内

玉寨村委会。王支书和几个人谈话。

王支书：虽说经过几年发展，全村四百多户百分之八十养猪，温棚养猪产业已经形成了规模，全村人均收入由过去的几百元达到五六千元。但是，我觉得应该把剩下的农民都发展起来。

二喜：剩下的要么是一些家庭条件差的，要么就是像胡子那样整天游手好闲的。

王支书：我们村干部要分头做工作，帮助发展温棚养猪。

一人说：支书，还有个事情，现在咱村农民富了，有钱的人多了，都想着要修庄院，村上一直都没批，好多人经常问，咋办？

王支书锁着眉头：这个事情再拖一拖。

有人问：这给农民咋解释？老百姓有了钱，就想着改善生活条件。

王支书:咱们村里人多地少,以前的庄子多数是沿沟开凿窑洞,现在都想在平整的良田里兴修宅院,你一块,他一片,既散乱又浪费耕地。我们是农民,农田是我们的基础啊。

二喜:也是,好地都占了,子孙后代吃啥呢?

王支书:说心里话,我一直想着咱们也过上像城里人一样的生活。这事先搁一下。最近先做未养猪户工作。

王支书的手机响。

王支书:喂,我是啊……陈乡长……那行。最近么……好的! 再见!

二喜:你还叫陈乡长,现在人家是书记了。

95 日 内

明媚的阳光普照高原,老刘坐在院子里的小马扎上吹笛子。

王支书走进院子。

老刘:良良来了,坐。

王支书坐在旁边的木凳上:刘大叔,你接着吹。

老刘:我也是没有事干,闲着散心。

王支书:大叔,我从小就爱听你吹笛子。

老刘:你不是吹得也不错吗? 记得你以前最爱吹《我们的生活充满阳光》那曲子。

王支书:说起吹笛子,你还是我的启蒙老师。

老刘:你现在是领导,是大忙人,也没心思吹笛子了。

王支书抬头看了看破旧的窑洞:大叔,你不准备修庄子吗?

老刘:哪有钱? 再说已经住惯了。

王支书:大叔,你咋就不养猪呢?

老刘:没技术,没经验,没资金。

王支书:现在有技术队伍免费给你服务。至于你说的资金,我今天给你带来了,赚了算你的,赔了算我的。你看行吗?

王支书说着从兜里掏出一沓钱,递过去。

老刘:我,我说心里话,不想养,是觉得咱只赚得起,赔不起。

王支书把钱塞进老刘手里:我话已经给你说了,就放心去养吧!

96 日 内

老刘在自家院子里修建猪舍。

妻子边干活边说:几年前我就给你说,咱养猪,你就是犟!

老刘:人家支书把钱都送到门上来了,你说我还能不给他个面子?

妻子:这么说,你这心里还是不情愿么?

老刘:到了这份儿上,咱就试试看吧,反正养猪么,一年半载就出结果了。

97 日 外

绿色的玉米地里,虎娃和媳妇在锄地。

虎娃:你说小鹏一个大学生,花了几万元学费,毕了业就这么待着,也不知道去找工作。

媳妇:他人老实,再说又没有钱。现在你也知道,办事就得花钱呀!

虎娃:农民外出打工都能找到活,一个大学生倒闲在家里。

媳妇:他咋说也不能和民工比啊!

虎娃:依我说,不上大学还好。这现在,高不成低不就!

媳妇:你别说,我那天也是这么说了他几句,我爸就不答应了,当时就给我脸色看。我不打算再说了。

虎娃:那你爸再没有给你说些啥?

媳妇:他说咱家猪出栏,再给他凑些,拿钱托关系。

虎娃:上学咱给学费,毕业了还要供着!

媳妇:我有啥办法?我爸重男轻女思想特别严重,你没有看出来吗?小时候,我得了肺炎,好几天也不给我买药,要不是我妈差点都活不到现在。要是小鹏说他哪里不舒服,他就六神无主,不是买药,就是送医院。

虎娃:反正我是不打算再给钱了,我想我也没这义务呀!

98 日 外

村口路上走来了胡子。

王支书迎面走过去:胡子,我正找你呢!

胡子停下脚步:这季节,应该是你们村干部忙着找大肚子婆娘的时间么,找我做啥呢?

王支书:妇女的计划生育工作我们早都做好了。今儿就是想做做你的工作。

胡子:我一个光棍,不会也是计划生育的事吧?

王支书:当然不是了。

胡子:还是几年前那八百元的事?

王支书:那事我一直记着,绝不放过你的。今儿是想……

胡子:支书,我可没有时间听你嗡嗡嗡!忙着,有事呐。

胡子说完匆匆地走了。

王支书:哎,胡子……

王支书看着胡子的背影,想了想,取出手机:喂,派出所吗?于所长在不在……

99 黄昏 内

王支书走进一个破旧的庄院:胡子?

窑洞的门“哐”的一声关上了。

王支书敲门:胡子,开门!

里面传来胡子的声音:你走!

王支书:把门打开,有话再说。

胡子:说啥?你是不是想着给我再判几年刑?

王支书:我三番五次地劝你,你就是不听。我也知道,你和那几个街上来的混混不会收场。

胡子:嗨,你把你的支书干,我把我的农民当,为啥跟我过不去?

王支书:胡子,今儿你就不要当我是村干部,我总是你大哥吧?你说你都快三十岁的人了,还没有娶上个媳妇,一个人就这么瞎混,能行吗?你老爹年纪大了,说你又不听!你是马大缰绳宽——想干啥就干啥。咱们是个男人,就得有个男人样子吧?总得把日子往好里过吧?总得成家立业吧?

胡子:我没钱,家穷,过一天算一天,也不想那么多。

王支书:人没钱不要紧,就怕不务正业。你一天就那三张扑克牌,能翻出个好日子吗?

胡子:你不就是叫我养猪么,我拿啥养?

王支书:我说过了,帮你!

胡子声音温和下来:那你先借我几万元?

王支书:钱我不会借给你的,我怕你一眨眼工夫就扔进沟里。你要真心想养,就修猪舍,费用我付。至于仔猪,我从家里给你赊欠五十头。

胡子:那我可说清楚,啥时能给你还上,没准。

王支书:只要你一心一意地养猪,啥时能还上就啥时再还!但我可给你说,不许再把猪卖了要赌。

胡子:那可没准!

100 日 外

田间小路上,王支书和刘组长边走边说。

王支书:刘组长,武虎娃的老岳父你知道?

刘组长:我咋不知道?有名的老牛筋!

王支书:你能不能打听一下,他为什么不让女儿结扎?

刘组长:我以前也闹不明白,昨天有人给我说,老汉心里有自己的小算盘。

王支书:什么小算盘?

刘组长:他想着让虎娃两口子离婚。

王支书:不会吧?两口子过得不错呀!

刘组长:你还没有搞清楚他的心思。想着儿子要是找不到工作,就打算再考研究生,现在缺的是学费!想着女儿离了,可以再嫁一次,不是又能赚几万块吗?

王支书:不会吧,天下有这样的父亲?

刘组长:哼,以我对他的了解,为了儿子,他啥事都能干出来!

王支书:要真是这样,我就有办法了!

101 日 内

村部办公室,十几个人在开会。

王支书:大家都听了这几个要求入党人的情况,看看还有没有意见。

“这几个人都是很实在本分的青年,我觉得可以通过。”

“尤其是赵小明,爱动脑子,现在成了我们村的养猪能手,成了土专家了。”

“这个小伙子手勤脚快,又喜欢钻研,把刘教授讲的和书上学的结合起来,还有自己的发明,贡献不小啊!”

“我们就是要把这样的积极分子吸收进来。”

王支书:那好,这事就全部通过。另外,大家也作一些准备,最近县上的领导要来视察。

102 夜 外

夜色下的乡间小路,王支书和二喜边走边聊。

王支书:几年来,我一直琢磨一件事。

二喜:啥事?

王支书:自从那年武大妈去世后,我就想,咱们能不能划出一片地,让全村的人都集中居住,像城里人一样!

二喜睁大了眼睛:好啊!

103 夜 外

虎娃和胡子两人打着灯沿沟的崖面抓蝎子。

胡子:你咋今晚不喂猪了?

虎娃:有媳妇管呢。

胡子:前天的卖了多少钱?

虎娃:卖了四十块钱。

胡子笑:你猜我卖了多少钱?

虎娃:你抓的和我差不多,能卖多少?

胡子:你错了,我卖了快一百块!

虎娃:你抓的蝎子是肉长的还是铁做的?

胡子:不懂了吧?我有绝招。

虎娃:啥绝招?

胡子:要不看你和我这么多年一起做这营生,都不教给你。

虎娃:你给我说了,我保证不对别人说。

胡子低声:卖蝎子的前一天晚上,把它们放到盆子里,再放上些没有吃干净的西瓜皮,早上起来一看,蝎子一个个都像怀了孕。

虎娃:噢,你小子从哪学会这一招?

胡子:要挣钱就得动脑子呀!

虎娃:你这脑子动得,净是些不上道的瞎主意。

这时,王支书从路边走过来:虎娃——

虎娃回过头:支书,有事?

王支书:我到处找你!你来,和你说个事。

104 夜 外

朦胧的月色下,王支书和虎娃站在村口树下。

虎娃恍然大悟:我说这老岳父咋几年来就是不让我媳妇去结扎,原来是想这么狠的一招!

王支书:我都觉得有些不大可能。

虎娃:哼,那是你不知道,今天可算提醒我了。老丈人来一次,我两口子就吵一架;他一直瞧不起我,说我没本事,教唆他女子和我闹。这么可恶的老头子,多年来挣下的钱都贴赔给了他!

王支书:要真是这样,你就得想办法。

虎娃:我明天去找他评理。

王支书:看你,也不动动脑子。

虎娃:那你说咋办?

王支书:你就这样……

105 夜 内

虎娃家。灯下。虎娃两口子坐在炕上。

虎娃对媳妇说:咱俩结婚这么多年了,还没有给你好好地买个首饰!

媳妇:我是什么命么,哪敢想那些?

虎娃:明天我去镇上,给你买个镯子!

媳妇眼睛一亮:真的?

虎娃:骗你做啥?

媳妇:我才不相信呐,你一直说要给娃他爷买一身衣服都没钱。

虎娃:你就别管了,明天我就是借钱,也要满足你多年的心愿。

106　日　外

热闹的集市。虎娃和媳妇走出了商场。

媳妇爱不释手地看着新买的镯子。

虎娃:喜欢吗?

媳妇高兴地:当然。

虎娃:那你说咱结婚这么多年,你心里有我吗?

媳妇:没有你还能有谁呀?

虎娃长长地吐了一口气:其实你不知道,我最近心里特烦。

媳妇看着丈夫:你烦什么?

虎娃:乡上说了,你不去医院结扎,就得我去。你看看,咱玉寨村还没有一个男人做手术。再说,男人做了那还是男人吗?

媳妇犹豫:那你别做了!

虎娃:你看行吗? 乡上计生组的人已经找我谈了好多次。我能躲到啥时候? 依我说,咱有儿有女的,干脆结扎,一心一意跟着王支书养猪,发家致富。

媳妇:可是我爸不让我做呀!

虎娃:你说你都嫁给我了,也就是我的人了,日子是咱们一块过,咋还动不动是你爸说怎么怎么的? 我总觉得你和我不是一条心似的。

媳妇:你也别这么说。尽管我爸对你有意见,有看法,可我这心里还是觉得你人老实,也可靠。

虎娃:哎,你爸是不是老在你面前说我无能,没本事?

媳妇:我爸么,就是爱唠叨!

虎娃:哎,媳妇,我问你一句话,是不是你爸劝你和我离婚,想让你再找一个有钱人家?

媳妇低下头:没有的事! 你别胡思乱想。

虎娃板起脸:我早都琢磨出老丈人的意思了,他就是想着让你再嫁一次,再弄几万元给他的宝贝儿子去上研究生。不过,我嘴上不想说罢了。就看你对我是啥态度。

媳妇沉默。

虎娃装出一副难过的样子,蹲下身子,靠在一棵树下:唉,可怜我两个娃儿要没有妈喽! 我以后的日子可又该咋过呢?

媳妇:我又没说要和你离呀!

虎娃抱头:可你也没有打算一心一意地跟我过日子呀! 依我说,你爸太自私了,牺牲你的幸福,给小鹏换前途。我也想,小鹏都大小伙子了,以前上学,咱们几年给了他多少钱?连一件像样的衣服都没给你买过,我还穿的是结婚时的衣服。再说,你看我爸,王支书给了一件毛衣他都舍不得穿,整天还织着那玩意。

媳妇拉一下虎娃:你别难过,我爸说啥我也不会听的,从今往后我一心和你过日子!

虎娃抬起头看媳妇:女人的心呀,天上的云,一阵子一变啊!

媳妇:你就相信,我不会变心的!

虎娃:那你咋证明给我看?

媳妇:从今以后,我听你的!

虎娃:那就这样,咱们今天就去医院结扎!

媳妇:是不是太仓促了?

虎娃:前面就是医院,这也是个小手术,我好好陪你。

媳妇:要不明天吧?

虎娃一低头:我就知道你心里还是想着别的!

媳妇一狠心:那就走吧!

107　日　内

医院里,虎娃媳妇被护士推进了手术室?

虎娃自语:好你个老牛筋丈人,看你的阴谋还能得逞吗?

108　日　外

蓝天上白云朵朵,王支书陪陈乡长和县长走在玉寨村土路上。

县长喜悦地:村上共有多少养猪户?

王支书:全村共有409户,现在温棚养猪户超过了三百户。全村年收入估计近一千万元。

县长:那就好。全县农民就咱玉寨实现了小康。你们村一年一个样啊!哎,王支书,谈一谈下一步的打算。

王支书想了想。

陈乡长:大胆地说吧!

王支书:我想让咱农民过上像城里人一样的生活!

县长:咱们富了的农民为什么就不能过上城里人的生活呢?我想知道,你要怎样做?

王支书:今年打算在玉寨全面建设小康村。

县长睁大了眼睛:好啊,中央现在提倡建设社会主义新农村。你这想法很好啊!你先说说你的思路。

王支书:现在农民手里有了钱急着修宅院,没有统一规划,浪费土地资源,影响村容村貌。长期发展养猪产业,也会污染整个村子的环境和空气。我想在村子东面修一条街道,街道两边盖起小楼,一家一户的院子里后面做成隔离带,隔离带后面修建标准猪舍。在村委会旁边修建图书室、活动室,还有医疗所、兽用药店等等。另外,还想多打几个机井,为农户送自来水。充分利用猪粪,修建沼气池……让农民过上城里人的日子!

二喜也高兴地:这事我们前天已经开过会了。

陈乡长:反应咋样?

二喜:大家意见比较集中,同意。

县长:这么宏伟的蓝图让我心热呀!如果连这么好的思路都不支持,我还怎么当父母官呢?放开手脚去干吧,有什么困难给我说。

109　夜　外

夜色下的沟边,虎娃和胡子在崖边抓蝎子。

虎娃:这里太危险了。要不咱回吧?

胡子:这里蝎子才多呐!

虎娃:我可是舍命陪君子。我媳妇不让我出来,要我晚上清扫猪舍呢!

胡子:看来这营生也只有我一个做了。嗨,这个小家伙大呀!

胡子用手里的紫光灯照着不远处崖面上:那里还有一个。

虎娃:别过去,那太危险了!

胡子:没事!你看我的。

胡子用手去抓崖面上的小树,纵身一跃,小树被连根拔出,人瞬间掉入沟里。

虎娃急忙大叫:胡子——

110　夜　内

王支书家。王支书在给儿子看作业:明明,今年你的进步很大呀!

明明:是张老师教得好。

王支书:这么说,去年是老师教得不成,不怨你没好好学?

明明:就是呀。去年给我们代课的小李老师,今年又给蕾蕾代课。她以前给我们代课,经常讲错。

王支书:胡说。老师咋会经常讲错?

明明:就是。

王支书:那你给我说,她把什么讲错了?

明明:她给我们讲"春眠不觉得晓,处处闻啼鸟"时说,春眠就是指春天还在睡觉的动物。

王支书有些惊讶:依你老师说,冬天睡觉的动物叫冬眠,春天睡觉叫春眠了?

王支书的妻子走进屋子:小李老师连初中都没毕业,就来教学生,能教好吗?

王支书站起身:这不行,我到学校了解情况!

妻子:学校又不归村支书管!

王支书:只要是不合理的,我就想管!

王支书走出大门,迎面碰见慌乱的虎娃。

虎娃:胡子抓蝎子掉到沟里了。

王支书:在哪?

虎娃:从苜蓿沟掉下去了。

王支书:那我骑摩托车去!

111　夜　内

医院,病房灯下。王支书和虎娃陪在胡子床边,胡子头上和左腿上缠着纱布。

王支书:胡子,大夫说了,主要是腿骨折了,没什么大问题,就放心养吧。

胡子:玉良哥,你就让我回家养吧。

王支书:胡说,现在能出院吗?

胡子:花了你这么多钱,我这心里……

王支书:说的啥话嘛!治病要紧!来吃饭!

胡子:可是我……

虎娃:胡子,你安心治病,志良哥给你交足了住院费!

王支书:你把病治好,好好过日子,挣钱再还给我,我不能便宜你!

胡子挣扎着伸出手:大哥,我出院后,一定重新做人,养猪致富!

112　日　内

村部会议室,墙上挂着"优秀党支部"等奖牌。王支书和二喜正陪几个设计人员看图纸。

王支书对一位工作人员说:李工,我们的宗旨就是既现代又不失咱黄土高原的地方特色。

李工:王支书,你放心,我们一定让你满意。

王支书:一定要让我们玉寨老百姓满意。

李工笑:我们回去先做初步设计,出个效果图,再送回来你们决定。

二喜:李工,你测算一下需要多少钱?

李工:六七百万。

113　日　外

村口大树下,一群人在议论。

"听说我们要建设小康村。"

"啥是小康村?"

"也就是以前老说的楼上楼下,电灯电话。"

"好像是要在东头整体规划,一条街道两边全是小洋楼,一家挨一家。"

"好啊,咱们老祖辈净在地坑庄里住,做梦都没有想到会有住洋楼的日子!"

"什么时候开始动工?"

"都设计好了。各自然村的组长最近就要传达精神。"

"现在不像以前,家里的人口少了,住到一起好!"

"好什么好?你以为白住,不要钱?"

"要多少钱?不会像咱县城里,一套一百平米的要十几万吧?"

"听说好像就是三五万。"

"才三五万呀?那咱玉寨村住不起的怕是没有几户人。"

"像胡子那样的人可能紧张。"

"这小子现在也走上了正道,开始养猪了,用不了几年也就翻身了!"

"你说咱一个农民么,就是个土里刨的地老鼠,住什么洋楼?洋楼可是城里人住的!"

"咱干一天的活,一回家浑身都是土,住那么奢侈的房子还真难伺候!"

"我还打算用这几年养猪挣的钱给娃娶媳妇呢!"

"只要咱们住上小洋楼,你看看,到时候送上门的女子多得很!"

"要真像他们说的,小楼带着小院子,那可就是省部级待遇了!"

"哎呀,咱玉寨人有今天这样的好日子,可真亏了人家王支书!"

"最近咋没有看见王支书?"

"听说去外地考察了。"

114　夜　内

星光灿烂的夜空,沉睡的黄土高原。王支书家的灯还亮着,王支书和妻子躺在床上。

王支书:咱的猪长得好,最近可是辛苦你了!

妻子:我辛苦个啥?你比我累多了!看你出去了一个月,人都瘦了一圈。考察得咋样?

王支书:收获很大。咱们一定要把社会主义新农村建设好。就是要让咱农民过得比城里人还好。

妻子:我还是想说那句话,多注意身体!你看,才四十出头的人,头上都有白发了!

王支书:哎,我想和你商量个事。

妻子:啥事?

王支书:我想把县上办的村西头养猪场买下来。

妻子:买那干啥?咱不是有猪舍吗?

王支书:毕竟它规模大啊。

妻子:我前一阵子听说要公开拍卖,可谁都不要。

王支书:咱要。

妻子:那要多少钱呀?

王支书:可能要百八十万吧!

妻子坐起:啊?要那么多钱?

王支书看了妻子一眼:咱们得考虑长远一些!

妻子:可是咱也没有那么多钱呀!

王支书:这个我想办法!再说可以分期付款么。

妻子:这几年养猪挣的钱,可不能全折腾完啊。我知道,你肯定不只是给咱们家考虑,还有什么想法吧?

王支书笑了笑:咱们村现在需要一个大规模的温棚养猪场,还要从别的地方再引进优良品种,培育优良品种,再提高养殖技术,做大做强,弥补分散养猪的不足。

妻子:那有啥不足啊?

王支书:这个,你以后就知道了。

妻子:别人会不会说啥呀?有没有对你不好的影响?

王支书:放心吧。这么多年,我有一个深刻的体会,只要你始终为老百姓着想,心里装着咱农民,他们迟早会理解你,会支持你的。

115　日　外

王支书家门口。王支书刚出门,迎面碰见了一脸怒容的虎娃岳父。

老汉冲到王支书面前:你个缺德鬼,是你教唆让我女子结扎?

王支书停下脚步:大叔,你听我说……

老汉:我不听,不听你说的那些屁话!你个狗东西,断了我的念想,我也不活了,今儿你就把我也给割了。给!

老汉说着将脖子抻给王支书。

王支书:大叔,你别激动,虎娃媳妇……

老汉一头顶过来,王支书一躲,老汉顶在身后的土粪堆上。

王支书急忙去拉,老汉就地躺下,头上粘有粪渣:王志良,我今天就死到你家,让你把我给埋了!

王支书拉老汉:大叔,你就听我一句话,咱不能拿女儿的幸福去给儿子换前途。

老汉:你小子他妈的少来教训我。我儿子是大学生!上了几年大学,花了多少钱不说,毕业这么长时间找不到工作,他愁得吃不下去饭。你知道个屁!

王支书:找不到工作也不能想那些歪主意呀!

一个小伙子疾步走来,俯身拉老汉:爸,你这是干啥?

老汉看着儿子:你回去!

王支书:你是小鹏吧?

小伙子:王支书,我是小鹏。对不起,我爸他是为我着急。

王支书:大叔,快起来,有话咱们好好说,叫别人看见了多不好!

老汉:我什么也不怕!我就是不想活了!

小鹏:爸,快起来!

王支书:大叔,你自己可以什么都不顾,总不能给小鹏丢脸吧?

小鹏生气地看着父亲。

老汉看了一眼小鹏,脸色缓和下来:小鹏,你回去吧。

小鹏:你这是干什么呀?也不怕别人笑话。我都给你说了,工作的事我慢慢找么,就是找不下我去南方打工,也不能让我姐做那事么。

老汉:小鹏,你不知道,你姐也是个没良心的东西,她不打算再帮你了。

王支书:她多少年了连件衣服都舍不得买,挣下钱就给了小鹏,还要怎样帮啊?

小鹏:爸,回家!

王支书:小鹏,扶你爸进去吃些饭再回去。

老汉回头:你个狗东西,别再臊我皮了,等着我慢慢和你算账!

116 日 内

一农户院里, 王支书和二喜跟五六个农民谈话。

王支书:咱们的新农村快要动工了,好多人都登记了,你们几位不想住小楼?

一妇女:王支书,我也知道住楼房肯定好。可我儿子前一阵子订了婚,还等着给人家彩礼钱呢。女方提出要三金一冒烟。

二喜笑:还要摩托车啊?现在咱村里好多人家都买了汽车。

妇女:我几年花销太大,娃他奶奶身体不好,药费花得太多。要是再集资住楼,怕是这亲事就冒了烟!

王支书:那给你先规划上,以后再交钱。

王支书看了一眼青娃爸:你咋不住?

青娃爸看了一眼青娃妈:屋里人不让住么!

青娃妈:支书,说心里话,我觉得咱是个农民么,你就是把金屋银屋住上,一年到头在地里挖抓,还不是个泥棒子!

王支书:嫂子,我就是想提高咱们的生活质量。

青娃妈:就说我们家掌柜的,多少年就没洗过澡!

青娃爸:我到哪洗去?涝巴里经常干着,天一下雨,就一坑死水,又脏又臭!

青娃妈:他有时间也不擦洗一把。我一直想,他身上可能还有结婚时的垢甲呢!

几个人都笑了。

男人:你再别当着人面臊我皮了!

王支书:我们新农村就有澡堂!

青娃妈:其实,王支书,咱农民啥时候都达不到那城里人的生活。

王支书:嫂子,你说为啥?

青娃妈:咱就是老鼠放屁——啥时候冲起来的都是土!

几个人又笑。

青娃妈:就说我前年冬天上兰州看我娘家弟弟,进了人家住的那楼房,就觉得自己浑身都是个土,连脚都不知道往哪踩,鞋也没个合适地方放。房子里有暖气,热烘烘的,再出一身汗,弟媳妇就坐不住了,带我进卫生间洗个澡,觉得这下干净了,结果出来一照镜子,一下子就没了精神。

一妇女:咋啦?

青娃妈:一照镜子,两个脸蛋子就像咱小时候吃的高粱面搅团一样,黑红黑红的。待了一天就跑回来了,觉得给弟弟丢人啊!

王支书:嫂子,以后我们的澡堂修好了,你们尽管洗,天天洗,洗得和城里人一样。

另一男人调侃:天天洗,把你洗得白白的,就像咱们养的长白猪一样白!

青娃妈:去你的!

117　日　外

玉寨村的一片空地上,正在举行社会主义新农村开工奠基仪式。

王支书和村子的班子成员陪县、乡领导站在中间,周围有很多村民。

县长宣布:玉寨村社会主义新农村开工奠基仪式现在开始——

鞭炮声随之而起。

118　日　外

村口大树下,一群人在聊天。

“王支书已经把县上的养猪场买下来了。”

“引进了好多优良的种猪。”

“里面实行科学化的管理,设施也很先进的。”

“他是要造一艘更大的船,带着我们向前走。”

“是给我们做出个样子,把咱温棚养猪产业做大。”

“哎,听说了没有,咱村是县上指定的党支部书记直选村。”

“最近就要选举了,你说会不会选上王支书?”

“肯定没有问题的。”

“我不是党员,你可得给咱王支书投一票。”

“是啊,这几年咱们的生活变化多大呀,家里就不说了,就是手机,咱村人都快一家一部了。”

119　日　内

村部办公室,王支书正和一中年人谈话。

王支书:袁经理,最近生猪销售情况怎么样?

袁经理一脸愁容:从3月份起,一直在下跌呀。

王支书:你是咱村销售公司的经理,你要操心这事,要及时了解市场。

袁经理:支书,以前咱们固定的宁夏、兰州、安徽和四川的客商最近都不怎么来了。昨天我还给他们打电话,他们都说,今年全国都这样。

王支书:要是能维持现状还勉强可以。

袁经理:根据多年销售的经验,我有一种预感,今年生猪销售价格到目前还没有探底。

王支书:我也害怕再持续下降,那样就让养猪户赔了。

袁经理:我更担心你的大猪场,你这可是刚开始呀!

王支书:我的没关系,最发愁的是一些新养猪户,他们才起步,亏不起的。

袁经理:已有农户找过我了,说要卖掉自家的猪,我默许了。说心里话,我最近心里很不安呀!

王支书:做什么事没有风险呢?遇到困难如何解决才是最关键的。

袁经理:要是真的继续下跌,咋办?

王支书:亏损的话,那也只有卖了。

王支书的手机响了。

王支书:你好,陈书记……下星期二吗……好的!

袁经理:陈书记来电话了?

王支书:直选村支书大会定在下星期二了。

120　日　内

村部会议室举行支书直选大会。人们在投票。

121　日　内

陈书记宣布:玉寨村党支部书记直选结果,全票一致同意王玉良继续担任支部书记。

一片热烈掌声。

王支书站起来,和陈书记握手。

122　日　外

陈书记和王支书走在玉寨村田间小路上。

陈书记:这事不可能吧?

王支书:我已经详细了解过了,小李老师确实是顶替于伟。于伟是三年前毕业的大学生,分到咱村学里当老师,结果他不愿意来又不想丢掉这份工作,就让县教委的刘主任外甥女顶班,就是小李。听说,于伟每个月工资近两千块,只给小李老师三百,他还在深圳打工。

陈书记:这不是胡闹么!是欺骗组织,误人子弟!

王支书:孩子们的教育可是个大事。我想这事你还得管一管。

陈书记:这事还真不由我管。再说,要是刘主任的亲戚,我这乡上干部也不好说。

王支书:那我现在就去县上找领导,你就不用出面了!

123　夜　内

王支书家,王支书夫妇躺在炕上说话。

妻子:依我说,你今天都不用去找徐副县长。

王支书:咋不应该?他就是主管教育的。

妻子:别人都不说,你偏要惹这人。再说,她现在又不给明明代课,咱儿子明年就要去镇上上中学了。

王支书:你到校园里看看那些娃娃,一个个天真可爱,可不能让人给误了呀,不能都成了睁眼瞎!我想,我就不是支书,这事也得管。

妻子:那徐县长咋说了?

王支书:说这事只要是真的,他一定认真处理。

妻子:我为啥不让你管那么多的事?

王支书:为啥?

妻子:看你太累,我心疼。说心里话,我都希望这次选别人当支书呢。

王支书:群众相信我,我咋能让老百姓失望?

妻子:关键是你太辛苦了。要依我说,咱不是买下县上的猪场了?咱俩就一心一意把咱家的猪养好就行了。

王支书:我知道你是关心我,可还有很多事要给咱村里人办呢!

妻子:不说这些了,我知道说了也白说。哎,我问你个事,猪价下来了,人家都急着卖猪,咱是不是也要考虑这事了?

王支书:我也想好了,咱不卖,咱还得再买些优良品种猪。

妻子翻起身:你,你,你说梦话么?

王支书:咱村人都急着全部卖掉,能理解,亏本生意谁还做?

妻子:那咱就做亏本的买卖?

王支书:市场经济有涨有跌么,现在行情是不行,可等市场好了,村里人再要养猪不是都得再买高价母猪和种猪?那样,咱这产业不就完了吗?

妻子:这么说咱可不是就赔大了吗?

王支书:遇到困难挺过去就是胜利。

124 日 内

胡子家的温棚前。

王支书:卖了?

胡子认真地:说心里话,不想卖。

王支书:行情不行,卖了就卖了。

胡子:本想着今年把你的钱给还了,看来又得向后推了。

王支书:只要你正经做事我心里就踏实了。还钱是小事。

胡子:我想出去打工,先挣些钱,等行情好了,再回来养猪。

王支书点头。

125 日 外

王支书和二喜、袁经理走在田边。

二喜:支书,你要再买猪,我可是为你捏一把汗。

王支书:不说这事了,我主意已定了。

袁经理:最近我得到了一个消息,说是从去年开始有些外地人也打着咱玉寨的牌子卖生猪,对咱的市场有一定的影响。

王支书:我也听到这事。今儿还想和你俩说说。我想给咱玉寨申请一个商标。

袁经理:什么商标?

王支书:咱玉寨生猪养殖经过这几年,已经得到市场认可,吸引了那么多外地客商,咱得保护这个牌子呀。

二喜:好啊! 这个想法真是太好了。

王支书:我想以陇新这个名字向国家工商局注册,你们看行不行?

袁经理:王支书,你是咱村里的文化人,起的名肯定不会有错!

二喜:好,就陇新。

王支书:还有一件事,市场给了我们教训,咱们生猪养殖到了出栏时就没法再等了,季节性强,赶上行情差咱就得赔。我想在咱村里建起一个屠宰厂,就地加工,或者把猪肉冷冻起来,这样就会缓冲或者说消除市场给我们带来的负面影响。

袁经理:这是个好办法,我咋就没有想到呢?

二喜笑了笑:要不咱老百姓选他当支书呐。我看这事就抓紧弄。

王支书:把他们召集起来,会上讨论一下。

王支书的手机响了。王支书接电话:喂,是徐副县长……好好好……谢谢你啊……再见!

王支书:咱们村学里的小李老师退回去了,于伟被开除了。

二喜:那现在学校里不是缺老师了吗?

王支书:徐县长说,先让校长替小李的课。

二喜:校长的课也很多,还不如再找个有文化的青年先教。

王支书:哎,虎娃小舅子小鹏找到工作了没有?

二喜:前几天刚回来,听说去省城里经销电脑。

王支书:我去问一下,他要是愿意,我再给上面说说。

126　两年后

127　日　外

玉寨小康村。一条宽敞的柏油路,旁边两排漂亮的小洋楼。街头走过几个穿着整齐的农民。孩子们快乐地玩耍。

王支书和二喜陪县乡领导走在街上。

王支书:那边是图书馆、活动室,这边是洗澡堂。

一位走在中间的领导:王支书,你就带我们好好地参观一下。

陈书记:周书记,我都有些不相信咱玉寨农民能过上这样的日子。

周书记:多亏了王支书。也是你们乡上领导有眼力,识才啊! 另外,我还要告诉你们一个好消息,是从北京传来的:要免掉农业税和孩子们的学杂费了。

陈书记:那真是太好了。

王支书:那咱农民更高兴了。

128　日　内

王支书走进二层小洋楼的院子。

长高了的明明背着一个包下来:爸,我去学校了。

王支书:这会儿有去县城的车吗?

明明:一会儿就有了。哎,爸爸,一个爷爷在家里等你。

王支书走进屋子,看见站在客厅里的虎娃岳父:大叔来了,坐!

虎娃岳父:王支书,我来感谢你了!小鹏能当上老师,可全是你的恩德呀!

王支书:这是小鹏教得好。上面已经说了,马上就成正式教师了。

虎娃岳父:还是你帮了大忙。我不知道咋感谢你。以前我对不起你!

王支书:大叔,你别客气。坐下,咱们喝两盅!

129　日　外

新农村一隅。绿化带旁边的露天石椅上,几位村民在聊天。

青娃妈:你说咱现在住的这小楼房和城里人相比咋样?

虎娃媳妇:依我看,比城里人的还美,咱这是别墅。

蕾蕾妈:刚搬进去的几天晚上,我一直失眠,躺在床上像是做梦一样。咋都想不到咱农民也会有住小洋楼的一天。

青娃妈:我刚住进去也不习惯,就是上厕所蹲在便池上,看着那么白的瓷盆,屙不出来呀!

虎娃媳妇:为啥?

青娃妈:舍不得呀。那么白亮的东西。

蕾蕾妈:我们家的死老头子,每次上厕所就忘了带纸。

青娃妈:他是不是寻思着找块土疙瘩?

蕾蕾妈看着虎娃媳妇:可不是吗?有一次,你来串门,咱坐在客厅里聊天,他正好在里面蹲着,硬硬地给憋在里面半个多小时。

胖女人:我最担心的就是做饭时用沼气,怕正炖肉时断了气。

虎娃媳妇:你操的那不是闲心吗?家里养那么多猪,放开用。

胖女人:现在条件多好啊!几十年来,别人老说楼上楼下,电灯电话,我觉得那是胡说,今儿给验证了。

蕾蕾妈:当初没有登记小康村的人现在都后悔了,已经找了好几次村上了。

胖女人:听王支书说以后还要给他们盖楼。

虎娃媳妇:往哪盖?

蕾蕾妈:当初规划时给他们考虑了地方。

一妇女:要说我们这么好的生活就是王支书给咱们设计的。

胖女人:要感谢还是人家老王头,生了这么好的一个儿子。

虎娃媳妇:大前年猪价一路下跌,村子里人几乎都把猪卖了,他倒是挺过来了。按说,他又能好好地大赚一笔,结果却把大半的猪低价给了咱村里人。

蕾蕾妈:还有一部分人是从王支书的猪场里赊欠的。

青娃妈:两年过去了,还有人欠支书好几万元呐。

胖女人:你不知道,前年他就把价值三十万元的猪赊给咱村里人。

一位老年妇女:真是个好娃娃呀!

青娃妈:是个好干部、好党员。

130　日　内

村部办公室。

王支书问坐在电脑前的袁经理:目前市场情况咋样?

袁经理：供不应求啊！咱们陇新牌子已经打出去了，网上反馈回来的信息让人振奋。

王支书：越是这个时候，越要保质保量。

袁经理：是啊，用诚信做好我们的产业，我们的陇新！

131 日 内

王支书和二喜在胡子家猪舍前。

王支书：去年的收入咋样？

胡子：净利三万多元。

二喜：老刘以前不养猪，你动员后，抱着试一下的心态，这两年的收入也很好。

胡子：哎，支书，今年这一批猪出了栏，我就还你那几万元。

王支书：不着急，先把你的事办了。

二喜：胡子，我听说别人给你介绍了对象，是不？

王支书：咋样？

胡子：后天定亲。

二喜：是不是还要些彩礼钱？

胡子：媒人说了，女子他爸来咱村一看，说给不给彩礼钱都不要紧，只要我能住一套小康屋。

二喜：那你还不去登记？

胡子：我想住上了小洋楼再去登记。

二喜：我是说咱村又要给无房户盖小楼，你不去申请？

胡子：噢，还以为你说的是去领结婚证呢。我想把支书的钱还上就去申请。

王支书：我的钱以后再说，你先张罗结婚。另外，我还惦记着一件事。

胡子：王支书，是不是好多年前那八百元钱的事？

王支书：你还记着？

胡子：支书，上个月底，我已经交给了高大叔，让他转交司机，并向他道歉。

王支书：这就好。你别看这八百元，这是给咱村里人重塑形象啊。

胡子：我呀，还给青娃妈也道了歉！

袁大爷走来：支书，你有时间吗？

王支书：袁大爷，有事？

袁大爷：我也想养猪。

王支书：好啊！

袁大爷：我是想请教你。

王支书：大爷，你那么客气做啥？走，到你家里说吧！

132 日 内

村部办公室，王支书正跟一位打扮怪异的青年人谈话。

王支书：你是外地来的？租我们的房子干什么？

青年：我想开个歌舞厅，活跃村子里的文化生活。

王支书：是不是还想弄几个小姐来？

青年：如果需要，也可以做的。

王支书：你看我们玉寨村自然环境多么好！我喜欢喜鹊在枝头鸣叫，喜欢蜜蜂在花园里采粉,喜欢蝴蝶在空中翩翩起舞,就是非常讨厌苍蝇嗡嗡叫。

小伙子不明白。

王支书:我告诉你,那房子我不会租给你的,我们要在那里面办个游艺室。至于你说的活跃文化生活,我们有更健康的方式!

133　日　外

冬天的新农村。玉寨人扭秧歌、踩高跷走过街道。

脸上涂了彩的胡子扮演丑角,在人群中又摇又摆!

一片红火的春节气氛。

134　夜　外

夜色下的玉寨村。

街道上路灯明亮,夜空中礼花绽放。

孩子在嬉戏。

135　日　外

春天来到黄土高原。

王支书和二喜站在地边。

二喜:去年咱村的养猪实效更鼓舞了农民的积极性。

王支书:有二十几户年收入超过了十万元。

二喜:咱们的陇新牌生猪已经声名远扬,新老客户越来越多。

王支书:今年的屠宰厂效益也创新高。

二喜:从生猪购买到销售五大公司现在发展得很不错,管理也上了新台阶。

二喜:前景喜人呀!

136　日　内

玉寨村大会议室。

陈书记大声宣布:热烈祝贺王支书当选党的十七大代表!

坐在第一排的王支书站起来对大家点头。

会场爆发出一片掌声。

137　日　外

秋阳给玉寨村的田野染上了一层金黄,王支书目视田野。

二喜跑过来:王支书,接你的轿车已经来了。

王支书看了一眼二喜:好的。我这就走。

二喜看王支书走,便跟着走。

田边土路上,陆续走出村民。

人越来越多。

人们目送着王支书。

王支书回头看了一眼,微笑着向前走。

天空一片灿烂的云霞。

(剧终)

田野上的信天游

——《月满乡心》中的“印象”瞬间

■张庆豫

田野和村庄的故事，就像炊烟和禾苗，早上飘散，晚上又升起，今年收割了，明年又会长起。

——《月满乡心·住在田野中间》

我和秦锦丽算是熟人了，但认真阅读她的作品，是从这本《月满乡心》开始的。其中一篇名为《住在田野中间》，在这本书里我不敢说此篇最好，但的确写得很美，又恰好与我情趣相投，带我走进这位作家的散文世界，不能不说是一种机缘。

印象中，小秦谦虚、热情，很能体贴老年人，她匆匆送来自己的新作，特意只勾选了其中的4篇。当天傍晚，我把她那本书随意一翻——61页：《住在田野中间》。感觉这标题，这“田野”，就像从哪儿跳出来的一样，如同打卦抽签，是因我而来，心里便微微一震。

在我家原生态的墙上，挂着一幅手绣：一处极安静的山野小屋。画面是林间小屋的背面。看不见的“前面”，为我提供了无尽遐想。光阴似箭，日月如梭，我们始终没能走进田野。这个“谜底”，忽然被秦锦丽写的一篇文题给“挑”开了，让我认识了一位散文作家，见识了她的黄河，她的陕北，她的田野，她的父老乡亲，特别是她信天游般朴实的语言——她用陕北风格的“印象派”笔法，描绘了故乡无数个自然、淳朴的人物景象，让瞬间的感悟与回忆，成为本真的怀念与永恒。

一

《月满乡心》收入散文60篇，内容涉猎广泛。《九寨烟岚》、《朝拜生命高地》、《绕不过的棣花》等，都是我喜欢的。但最能体现秦锦丽写作风格的，还是第二辑的《黄水歌谣》。这组散文共25篇，大半是写她陕北家乡的，崖上崖下，窑内窑外，亲情乡邻，几十年的变与不变；不息的黄河，新生的、死去的男男女女，以及神秘的狐则，还有信不信由你的“鬼捏腿”和“叫魂术”，于宏大的现实中洇染出几分虚幻，扩展了对地域文化的触摸。

作者的父亲是位至老不肯离开土地的老教师，母亲默默奉献一生辛劳，爷爷则是位体魄健壮的艄公。幼小的秦锦丽，有点像《边城》里的翠翠，常伴爷爷往返黄河渡口。与翠翠不同的是，作者家族兴旺，热热闹闹的。所以，秦锦丽对她的家乡有着极强的归属感，不论置身何处，一旦念及陕北吴堡，便情思涌动，感慨万千。比如作者客居天水时，对家乡的一段回忆："村庄中央或四周有大片或小片的田野，田野劳作的人，可以和村庄休闲的人有一搭没一搭地聊天……调皮的二喜慌里慌张地从田野跑过来，跑到坐在院子里纳鞋底的三小子媳妇面前，捏着指头说，三嫂子，快求你给我挑一下刺，锄头把上的木头屑戳进肉里了，唉哟，疼死我了。就在三嫂子弯腰挑刺时，汗衫领口向外扩开，一对白面馒头般的秀乳被站着的二喜看个清楚。这情景正好被坐在炕上扇凉扇的三小子的妈看见，老太婆忍不住迈着小脚走过来，'啪'一声，当头给了二喜一芭蕉扇，骂道：这鬼崽子人没长大，脑瓜子先熟了……"(《住在田野中间》)

小脚老太适时地当头一击，惊跑了偷觑正酣的二喜，他便又喜又惊，边跑边喊，宣告他"知道了！"于是，嘻嘻哈哈，打打闹闹，在勃勃生机的田野上，完成了一次性的启蒙。当然，家乡的田野，并非总是欢乐着的。

"那时候，农田年年歉收，口粮不够，邻村几户人家移民(女儿远嫁山西)后，饱吃饱喝，惹得村里人蠢蠢欲动。有一晚，月光下，躺着乘凉的爷爷奶奶给行将长大的四姑做工作。四姑呜呜哭了，奶奶骂道：叫你嫁人又不是叫你死人！那个月夜奶奶的谈话，明晃晃地刻在我的脑海。"(《一月乡心处处同》)

叫你嫁人又不是叫你死人！这句出自奶奶的"家骂"，夹杂着多少悲愁辛酸。不论怎样的作家，坐在书房里是"创作"不出这样的对白的；那个不大不小的历史场景，因为如水的月光，"明晃晃"地"打印"在作者脑海里，致使她闻"嫁"色变，惶恐数载。

"我从五六岁起就去贾家坡串亲戚。那时姨妈家有一炕碎娃，这个哭那个叫。姨妈给我下一碗挂面卧上两个鸡蛋，调上芝麻盐、酱油，香气扑鼻，惹得碗里爬满眼睛。"(《枣树无辜》)

碗里爬满眼睛！6个字，写足了"一炕碎娃"之家的清贫和那碗面条的轰动效应，也写足了作者到姨妈家吃"眼睛"的尴尬。

二

在亲属群里，作者叙述最多的，是她早逝的母亲，字里行间，流淌着深深的怀念。

"要是夏秋季节，母亲会源源不断地从自留地提回新鲜的瓜果蔬菜。记得最早吃到的是粉粉的西红柿，不放糖都是甜甜的……母亲捞出又白又胖的玉米棒子，递给我们。太烫，来回倒着手吃，又香又甜。"(《家是那块地》)

收拾玉米棒子的时候，母亲说，最里面的两层嫩皮要留着，这样煮着吃更清香，就像包粽子。母亲把她积累的知识，随时讲给孩子听，唯独没教他们包粽子。原因是母亲苇叶过敏，一接触苇叶便刺痒难忍，红棱棱泛起一层疙瘩来；她是等孩子们上学走了，家里没人了，才忍着强刺激，包出一堆又一堆。盛夏时节，最欢畅的便是吃西瓜了，自留地里的西瓜，也是母亲特意为他们种的。

"就在地边，母亲用手掌磕开西瓜，给我们一人一块。红瓤黑籽，沙沙的，像一座座红红的小雪山。我们从山顶下嘴,一大口咽下去,差点呛出眼泪来。怕打开的西瓜放地上沾了土,母亲两手托着西瓜,等着为我们递下一块,那出神的样子俊美极了。"(《家是那块地》)

通过"吃",作者把母爱写得淋漓尽致。这是"心"的回忆,情的流淌。

"像城里人晨练一样,母亲清晨的第一件事就是去挑水。当然我们还在熟睡中,即便醒了,也要等到母亲回来才起床……有时候母亲挑水好半天不回来,我虽眯着眼,耳朵却一直支楞着,直到'吱吱'的扁担声由远及近响起。等母亲回来迫不及待地问,没摔跤吧?然后掀起被角,让母亲暖手。

我们就盼着放寒假,在外教书的父亲就能回家。父亲一回家,母亲的脸就像太阳,放出温暖的光。"(《那时候的冬天》)

然而,等到掀起被角让母亲暖手的女儿长大了,脸上能"放出温暖的光"的母亲却过早病逝,离开了他们。若干年后,作者跋涉返乡,探访业已荒废的老屋旧址。那里有他们早年的自留地,是母亲为他们种瓜种菜劈西瓜的地方,也是老人家长眠之所。放眼看去,恍若隔世,物非人亦非,唯有融入血脉的母爱,温馨如初:

"我趴在母亲坟头,这儿摸摸,那儿拍拍,悄声地告诉她老人家,我的工资涨了,房子大了,儿子长高了,只是忙于工作回家看娘不多,请娘一定放心。"(《家是那块地》)

三

《二丑叔》的故事有点离奇,有点伤感,甚至有点违背婚姻法。鳏夫、寡妇天作地合的一对儿,又扯了结婚证,及至合法夫妻入洞房时,却因女方儿女骤发的一通哭天抢地棒打鸳鸯,散了!

作者早就为二丑叔预感到一种不祥的说法:"农村有句土话:亲大的,惯小的,凄惶不过是老二。"继而亮出了故事发生地的人文背景:"村子相挨,地界相邻,一个井台吃水,两村庄里大人小孩祖宗三代全都认识。"平实又生动,明白无误地作了交待。然后,二丑叔出场,写他终获寡妇认可,踌躇满志地去帮女方干活,一显身手。

"到地头,二丑叔一下活泛了,熟练地锄起了地,两只粗壮的胳膊一伸一屈一伸一屈,地皮和草根蹭蹭地响着……不一会儿,一块包谷地就被锄得熟溜溜的,望秋的心也被'锄'得热腾腾的。"

不贴近土地、不熟悉农活的人,怎能写得出"熟溜溜"这个贴切至极的词呢?接下去,二丑叔的好事顺顺溜溜地往前行走,彼此约好了日子,未婚媳妇即将光临,前来视察评估男方的家业成就。

"二丑叔一听暗自心喜。有心有劲地把家收拾了一通。把陈旧的箱子柜子扔了,添置了一对新式大衣柜,一只三人沙发,经衣柜上的镜子一照,家里明晃晃的,立时有了新房的感觉。"

尽管他"不差钱",却难防命运急转弯,棒打鸳鸯散。"到手的桃子吃不到嘴,莫提二丑叔的心多晦暗!这事像一堆稀泥,摊到地上再剥不起来……"把二丑叔的婚事,比做一堆摊地上的烂泥,多么形象和透彻!作者笔下的文字,像是从泥土里长出来的,是鲜活、蓬勃,富有生命力的,此类因时因地因情而发的语言,读上去与信天游同宗同源、一脉相承。秦锦丽怀里,像是塞满了原汁原味的"信天游",随手抓把出来往案头一撒,便是饱含深情的好文章。

而看似矛盾却情有可原的,是提到陕北的"地域文化",原本对二丑叔充满同情的作者,一旦遇到同样的事,便又是一番滋味了。

"我一直担心的事情,去年到底还是发生了——父亲给我们娶回了后妈。"

这是《淡淡娘香》里开篇第一句。弟弟打来电话,因为他不肯喊她"妈",遭到父亲训斥。作者听了特别恼火,支持弟弟说:"'妈'不能随便叫,我们今生今世只有一个妈妈,她不在了,无人可以代替她。"

这是个和《二丑叔》类似的故事。好在姐弟俩敬爱他们的父亲,不想"棒打鸳鸯散"。经过一段时期的磨合,思父心切的秦锦丽启程回乡了。她要看看父亲的生活现状,看看他为他们娶回来的"姨妈"。

"陕北有个说法:姨妈怀里闻娘香。我能从这个姨妈怀里闻到娘香吗?"

"走到大门口时,父亲已经冲出院子,后面跟着那个姨妈。我一下扑到父亲怀里,抑制不住哭起来……我感觉背后有一只手轻轻地拍着,下意识里认定那是姨妈的手。于是我转向她,轻轻地喊了一声'姨妈……'

姨妈长相干瘦,性情寡淡,言语极少。有两次,我想靠近她,就像从前抵在母亲身上,说东说西。姨妈却连忙给我递过来一只枕头让我靠上。"

为了父亲,为了这个令她牵挂的家,她想贴近姨妈,像依恋母亲似地贴近她。然而,她被客气地谢绝了,得到的不是对方的身体,是一只枕头。这只没有体温、客客气气的枕头,像只无声胜有声的"道具",置于舞台中央、聚光灯下,台上台下为之愕然。

"这个动作一下子扑灭了我一点一点积攒起来的热情,心里再也热乎不起来,感觉她就是来我家串门的邻居大娘。"(《淡淡娘香》)

这位送枕头的"邻居大娘",是因为"女儿"骤然释放的亲昵令她消受不起吗?是曾遭冷遇而耿耿于怀的她,着意要宣示一份自尊吗?"台下"的我们无从判定。但这个内涵丰富的细节,瞬间激活了全篇却是真的。在这个三人出演的舞台上,两个女人都有了属于自己的"戏",唯独第三位"空白"着。妙在作者无意补白填空,对在场的父亲未着一字。因为这个半生不熟的三口之家骤然相聚之时,父亲作为这戏的编导和领衔主演,不正是那只枕头吗?

为了这只难忘的枕头,我二读复三读《淡淡娘香》。我不能确定我的解读是最正确的,可以确认的是,这是个可遇不可求的细节,被作者敏锐地捕捉到了,成为全篇最闪亮、动人之处。

秦锦丽的《月满乡心》,像只从田野腾飞的大鸟,一只翅膀是语言,一只翅膀是乡情。作为她的一名读者,衷心祝愿她坚守这片"田野",创作出更多无愧于黄河、无愧于那块热土的作品。

(张庆豫,中国作家协会会员,中国国土资源作家协会会员,主要作品有长篇小说《苦送》、报告文学《共和国不应忘记》(合)等。)